白先勇作品

想象另一种可能

理
想
国
imaginist

白先勇 著

树犹如此

九州出版社

图书在版编目(CIP)数据

树犹如此 / 白先勇著. -- 北京：九州出版社，
2024.12. -- ISBN 978-7-5225-3416-9
Ⅰ.I267
中国国家版本馆 CIP 数据核字第 20240J62R8 号

树犹如此

作　　者	白先勇 著
责任编辑	周　春
出版发行	九州出版社
地　　址	北京市西城区阜外大街甲35号（100037）
发行电话	（010）68992190/3/5/6
网　　址	www.jiuzhoupress.com
印　　刷	山东韵杰文化科技有限公司
开　　本	850毫米×1168毫米　32开
印　　张	12.75
字　　数	200千
版　　次	2024年12月第1版
印　　次	2024年12月第1次印刷
书　　号	ISBN 978-7-5225-3416-9
定　　价	79.00元

★ 版权所有　侵权必究 ★

一九五一年,香港喇沙书院留影。

七七抗战九周年纪念日在南京，十姊弟团聚合影。
前排左起：七弟先敬、六弟先刚、先勇、四哥先忠；
后排左起：三姊先明、二姊先慧、大姊先智、
大哥先道、二哥先德、三哥先诚。

三姊先明（左）欢聚合影。

一九五八年，白先勇与中学时代的挚友王国祥合照。他们两位当时都如愿转学考入台湾大学二年级。

一九八七年首次回上海，在复旦大学讲学。

纪念亡友王国祥君

目 录

至 念

3　树犹如此

24　第六只手指
　　纪念三姊先明以及我们的童年

46　少小离家老大回
　　我的寻根记

61　上海童年

65　石头城下的冥思

69　岂容青史尽成灰

青 春

77　明星咖啡馆

83　《现代文学》的回顾与前瞻

101　《现代文学》创立的时代背景
　　 及其精神风貌
　　 写在《现代文学》重刊之前

113　不信青春唤不回
　　 写在《现文因缘》出版之前

124　白先勇、李欧梵对谈
　　 台大外文系的那段日子
　　 兼谈我们的老师

132　我的创作经验

师 友

149 文学不死
感怀姚一苇先生

163 天天天蓝
追忆与许芥昱、卓以玉几次欢聚的情景

171 怀念高克毅先生

177 忧国之心
余纪忠四平街之憾

182 仁心仁术
一个名医（吴德朗）《理想的国度》

189 人间重晚晴
李欧梵与李玉莹的"倾城之恋"

198 花莲风土人物志
高全之的《王祯和的小说世界》

219 殉情于艺术的人
素描顾福生

224 走过光阴，归于平淡
奚淞的禅画

235 去寻找那棵菩提树
奚淞的佛画

246 画中有诗
谢春德的摄影艺术

248 冠 礼
尔雅出版社二十年

255 克难岁月
隐地的"少年追想曲"

- 265 摄影是他的诗
  因美生情,以情入境(柯锡杰)

- 268 邻舍的南瓜
  评荆棘的小说

- 276 凤凰花开
  古蒙仁的写作轨迹

- 284 知音何处
  康芸薇心中的山山水水

关 爱

- 293 写给阿青的一封信

- 300 山之子
  一个艾滋感染者出死入生的心路历程

- 312 修菩萨行
  杜聪与河南艾滋孤儿的故事

- 318 瘟疫中见真情
  保罗·莫奈的艾滋追思录

附 录

- 325 白先勇回家 / 林怀民

- 336 同性恋,我想那是天生的!/ 蔡克健
  PLAYBOY 杂志香港专访白先勇

- 362 文学创作:个人·家庭·历史·传统 / 刘俊
  访白先勇

至念

树犹如此

我家后院西隅近篱笆处曾经种有一排三株意大利柏树（Italian Cypress）。这种意大利柏树原本生长于南欧地中海畔，与其他松柏皆不相类。树的主干笔直上伸，标高至六七十呎，但横枝并不恣意扩张，两人合抱，便把树身圈住了。于是擎天一柱，平地拔起，碧森森像座碑塔，孤峭屹立，甚有气势。南加州滨海一带的气候，温和似地中海，这类意大利柏树，随处可见。有的人家，深宅大院，柏树密植成行，远远望去，一片苍郁，如同一堵高耸云天的墙垣。

我是一九七三年春迁入"隐谷"（Hidden Valley）这栋住宅来的。这个地区叫"隐谷"，因为三面环山，林木幽深，地形又相当隐蔽，虽然位于市区，因为有山丘屏障，不易发觉。当初我按报上地址寻找这栋房子，弯弯曲曲，迷了几次路才发现，原来山坡后面，别有洞天，谷中隐隐约约，竟是一片住家。那日黄昏驱车沿着山坡驶进"隐谷",迎面青山绿树,只觉得是个清幽所在,万没料到,谷中一住迄今,长达二十余年。

巴塞罗那道(Barcelona Drive)九百四十号在斜坡中段,是一幢很普通的平房。人跟住屋也得讲缘分,这栋房子,我第一眼便看中了,主要是为着屋前屋后的几棵大树。屋前一棵宝塔松,庞然矗立,颇有年份,屋后一对中国榆,摇曳生姿,有点垂柳的风味,两侧的灌木丛又将邻居完全隔离,整座房屋都有树荫庇护,我喜欢这种隐遮在树丛中的房屋,而且价钱刚刚合适,当天便放下了定洋。

房子本身保养得还不错,不需修补。问题出在园子里的花草。屋主偏爱常春藤,前后院种满了这种藤葛,四处窜爬。常春藤的生命力强韧惊人,要拔掉煞费工夫,还有雏菊、罂粟、木槿,都不是我喜爱的花木,全部根除,工程浩大,绝非我一人所能胜任。幸亏那年暑假,我中学时代的至友王国祥从东岸到圣芭芭拉(Santa Barbara)来帮我,两人合力把我"隐谷"这座家园重新改造,遍植我属意的花树,才奠下日后园子发展的基础。

王国祥那时正在宾州州立大学做博士后研究,只有一个半月的假期,我们却足足做了三十天的园艺工作。每天早晨九时开工,一直到傍晚五六点钟才鸣金收兵,披荆斩棘,去芜存菁,消除了几卡车的废枝杂草,终于把花园理出一个轮廓来。我与国祥都是生手,不惯耕劳,一天下来,腰酸背痛。

幸亏圣芭芭拉夏天凉爽，在和风煦日下，胼手胝足，实在算不上辛苦。

圣芭芭拉附近产酒，有一家酒厂酿制一种杏子酒(Aprivert)，清香甘洌，是果子酒中的极品，冰冻后，特别爽口。邻舍有李树一株，枝桠一半伸到我的园中，这棵李树真是异种，是牛血李，肉红汁多，味甜如蜜，而且果实特大。那年七月，一树累累，挂满了小红球，委实诱人。开始我与国祥还有点顾忌，到底是人家的果树，光天化日之下，采摘邻居的果子，不免心虚。后来发觉原来加州法律规定，长过了界的树木，便算是这一边的产物。有了法律根据，我们便架上长梯，国祥爬上树去，我在下面接应，一下工夫，我们便采满了一桶殷红光鲜的果实。收工后，夕阳西下，清风徐来，坐在园中草坪上，啜杏子酒，啖牛血李，一日的疲劳，很快也就消除了。

圣芭芭拉有"太平洋的天堂"之称，这个城的山光水色的确有令人流连低回之处，但是我觉得这个小城的一个好处是海产丰富：石头蟹、硬背虾、海胆、鲍鱼，都属本地特产，尤其是石头蟹，壳坚、肉质细嫩鲜甜，还有一双巨螯，真是圣芭芭拉的美味。那个时候美国人还不很懂得吃带壳螃蟹，码头上的渔市场，生猛螃蟹，团脐一元一只，尖脐一只不过一元半。王国祥是浙江人，生平就好这一样东西，我们每次到码头渔市，总要携回四五只巨蟹，蒸着吃。蒸蟹第一讲究是火候，过半分便老了，少半分又不熟。王国祥蒸螃蟹全凭直觉，他注视着蟹壳渐渐转红叫一声："好！"将螃蟹从锅中一把提起，十拿九稳，正好蒸熟，然后佐以姜丝米醋，再烫一壶绍兴酒，那便是我们的晚餐。那个暑假，我和王国祥起码饕掉数打石头蟹。那年我刚拿到终身教职，《台北人》出版没有多久。国祥自加大伯克利毕业后，到宾州州大去做博士后研究是他第一份工作，那时他对理论物理还充满了信心热忱，我们憧憬的人生前景，是金色的，未来命运的凶险，我们当时浑然未觉。

园子整顿停当，选择花木却颇费思量。百花中我独钟情茶花，茶花高贵，白茶雅洁，红茶秾丽，粉茶花俏生生、娇滴滴，自是惹人怜惜。即使不开花，一树碧亭亭，也是好看。茶花起源于中国，盛产于云贵高原，后经欧洲才传到美国来。茶花性喜温湿，宜酸性土，圣芭芭拉恰好属于美国的茶花带，因有海雾调节，这里的茶花长得分外丰蔚。我们遂决定，园中草木以茶花为主调，于是遍搜城中苗圃，最后才选中了三十多株各色品种的幼木。美国茶花的命名，有时也颇具匠心：白茶叫"天鹅湖"，粉茶花叫"娇娇女"，有一种红茶名为"艾森豪威尔将军"——这是十足的美国茶，我后院栽有一棵，后来果然长得伟岸嵚崎，巍巍然有大将之风。

花种好了，最后的问题只剩下后院西隅的一块空地，屋主原来在此搭了一架秋千，架子撤走后便留空白一角。因为地区不大，不能容纳体积太广的树木，王国祥建议："这里还是种 Italian Cypress 吧。"这倒是好主意，意大利柏树占地不多，往空中发展，前途无量。我们买了三株幼苗，沿着篱笆，种了一排，刚种下去，才三四呎高，国祥预测："这三棵柏树长大，一定会超过你园中其他的树！"果真，三棵意大利柏树日后抽发得傲视群伦，成为我花园中的地标。

十年树木，我园中的花木，欣欣向荣，逐渐成形。那期间，王国祥已数度转换工作，他去过加拿大，又转德州。他的博士后研究并不顺遂，理论物理是门高深学问，出路狭窄，美国学生视为畏途，念的人少，教职也相对有限，那几年美国大学预算紧缩，一职难求，只有几家名校的物理系才有理论物理的职位，很难挤进去，亚利桑那州立大学曾经有意聘请王国祥，但他却拒绝了。当年国祥在台大选择理论物理，多少也是受到李政道、杨振宁获得诺贝尔奖的鼓励。后来他进伯克利，曾跟随名师，当时伯克利物理系竟有六位诺贝尔奖得主的教授。名校名师，王国祥对自己的研究当然也就期许甚高。当他发觉他在理论物理方面的研究无法达成重大突破，不可能做一个顶尖的物理学家，他就断然放弃物理，转行到高科技去了。当然，他一生最高的理想未能实现，这一直是他的一个隐痛。后来他在洛杉矶休斯（Hughes）公司找到一份安定工作，研究人造卫星。波斯湾战争，美国军队用的人造卫星就是休斯制造的。

那几年王国祥有假期常常来圣芭芭拉小住,他一到我家,头一件事便要到园中去察看我们当年种植的那些花木。他隔一阵子来,看到后院那三株意大利柏树,就不禁惊叹:"哇,又长高了好多!"柏树每年升高十几呎,几年间,便标到了顶,成为六七十呎的巍峨大树。三棵中又以中间那棵最为茁壮,要高出两侧一大截,成了一个山字形。山谷中,湿度高,柏树出落得苍翠欲滴,夕照的霞光映在上面,金碧辉煌,很是醒目。三四月间,园中的茶花全部绽放,树上缀满了白天鹅,粉茶花更是娇艳光鲜,我的花园终于春意盎然起来。

一九八九年,岁属蛇年,那是个凶年,那年夏天⋯⋯有一天,我突然发觉后院三棵意大利柏树中间那一株,叶尖露出点点焦黄来。起先我以为暑天干热,植物不耐旱,没料到才是几天工夫,一棵六七十呎的大树,如遭天火雷殛,骤然间通体枯焦而亡。那些针叶,一触便纷纷断落,如此孤标傲世风华正茂的长青树,数日之间竟至完全坏死。奇怪的是,两侧的柏树却好端端的依旧青苍无恙,只是中间赫然竖起槁木一柱,实在令人触目惊心,我只好叫人来把枯树砍掉拖走。从此,我后院的西侧,便出现了一道缺口。柏树无故枯亡,使我郁郁不乐了好些时日,心中总感到不祥,似乎有什么奇祸即将降临一般。没有多久,王国祥便生病了。

那年夏天,国祥一直咳嗽不止,他到美国二十多年,身体一向健康,连伤风感冒也属罕有。他去看医生检查,验血出来，发觉他的血红素竟比常人少了一半，一公升只有六克多。接着医生替他抽骨髓化验，结果出来后，国祥打电话给我："我的旧病又复发了，医生说，是'再生不良性贫血'。"国祥说话的时候，声音还很镇定，他一向临危不乱，有科学家的理性与冷静，可是我听到那个长长的奇怪病名，就不由得心中一寒，一连串可怕的记忆，又涌了回来。

许多年前，一九六〇年的夏天，一个清晨，我独自赶到台北中心诊所的血液科去等候化验结果，血液科主任黄天赐大夫出来告诉我："你的朋友王国祥患了'再生不良性贫血'。"那是我第一次听到这个陌生的病名，黄大夫大概看见我满面茫然，接着对我详细解说了一番"再生不良性贫血"的病理病因。这是一种罕有的贫血症，骨髓造血机能失调，无法制造足够的血细胞，所以红血球、血小板、血红素等统统偏低。这种血液病的起因也很复杂，物理、化学、病毒各种因素皆有可能。最后黄大夫十分严肃地告诉我："这是一种很严重的贫血症。"的确，这种棘手的血液病，迄至今日，医学突飞猛进，仍旧没有发明可以根除的特效药，一般治疗只能用激素刺激骨髓造血的机能。另外一种治疗法便是骨髓移植，但是台湾那个年代，还没有听说过这种事情。那天我走出中心诊所，心情当然异常沉重，但当时年轻无知，对这种病症的严重性并不真正了解，以为只要不是绝症，总还有希望治愈。事实上，"再生不良性贫血"患者的治愈率，是极低极低的，大概只有百分之五的人，会莫名其妙自己复元。

王国祥第一次患"再生不良性贫血"时在台大物理系正要上三年级，这样一来只好休学，而这一休便是两年。国祥的病势开始相当险恶，每个月都需到医院去输血，每次起码五百毫升。由于血小板过低，凝血能力不佳，经常牙龈出血，甚至眼球也充血，视线受到障碍。王国祥的个性中，最突出的便是他争强好胜，永远不肯服输的戆直脾气，是他倔强的意志力，帮他暂时抵挡住排山倒海而来的病灾。那时我只能在一旁替他加油打气，给他精神支持。他的家已迁往台中，他一个人寄居在台北亲戚家养病，因为看医生方便。常常下课后，我便从台大骑了脚踏车去潮州街探望他。那时我刚与班上同学创办了《现代文学》，正处在士气高昂的奋亢状态，我跟国祥谈论的，当然也就是我办杂志的点点滴滴。国祥看见我兴致勃勃，他也是高兴的，病中还替《现代文学》拉了两个订户，而且也成为这本杂志的忠实读者。事实上王国祥对《现代文学》的贡献不小，这本赔钱杂志时常有经济危机，我初到加州大学当讲师那几年，因为薪水有限，为筹杂志的印刷费，经常捉襟见肘。国祥在伯克利念博士拿的是全额奖学金，一个月有四百多块生活费。他知道我的困境后，每月都会省下一两百块美金寄给我接济《现文》，而且持续了很长一段时间。他的家境不算富裕，在当时，那是很不小的一笔数目。如果没有他长期的"经援"，《现代文学》恐怕早已停刊。

我与王国祥十七岁结识,那时我们都在建国中学念高二,一开始我们之间便有一种异姓手足祸福同当的默契。高中毕业,本来我有保送台大的机会,因为要念水利,梦想日后到长江三峡去筑水坝,而且又等不及要离开家,追寻自由,于是便申请保送台南成功大学,那时只有成大才有水利系。王国祥也有这个念头,他是他们班上的高材生,考台大应该不成问题,他跟我商量好,便也投考成大电机系。我们在学校附近一个军眷村里租房子住,过了一年自由自在的大学生活。后来因为兴趣不合,我重考台大外文系,回到台北。国祥在成大多念了一年,也耐不住了,他发觉他真正的志向是研究理论科学,工程并非所好,于是他便报考台大的转学试,转物理系。当年转学、转系又转院,难如登天,尤其是台大,王国祥居然考上了,而且只录取了他一名。我们正在庆幸,两人懵懵懂懂,一番折腾,幸好最后都考上与自己兴趣相符的校系。可是这时王国祥却偏偏遭罹不幸,患了这种极为罕有的血液病。

西医治疗一年多,王国祥的病情并无起色,而治疗费用的昂贵已使得他的家庭日渐陷入困境,正当他的亲人感到束手无策的时刻,国祥却遇到了救星。他的亲戚打听到江南名医奚复一大夫医治好一位韩国侨生,同样也患了"再生不良性贫血",病况还要严重,西医已放弃了,却被奚大夫治愈。我从小看西医,对中医不免偏见。奚大夫开给国祥的药方里,许多味草药中，竟有一剂犀牛角，当时我不懂得犀牛角是中药的凉血要素，不禁啧啧称奇，而且小小一包犀牛角粉，价值不菲。但国祥服用奚大夫的药后，竟然一天天好转，半年后已不需输血。很多年后，我跟王国祥在美国，有一次到加州圣地亚哥世界闻名的动物园去观览百兽，园中有一群犀牛族，大大小小七只，那是我第一次真正看到这种神奇的野兽，我没想到近距离观看，犀牛的体积如此庞大，而且皮之坚厚，似同披甲戴铠，鼻端一角耸然，如利斧朝天，神态很是威武。大概因为犀牛角曾治疗过国祥的病，我对那一群看来凶猛异常的野兽，竟有一份说不出的好感，在栏前盘桓良久才离去。

我跟王国祥都太过乐观了，以为"再生不良性贫血"早已成为过去的梦魇，国祥是属于那百分之五的幸运少数。万没料到，这种顽强的疾病，竟会潜伏二十多年，如同酣睡已久的妖魔，突然苏醒，张牙舞爪反扑过来。而国祥毕竟已年过五十，身体抵抗力比起少年时，自然相差许多，旧病复发，这次形势更加险峻。自此，我与王国祥便展开了长达三年，共同抵御病魔的艰辛日子，那是一场生与死的搏斗。

鉴于第一次王国祥的病是中西医合治医好的，这一次我们当然也就依照旧法，国祥把二十多年前奚复一大夫的那张药方找了出来，并托台北亲友拿去给奚大夫鉴定，奚大夫更动了几样药，并加重分量，黄芪、生熟地、党参、当归、首乌等都是一些补血调气的草药，方子中也保留了犀牛角。幸亏洛杉矶的蒙特利公园市的中药行这些药都买得到。有一家叫"德成行"的老字号,是香港人开的,货色齐全,价钱公道。那几年,我替国祥去抓药,进进出出,"德成行"的老板伙计也都熟了。因为犀牛属于受保护的稀有动物,在美国犀牛角是禁卖的。开始"德成行"的伙计还不肯拿出来,我们恳求了半天,才从一只上锁的小铁匣中取出一块犀牛角,拿来磨些粉卖给我们。但经过二十多年,国祥的病况已大不同,而且人又不在台湾,没能让大夫把脉,药方的改动,自然无从掌握。这一次,服中药并无速效。但三年中,国祥并未停用过草药,因为西医也并没有特效治疗方法,还是跟从前一样,使用各种激素。我们跟医生曾讨论过骨髓移植的可能,但医生认为,五十岁以上的病人,骨髓移植风险太大,而且寻找血型完全相符的骨髓赠者,难如海底捞针。

那三年,王国祥全靠输血维持生命,有时一个月得输两次。我们的心情也就跟着他血红素的数字上下而阴晴不定。如果他的血红素维持在九以上,我们就稍宽心,但是一旦降到六,就得准备,那个周末,又要进医院去输血了。国祥的保险属于凯撒公司(Kaiser Permanente),是美国最大的医疗系统之一。凯撒在洛杉矶城中心的总部是一连串延绵数条街的庞然大物,那间医院如同一座迷宫,进去后,转几个弯,就不知身在何方了。我进出那间医院不下四五十次,但常常闯进完全陌生的地带,跑到放射科、耳鼻喉科去。因为医院每栋建筑的外表都一模一样,一整排的玻璃门窗反映着冷冷的青光。那是一座卡夫卡式超现代建筑物,进到里面,好像误入外星。

因为输血可能有反应,所以大多数时间王国祥去医院,都是由我开车接送。幸好每次输血时间定在星期六,我可以在星期五课后开车下洛杉矶国祥住处,第二天清晨送他去。输血早上八点钟开始,五百毫升输完要到下午四五点钟了,因此早上六点多就要离开家。洛杉矶大得可怕,随便到哪里,高速公路上开一个钟头车是很平常的事,尤其在早上上班时间,十号公路塞车是有名的。住在洛杉矶的人,生命大部分都耗在那八爪鱼似的公路网上。由于早起,我陪着王国祥输血时,耐不住要打个盹,但无论睡去多久,一张开眼,看见的总是架子上悬挂着的那一袋血浆,殷红的液体,一滴一滴,顺着塑胶管往下流,注入国祥臂弯的静脉里去。那点点血浆,像时间漏斗的水滴,无穷无尽,永远滴不完似的。但是王国祥躺在床上,却能安安静静地接受那八个小时生命浆液的挹注。他两只手臂弯上的静脉都因针头插入过分频繁而经常淤青红肿,但他从来也没有过半句怨言。王国祥承受痛苦的耐力惊人,当他喊痛的时候,那必然已经不是一般人所能负荷的痛苦了。我很少看到像王国祥那般能隐忍的病人,他这种斯多葛(Stoic)式的精神是由于他超强的自尊心,不愿别人看到他病中的狼狈。而且他跟我都了解到这是一场艰巨无比的奋斗，需要我们两个人所有的信心、理性，以及意志力来支撑。我们绝对不能向病魔示弱，露出胆怯，我们在一起的时候，似乎一直在互相告诫：要挺住，松懈不得。

事实上，只要王国祥的身体状况许可，我们也尽量设法苦中作乐，每次国祥输完血后，精神体力马上便恢复了许多，脸上又浮现了红光，虽然明知道只是人为的暂时安康，我们也要趁这一刻享受一下正常生活。开车回家经过蒙特利公园时，我们便会到平日喜爱的饭馆去大吃一餐，大概在医院里磨了一天，要补偿起来，胃口特别好。我们常去"北海渔村"，因为这家广东馆港味十足，一道"避风塘炒蟹"非常道地。吃了饭便去租录影带回去看，我一生中从来没看过那么多大陆港台的"连续剧"，几十集的《红楼梦》、《满清十三皇》、《严凤英》，随着那些东扯西拉的故事，一个晚上很容易打发过去。当然，王国祥也很关心世界大势，那一阵子，东欧共产国家以及"苏维埃社会主义共和国联盟"土崩瓦解，我们天天看电视，看到德国人爬到东柏林墙上喝香槟庆祝，王国祥跟我都拍手喝起彩来，那一刻，"再生不良性贫血"，真的给忘得精光。

王国祥直到八八年才在艾尔蒙特（El Monte）买了一幢小楼房，屋后有一片小小的院子，搬进去不到一年，花园还来不及打点好，他就生病了。生病前，他在超市找到一对酱色皮蛋缸，上面有姜黄色二龙抢珠的浮雕，这对大皮蛋缸十分古拙有趣，国祥买回来，用电钻钻了洞，准备作花缸用。有一个星期天，他的精神特别好，我便开车载了他去花圃看花。我们发觉原来加州也有桂花，登时如获至宝，买了两棵回去移植到那对皮蛋缸中。从此，那两棵桂花，便成了国祥病中的良伴，一直到他病重时，也没有忘记常到后院去浇花。

王国祥重病在身，在我面前虽然不肯露声色，他独处时内心的沉重与惧恐，我深能体会，因为当我一个人静下来时，我自己的心情便开始下沉了。我曾私下探问过他的主治医生，医生告诉我，国祥所患的"再生不良性贫血"，经过二十多年，虽然一度缓解，已经达到末期。他用"End Stage"这个听来十分刺耳的字眼，他没有再说下去，我不想听也不愿意他再往下说。然而一个令人不寒而栗的问题却像潮水般经常在我脑海里翻来滚去：这次王国祥的病，万一恢复不了，怎么办？事实上国祥的病情，常有险状，以至于一夕数惊。有一晚，我从洛杉矶友人处赴宴回来，竟发觉国祥卧在沙发上已是半昏迷状态，我赶紧送他上医院，那晚我在高速公路上起码开到每小时八十英里以上，我开车的技术并不高明，不辨方向，但人能急中生智，平常四十多分钟的路程，一半时间便赶到了。医生测量出来，国祥的血糖高到八百单位（mg/dI），大概再晚一刻，他的脑细胞便要受损了。原来他长期服用激素，引发血糖升高。医院的急诊室本来就是一个生死场，凯撒的急诊室比普通医院要大几倍，里面的生死挣扎当然就更加剧烈，只看到医生护士忙成一团，而病人围困在那一间间用白幔圈成的小隔间里，却好像完全被遗忘掉了似的，好不容易盼到医生来诊视，可是探一下头，人又不见了。我陪着王国祥进出那间急诊室多次，每次一等就等到天亮才有正式病房。

自从王国祥生病后，我便开始到处打听有关"再生不良性贫血"治疗的讯息。我在台湾看病的医生是长庚医学院的吴德朗院长，吴院长介绍我认识长庚医院血液科的主治医生施丽云女士。我跟施医生通信讨教并把王国祥的病历寄给她，与她约好，我去台湾时，登门造访。同时我又遍查中国大陆中医治疗这种病症的书籍杂志。我在一本医疗杂志上看到上海曙光中医院血液科主任吴正翔大夫治疗过这种病，大陆上称为"再生障碍性贫血"，简称"再障"。同时我又在大陆报上读到河北省石家庄有一位中医师治疗"再障"有特效方法，并且开了一家专门医治"再障"的诊所。我发觉原来大陆上这种病例并不罕见，大陆中西医结合治疗行之有年，有的病例疗效还很好。于是我便决定亲自往大陆走一趟，也许能够寻访到医治国祥的医生及药方。我把想法告诉国祥，他说道："那只好辛苦你了。"王国祥不善言辞，但他讲话全部发自内心。他一生最怕麻烦别人，生病求人，实在万不得已。

一九九〇年九月，去大陆之前，我先到台湾，去林口长庚医院拜访了施丽云医师。施医生告诉我她也正在治疗几个患"再生不良性贫血"的病人，治疗方法与美国医生大同小异。

施医生看了王国祥的病历没有多说什么，我想她那时可能不忍告诉我，国祥的病，恐难治愈。

我携带了一大盒重重一叠王国祥的病历飞往上海，由我在上海的朋友复旦大学陆士清教授陪同，到曙光医院找到吴正翔大夫。曙光是上海最有名的中医院，规模相当大。吴大夫不厌其详以中医观点向我解说了"再障"的种种病因及治疗方法。曙光医院治疗"再障"也是中西合诊，一面输血，一面服用中药，长期调养，主要还是补血调气。吴大夫与我讨论了几次王国祥的病况，最后开给我一个处方，要我与他经常保持电话联络。我听闻浙江中医院也有名医，于是又去了一趟杭州，去拜访一位辈分甚高的老中医，老医生的理论更玄了，药方也比较偏。有亲友生重病，才能体会得到"病急乱投医"这句话的真谛。当时如果有人告诉我喜马拉雅山顶上有神医，我也会攀爬上去乞求仙丹的。在那时，抢救王国祥的生命，对于我重于一切。

我飞到北京后的第二天，便由社科院袁良骏教授陪同，坐火车往石家庄去，当晚住歇在河北省政协招待所。那晚在招待所遇见了一位从美国去的工程师，原本也是台湾留美学生，而且是成大毕业，他知道我为了朋友到大陆访医特来看我。我正纳闷，这样偏远地区怎会有美国来客，工程师一见面便告诉了我他的故事：原来他太太年前车祸受伤，一直昏迷不醒，变成了植物人。工程师四处求医罔效，后来打听到石家庄有位极负盛名的气功师，开诊所用气功治疗病人。他于是辞去了高薪职位，变卖房财，将太太运到石家庄接受气功治疗。他告诉我每天有四五位气功师轮流替他太太灌气，他讲到他太太的手指已经能动，有了知觉，他脸上充满希望。我深为他感动，是多大的爱心与信念，使他破釜沉舟，千里迢迢把太太护运到偏僻的中国北方来就医。这些年来我早已把工程师的名字给忘了，但我却常常记起他及他的太太，不知她最后恢复知觉没有。几年后我自己经历了中国气功的神奇，让气功师治疗好晕眩症，而且变成了气功的忠实信徒。当初工程师一番好意，告诉我气功治病的奥妙，我确曾动过心，想让王国祥到大陆接受气功治疗。但国祥经常需要输血，又容易感染疾病，实在不宜长途旅行。但这件事我始终耿耿于怀，如果当初国祥尝试气功，不知有没有复元的可能。

次晨，我去参观那家专门治疗"再障"的诊所，会见了主治大夫。其实那是一间极其简陋的小医院，有十几个住院病人，看样子都病得不轻。大夫很年轻，讲话颇自信，临走时，我向他买了两大袋草药，为了便于携带，都磨成细粉。我提着两大袋辛辣呛鼻的药粉，回转北京。那已是九月下旬，天气刚入秋，是北京气候最佳时节。那是我头一次到北京，自不免到故宫、明陵去走走，但因心情不对，毫无游兴。我的旅馆就在王府井附近，离天安门不远。晚上，我信步走到天安门广场去看看，那片全世界最大的广场，竟然一片空旷，除了守卫的解放军,行人寥寥无几……那天晚上,我的心境就像北京凉风习习的秋夜一般萧瑟。在大陆四处求医下来,我的结论是,大陆也没有医治"再生不良性贫血"的特效药。王国祥对我这次大陆之行,当然也一定抱有许多期望,我怕又会令他失望了。

回到美国后,我与王国祥商量,最后还是决定服用曙光医院吴正翔大夫开的那张药方,因为药性比较平和。石家庄医生的两大袋药粉我也扛了回来,但没有敢用。而国祥的病,却是一天比一天沉重了。头一年,他还支撑着去上班,但每天来回需开两小时车程,终于体力不支,而把休斯的工作停掉。幸亏他买了残障保险,没有因病倾家荡产。第二年,由于服用太多激素,触发了糖尿病,又因长期缺血,影响到心脏,发生心律不整,逐渐行动也困难起来。

一九九二年一月,王国祥五十五岁生日,我看他那天精神还不错,便提议到"北海渔村",去替他庆生。我们一路上还商谈着要点些什么菜,谈到吃我们的兴致又来了。"北海渔村"的停车场上到饭馆有一道二十多级的石阶,国祥扶着栏杆爬上去,爬到一半,便喘息起来,大概心脏负荷不了,很难受的样子。我赶忙过去扶着他,要他坐在石阶上休息一会儿,他歇了口气,站起来还想勉强往上爬。我知道,他不愿扫兴,我劝阻道:"我们不要在这里吃饭了,回家去做寿面吃。"我没有料到,王国祥的病体已经虚弱到举步维艰了。

回到家中，我们煮了两碗阳春面，度过王国祥最后的一个生日。星期天傍晚，我要回返圣芭芭拉，国祥送我到门口上车，我在车中反光镜里，瞥见他孤立在大门前的身影，他的头发本来就有少年白，两年多来，百病相缠，竟变得满头萧萧，在暮色中，分外怵目。开上高速公路后，突然一阵无法抵挡的伤痛袭击过来，我将车子拉到公路一旁，伏在方向盘上，不禁失声大恸。我哀痛王国祥如此勇敢坚忍，如此努力抵抗病魔咄咄相逼，最后仍然被折磨得形销骨立。而我自己亦尽了所有力量，去回护他的病体，却眼看着他的生命一点一滴耗尽，终至一筹莫展。我一向相信人定胜天，常常逆数而行，然而人力毕竟不敌天命，人生大限，无人能破。

夏天暑假，我搬到艾尔蒙特王国祥家去住，因为随时会发生危险。八月十三日黄昏，我从超市买东西回来，发觉国祥呼吸困难，我赶忙打九一一叫了救护车来，用氧气筒急救，随即将他扛上救护车扬长鸣笛往医院驶去。在医院住了两天，星期五，国祥的精神似乎又好转了。他进出医院多次，我对这种情况已习以为常，以为大概第二天，他就可以出院了。我在医院里陪了他一个下午，聊了些闲话，晚上八点钟，他对我说道："你先回去吃饭吧。"我把一份《世界日报》留给他看，说道："明天早上我来接你。"那是我们最后一次交谈。星期六一早，医院打电话来通知，王国祥昏迷不醒，送进了加护病房。我赶到医院，看见国祥身上已插满了管子。他的主治医生告诉我，不打算用电击刺激国祥的心脏了，我点头同意，使用电击，病人太受罪。国祥昏迷了两天，八月十七日星期一，我有预感恐怕他熬不过那一天。中午我到医院餐厅匆匆用了便餐，赶紧回到加护病房守着。显示器上，国祥的心脏愈跳愈弱，五点钟，值班医生进来准备，我一直看着显示器上国祥心脏的波动，五点二十分，他的心脏终于停止。我执着国祥的手，送他走完人生最后一程。霎时间，天人两分，死生契阔，在人间，我向王国祥告了永别。

一九五四年，四十四年前的一个夏天，我与王国祥同时匆匆赶到建中去上暑假补习班，预备考大学。我们同级不同班，互相并不认识，那天恰巧两人都迟到，一同抢着上楼梯，跌跌撞撞，碰在一起，就那样，我们开始结识，来往相交，三十八年。王国祥天性善良，待人厚道，孝顺父母，忠于朋友。他完全不懂虚伪，直言直语，我曾笑他说谎舌头也会打结。但他讲究学问，却据理力争，有时不免得罪人，事业上受到阻碍。王国祥有科学天才，物理方面应该有所成就，可惜他大二生过那场大病，脑力受了影响。他在休斯研究人造卫星，很有心得，本来可以更上一层楼，可是天不假年，五十五岁，走得太早。我与王国祥相知数十载，彼此守望相助，患难与共，人生道上的风风雨雨，由于两人同心协力，总能抵御过去，可是最后与病魔死神一搏，我们全力以赴，却一败涂地。

我替王国祥料理完后事回转圣芭芭拉，夏天已过。那年圣芭芭拉大旱，市府限制用水，不准浇灌花草。几个月没有回家，屋前草坪早已枯死，一片焦黄。由于经常跑洛杉矶，园中缺乏照料，全体花木黯然失色，一棵棵茶花病恹恹，只剩得奄奄一息，我的家，成了废园一座。我把国祥的骨灰护送返台，安置在善导寺后，回到美国便着手重建家园。草木跟人一样，受了伤须得长期调养。我花了一两年工夫，费尽心血，才把那些茶花一一救活。退休后时间多了，我又开始到处搜集名茶，愈种愈多，而今园中，茶花成林。我把王国祥家那两缸桂花也搬了回来，因为长大成形，皮蛋缸已不堪负荷，我便把那两株桂花移植到园中一角，让它们入土为安。冬去春来，我园中六七十棵茶花竞相开花，娇红嫩白，热闹非凡。我与王国祥从前种的那些老茶，二十多年后，已经高攀屋檐，每株盛开起来，都有上百朵。春日负暄，我坐在园中靠椅上，品茗阅报，有百花相伴，暂且贪享人间瞬息繁华。美中不足的是，抬望眼，总看见园中西隅，剩下的那两棵意大利柏树中间，露出一块楞楞的空白来，缺口当中，映着湛湛青空，悠悠白云，那是一道女娲炼石也无法弥补的天裂。

一九九九年一月二十四日至二十六日《联合报》

第六只手指

纪念三姊先明以及我们的童年

明姊终于在去年十月二十三日去世了,她患的是恶性肝炎,医生说这种病例肝炎患者只占百分之二三,极难救治。明姊在长庚医院住了一个多月,连她四十九岁的生日也在医院里度过的。四十九岁在医学昌明的今日不算高寿,然而明姊一生寂寞,有几年还很痛苦,四十九岁,对她来说,恐怕已经算是长的了。明姊逝世后,这几个月,我常常想到她这一生的不幸,想到她也就连带忆起我们在一起时短短的童年。

有人说童年的事难忘记,其实也不见得,我的童年一半在跟病魔死神搏斗,病中岁月,并不值得怀念,倒是在我得病以前,七岁的时候,在家乡桂林最后的那一年,有些琐事,却记得分外清楚。那是抗战末期,湘桂大撤退的前夕,广西的战事已经吃紧,母亲把兄姊们陆续送到了重庆,只留下明姊跟我,还有六弟、七弟。两个弟弟年纪太小,明姊只比我大三岁,所以我们非常亲近。虽然大人天天在预备逃难,我们不懂,我们在一起玩得很开心。那时候我们住在风洞山的脚下,东镇路底那栋房子里,那是新家,搬去没有多久。我们老家在铁佛寺,一栋阴森古旧的老屋,长满了青苔的院子里,猛然会爬出半尺长的一条金边蜈蚣来,墙上壁虎虎视眈眈,堂屋里蝙蝠乱飞。后来听说那栋古屋还不很干净,大伯妈搬进去住,晚上看到窗前赫然立着一个穿白色对襟褂子的男人。就在屋子对面池塘边的一棵大树下,日本人空袭,一枚炸弹,把个泥水匠炸得粉身碎骨,一条腿飞到了树上去。我们住在那栋不太吉祥的古屋里,唯一的理由是为了躲警报,防空洞就在邻近,日机经常来袭,一夕数惊。后来搬到风洞山下,也是同一考虑,山脚有一个天然岩洞,警笛一鸣,全家人便仓皇入洞。我倒并不感到害怕,一看见黑洞山顶挂上两个红球——空袭讯号——就兴奋起来:因为又不必上学了。

新家的花园就在山脚下,种满了芍药、牡丹、菊花,不知道为什么,还种了一大片十分笨拙的鸡冠花。花园里养了鸡,一听到母鸡唱蛋歌,明姊便拉着我飞奔到鸡棚内,从鸡窝里掏出一枚余温犹存的鸡蛋来,磕一个小孔,递给我说道:"老五,快吃。"几下我便把一只鸡蛋吮干净了。现在想想,那样的生鸡蛋,蛋白蛋黄,又腥又滑,不知怎么咽下去的,但我却吮得津津有味,明姊看见我吃得那么起劲,也很乐,脸上充满了喜悦。几十年后,在台湾,有一天我深夜回家,看见明姊一个人孤独地在厨房里摸索,煮东西吃,我过去一看,原来她在煮糖水鸡蛋,她盛了两只到碗里,却递给我道:"老五,这碗给你吃。"我并不饿,而且也不喜欢吃鸡蛋了,可是我还是接过她的糖水蛋来,因为实在不忍违拂她的一片好意。明姊喜欢与人分享她的快乐,无论对什么人,终生如此,哪怕她的快乐并不多,只有微不足道的那么一点。

我们同上一间学校中山小学,离家相当远,两人坐人力车来回。有一次放学归来,车子下坡,车夫脚下一滑,人力车翻了盖,我跟明姊都飞了出去,滚得像两只陀螺,等我们惊魂甫定,张目一看,周围书册簿子铅笔墨砚老早洒满一地,两人对坐在街上,面面相觑,大概吓傻了,一下子不知该哭还是该笑。突然间,明姊却咯咯地笑了起来,这一笑一发不可收拾,又拍掌又搓腿,我看明姊笑得那样乐不可支,也禁不住跟着笑了,而且笑得还真开心,头上磕起一个肿瘤也忘了痛。我永远不会忘记明姊坐在地上,甩动着一头短发,笑呵呵的样子。父亲把明姊叫苹果妹,因为她长得圆头圆脸,一派天真。事实上明姊一直没有长大过,也拒绝长大,成人的世界,她不要进去。她的一生,其实只是她童真的无限延长,她一直是坐在地上拍手笑的那个小女孩。

没有多久,我们便逃难了。风洞山下我们那栋房子以及那片种满了鸡冠花的花园,转瞬间变成了一堆劫灰,整座桂林城烧成焦土一片。离开桂林,到了那愁云惨雾的重庆,我便跟明姊他们隔离了，因为我患了可恶的肺病，家里人看见我，便吓得躲得远远的。那个时候，没有特效药，肺病染不起。然而我跟明姊童年时建立起的那一段友谊却一直保持着，虽然我们不在一起，她的消息，我却很关心。那时明姊跟其他兄姊搬到重庆乡下西温泉去上学，也是为了躲空袭。有一次司机从西温泉带上来一只几十斤重周围合抱的大南瓜给父母亲，家里的人都笑着说：是三姑娘种的！原来明姊在西温泉乡下种南瓜，她到马棚里去拾新鲜马粪，给她的南瓜浇肥，种出了一只黄澄澄的巨无霸。我也感到得意，觉得明姊很了不起，耍魔术似的变出那样大的一只南瓜来。

抗战胜利后，我们回到上海，我还是一个人被充军到上海郊外去养病，我的唯一玩伴是两条小狮子狗，一白一黑，白狮子狗是我的医生林有泉送给我的，他是台湾人，家里有一棵三尺高的红珊瑚树，林医生很照顾我，是我病中忘年之友。黑狮子狗是路上捡来的，初来时一身的虱子，毛发尽摧，像头癞皮犬。我替它把虱子捉干净，把它养得胖嘟嘟，长出一身黑亮的卷毛来。在上海郊外囚禁三年，我并未曾有过真正的访客，只有明姊去探望过我两次，大概还是偷偷去的。我喜出望外，便把那只黑狮子狗赠送了给她，明姊叫它米达，后来变成了她的心肝宝贝，常常跟她睡在一床。明姊怜爱小动物，所有的小生命，她一视同仁。有一次在台湾，我们还住在松江路的时候，房子里常有老鼠——那时松江路算是台北市的边陲地带，一片稻田——我们用铁笼捉到了一只大老鼠，那只硕鼠头尾算起来大概长达一尺，老得尾巴毛都掉光了，而且凶悍，龇牙咧齿，目露凶光，在笼子里来回奔窜，并且不时啃啮笼子铁线，冀图逃命。这样一个丑陋的家伙，困在笼中居然还如此顽强，我跟弟弟们登时起了杀机，我们跑到水龙头那边用铅桶盛了一大桶水，预备把那只硕鼠活活溺死，等到我们抬水回来，却发觉铁笼笼门大开，那只硕鼠老早逃之夭夭了。明姊站在笼边，满脸不忍，向我们求情道："不要弄死人家嘛。"明姊真是菩萨心肠，她是太过善良了，在这个杀机四伏的世界里，太容易受到伤害。

民国三十七年我们又开始逃难，从上海逃到了香港。那时明姊已经成长为十五六岁的亭亭少女了，而我也病愈，归了队，而且就住在明姊隔壁房。可是我常常听到明姊一个人锁在房中暗自哭泣。我很紧张，但不了解，更不懂得如何去安慰她。我只知道明姊很寂寞。那时母亲到台湾去跟随父亲了，我的另外两个姊姊老早到了美国，家中只有明姊一个女孩子，而且正临最艰难的成长时期。明姊念的都是最好的学校，在上海是中西女中，在香港是圣玛丽书院，功课要求严格出名，然而明姊并不是天资敏捷的学生，她很用功，但功课总赶不上。她的英文程度不错，发音尤其好听，写得一手好字，而且有艺术的才能，可是就是不会考试，在圣玛丽留了一级。她本来生性就内向敏感，个子长得又高大，因为害羞，在学校里没有什么朋友，只有卓以玉是她唯一的知交，留了级就更加尴尬了。我记得那天她拿到学校通知书，急得簌簌泪下，我便怂恿她去看电影，出去散散心。我们看的是一出古诺的歌剧《浮士德与魔鬼》拍成的电影。"魔鬼来了！"明姊在电影院里低声叫道，那一刻，她倒是真把留级的事情忘掉了。

明姊是十七岁到美国去的，当时时局动乱，另外两个姊姊已经在美国，父母亲大概认为把明姊送去，可以去跟随她们。赴美前夕，哥哥们把明姊带去参加朋友们开的临别舞会。明姊穿了一袭粉红长裙，腰间系着蓝缎子飘带，披了一件白色披肩，长身玉立，裙带飘然，俨然丽人模样。其实明姊长得很可爱，一双凤眼，小小的嘴，笑起来，非常稚气。可是她不重衣着，行动比较拘谨，所以看起来，总有点羞赧失措的样子。但是那次赴宴，明姊脱颖而出，竟变得十分潇洒起来，那是我最后一次看到明姊如此盛装，如此明丽动人。

明姊在美国那三年多，到底发生过什么事，或者逐渐起了什么变化，我一直不太清楚。卓以玉到纽约见到明姊时，明姊曾经跟她诉苦（她那时已进了波士顿大学），学校功课还是赶不上。她渐渐退缩，常常一个人躲避到电影院里，不肯出来，后来终于停了学。许多年后，我回台湾，问起明姊还想不想到美国去玩玩。明姊摇头，叹了一口气说道："那个地方太冷喽。"波士顿的冬天大概把她吓怕了。美国冰天雪地的寂寞，就像新大陆广漠的土地一般，也是无边无垠的。在这里，失败者无立锥之地。明姊在美国那几年，很不快乐。

明姊一九五五年终于回到台湾的家中，是由我们一位堂嫂护送回来的。回家之前，在美国的智姊写了一封长信给父母亲，叙述明姊得病及治疗的经过情形，大概因为怕父母亲着急，说得比较委婉。我记得那是一个冬天，寒风恻恻，我们全家都到了松山机场，焦虑地等待着。明姊从飞机走出来时，我们大吃一惊，她整个人都变了形，身体暴涨了一倍，本来她就高大，一发胖，就变得庞大臃肿起来，头发剪得特别短，梳了一个娃娃头。她的皮肤也变了，变得粗糙蜡黄，一双眼睛目光呆滞，而且无缘无故发笑。明姊的病情，远比我们想象得要严重，她患了我们全家都不愿意、不忍心、惧畏、避讳提起的一个医学名词——精神分裂症。她初回台湾时已经产生幻觉，听到有人跟她说话的声音。堂嫂告诉我们，明姊在美国没有节制地吃东西，体重倍增，她用剪刀把自己头发剪缺了，所以只好将长发修短。

明姊的病，是我们全家一个无可弥补的遗憾，一个共同的隐痛，一个集体的内疚。她的不幸，给父母亲晚年带来最沉重的打击。父母亲一生，于国于家，不知经历过多少惊涛骇浪，大风大险，他们临危不乱，克服万难的魄力与信心，有时到达惊人的地步，可是面临亲生女儿遭罹这种人力无可挽回的厄难时，二位强人，竟也束手无策了。我家手足十人，我们幼年时，父亲驰骋疆场，在家日短，养育的责任全靠母亲一手扛起。儿女的幸福，是她生命的首要目标，在那动荡震撼的年代里，我们在母亲卵翼之下，得以一一成长。有时母亲不禁庆幸，叹道："总算把你们都带大了。"感叹中，也不免有一份使命完成的欣慰。没料到步入晚境，青天霹雳，明姊归来，面目全非。那天在松山机场，我看见母亲面容骤然惨变，惊痛之情，恐怕已经达到不堪负荷的程度。生性豁达如母亲，明姊的病痛，她至终未能释怀。我记得明姊返国一年间，母亲双鬓陡然冒出星星白发，忧伤中她深深自责，总认为明姊幼年时，没有给足她应得的母爱。然而做我们十个人的母亲，谈何容易。在物质分配上，母亲已经尽量做到公平，但这已经不是一件易事，分水果，一人一只橘子就是十只，而十只大小酸甜又怎么可能分毫不差呢？至于母爱的分配，更难称量了。然而子女幼年时对母爱的渴求，又是何等的贪婪无餍，独占排他。亲子间的情感，有时候真是完全非理性的。法国文学家《追忆似水年华》的作者普鲁斯特小时候，有一次他的母亲临睡前，忘了亲吻他，普鲁斯特哀痛欲绝，认为被他母亲遗弃，竟至终身耿耿于怀，成年后还经常提起他这个童年的"创伤"。明姊是我们十人中最能忍让的一个，挤在我们中间，这场母爱争夺战中，她是注定要吃亏的了。明姊是最小的女儿，但排行第六，不上不下。母亲生到第五个孩子已经希望不要再生，所以三哥的小名叫"满子"，最后一个。偏偏明姊又做了不速之客，而且还带来四个弟弟。母亲的劳累，加倍又加倍，后来她晚年多病，也是因为生育太多所致。明姊的确不是母亲最钟爱的孩子，母亲对女儿的疼爱远在明姊未出世以前已经给了两个才貌出众的姊姊了。明姊跟母亲的个性了不相类，母亲热情豪爽，坚强自信，而明姊羞怯内向，不多言语，因此母女之间不易亲近。可是在我的记忆里，母亲亦从未对明姊疾言厉色过，两个姊姊也很爱护幼妹，然而明姊掩盖在家中三个出类拔萃的女性阴影之下，她们的光芒，对于她必定是一种莫大的威胁，她悄然退隐到家庭的一角，扮演一个与人无争的乖孩子。她内心的创痛、惧畏、寂寞与彷徨，母亲是不会知道，也注意不到的。明姊掩藏得很好，其实在她羞怯的表面中，却是一颗受了伤然而却凛然不可侵犯的自尊心。只有我在她隔壁房，有时深夜隐隐听得到她独自饮泣。那是一个兵荒马乱的时代，母亲整日要筹划白、马两家几十口的安全生计，女儿的眼泪与哭泣，她已无力顾及了。等到若干年后，母亲发觉她无心铸成的大错，再想弥补已经太迟。明姊得病回家后，母亲千方百计想去疼怜她，加倍地补偿她那迟来十几二十年的母性的温暖。可是幼年时心灵所受的创伤，有时是无法治愈的。明姊小时候感到的威胁与惧畏仍然存在，母亲愈急于向她示爱，她愈慌张，愈设法躲避，她不知道该如何去接纳她曾渴求而未获得的这份感情。她们两人如同站在一道鸿沟的两岸，母亲拼命伸出手去,但怎么也达不到彼岸的女儿。母亲的忧伤与悔恨,是与日俱增了。有一天父母亲在房中,我听见父亲百般劝慰,母亲沉痛地叹道:"小时候,是我把她疏忽了。那个女孩子,都记在心里了呢。"接着她哽咽起来:"以后我的东西,统统留给她。"

因为明姊的病,后来我曾大量阅读有关精神病及心理治疗的书籍。如果当年我没有选择文学,也许我会去研究人类的心理,在那幽森的地带,不知会不会探究出一点人的秘密来。可是那些心理学家及医学个案的书,愈读却愈糊涂,他们各执一词,真不知该信谁才好。人心唯危,千变万化,人类上了太空,征服了月球,然而自身那块方寸之地却仍旧不得其门而入。我们全家曾经讨论过明姊的病因:小时候没有受到重视,在美国未能适应环境,生理上起了变化——她一直患有内分泌不平衡的毛病。先天、后天、遗传、环境,我们也曾请教过医学专家,这些因素也许都有关系,也许都没有关系。也许明姊不喜欢这个充满了虚伪、邪恶、激烈竞争的成人世界,一怒之下,拂袖而去,回到她自己那个童真世界里去了。明姊得病后,完全恢复了她孩提时的天真面目。她要笑的时候就笑了,也不管场合对不对。天气热时,她把裙子一捞便坐到天井的石阶上去乘凉去,急得我们的老管家罗婆婆——罗婆婆在我们家到现在已有五十多年的历史——追在明姊身后直叫:"三姑娘,你的大腿露出来了!"明姊变得性格起来，世俗的许多琐琐碎碎，她都不在乎了，干脆豁了出去，开怀大吃起来。明姊变成了美食家，粽子一定要吃湖州粽，而且指定明星戏院后面那一家。开始我们担心她变得太胖，不让她多吃，后来看到她吃东西那样起劲，实在不忍剥夺她那点小小的满足，胖一点，又有什么关系呢？回到台湾明姊也变成了一个标准影迷，她专看武侠片及恐怖片，文艺片她拒绝看，那些哭哭啼啼的东西，她十分不屑。看到打得精彩的地方，她便在戏院里大声喝起彩来，左右邻座为之侧目，她全不理会。她看武侠片看得真的很乐，无论什么片子，她回到家中一定称赞："好看！好看！"

　　明姊刚回台湾，病情并不乐观，曾经在台大医院住院，接受精神病治疗，注射因素林，以及电疗，受了不少罪。台大的精神病院是个很不愉快的杜鹃窝，里面的病人，许多比明姊严重多了。有一个女人一直急切地扭动着身子不停在跳舞，跳得很痛苦的模样。他们都穿了绿色的袍子，漫无目的荡来荡去，或者坐在一角发呆，好像失掉了魂一般。护士替明姊也换上了一袭粗糙黯淡的绿布袍，把明姊关到了铁闸门的里面去，跟那一群被世界遗忘了的不幸的人锁在一起。那天走出台大医院，我难过得直想哭，我觉得明姊并不属于那个悲惨世界，她好像一个无辜的小女孩，走迷了路，一下子被一群怪异的外星人捉走了一般。我看过一出美国电影叫《蛇穴》，是奥丽薇·哈佛兰主演的，她还因此片得到金像奖。她演一个患了精神分裂的人，被关进疯人院里，疯人院种种恐怖悲惨的场面都上了镜头，片子拍得逼真，有几场真是惊心动魄而又令人感动。最后一幕是一个远镜头，居高临下鸟瞰疯人病室全景，成百上千的精神病患者一起往上伸出了他们那些求告无援的手肢，千千百百条摆动的手臂像一窝蛇一般。我看见奥丽薇·哈佛兰关进"蛇穴"里惊惶失措的样子，就不禁想起明姊那天入院时，心里一定也是异常害怕的。

　　明姊出院后，回到家中休养，幸好一年比一年有起色，医生说过，完全恢复是不可能的了，不恶化已属万幸。明姊在家里，除了受到父母及手足们额外的关爱外，亲戚们也特别疼惜。父母亲过世后，他们常来陪伴她，甚至父母亲从前的下属家人，也对明姊分外的好，经常回到我们家里，带些食物来送给明姊。亲戚旧属之所以如此善待明姊，并不完全出于怜悯，而是因为明姊本身那颗纯真的心，一直有一股感染的力量，跟她在一起，使人觉得人世间，确实还有一些人，他们的善良是完全发乎天性的。父亲曾说过，明姊的字典里，没有一个坏字眼。确实，她对人，无论对什么人，总是先替人家想，开一罐水果罐头，每个人都分到，她才高兴，倒也不是世故懂事的体贴，而是小孩子办家家酒，排排坐吃果果大家分享的乐趣。这些年来，陪伴过她的大贵美、小贵美、余嫂——明姊叫她"胖阿姨"——都变成了她的朋友，她对她们好，出去买两条手巾，她一定会分给她们一条。她们也由衷地喜爱她，大贵美嫁人多年，还会回来接明姊到她基隆家去请她吃鱿鱼羹。父亲从前有一个老卫兵老罗，也是离开我们家多年了，他有一个女儿罗妹妹，自小没有母亲，明姊非常疼爱这个女孩子，每逢暑假，就接罗妹妹到家里来住，睡在她的房里，明姊对待她，视同己出，百般宠爱。明姊这一生，失去了做母亲的权利，她的母性全都施在那个女孩子的身上了。罗妹妹对明姊，也是满怀孺慕之情，不胜依依。每年明姊生日，我们家的亲戚、旧属及老家人们都会回来，替明姊庆生，他们会买蛋糕、鲜花，以及各种明姊喜爱的零食来，给明姊作生日礼物。明姊那天也会穿上新旗袍，打扮起来，去接待她的客人。她喜欢过生日，喜欢人家送东西给她，虽然最后那些蛋糕食物都会装成一小包一小包仍旧让客人带走。明姊的生日，在我们家渐渐变成了一个传统。父母亲不在了，四处分散的亲戚、旧属以及老家人都会借着这一天，回到我们家来相聚，替明姊热闹，一块儿叙旧。明姊过了四十岁也开始怕老起来，问她年纪，她笑而不答，有时还会隐瞒两三岁。事实上明姊的年龄早已停顿，时间拿她已经无可奈何。她生日那天，最快乐的事是带领罗妹妹以及其他几个她的小朋友出去，请她们去看武侠电影，夹在那一群十几岁欢天喜地的小女孩中间，她也变成了她们其中的一个，可能还是最稚气的一个。

然而明姊的生活终究是很寂寞的，她回到台湾二十多年，大部分的时间，仍然是一个人孤独地度过。我看见她在房里，独自坐在窗下，俯首弯腰，一针又一针在勾织她的椅垫面，好像在把她那些打发不尽的单调岁月一针针都勾织到椅垫上去了似的。有时我不免在想，如果明姊没有得病，以她那样一个好心人，应该会遇见一个爱护她的人，做她的终身伴侣。明姊会做一个好妻子，她喜欢做家务，爱干净到了洁癖的地步。厨房里的炊具，罗婆婆洗过一次，她仍不放心，总要亲自下厨用去污粉把锅铲一一擦亮。她也很顾家，每个月的零用钱，有一半是用在买肥皂粉、洗碗巾等日常家用上面，而且对待自己过分节俭，买给她的新衣裳，挂在衣橱里总也舍不得穿，穿来穿去仍旧是几件家常衣衫。其他九个手足从电视、冷气机、首饰到穿着摆设——大家拼命买给她，这大概也是我们几个人一种补赎的方式。然而明姊对物质享受却并不奢求，只要晚上打开电视有连续剧看，她也就感到相当满足了。当然，明姊也一定会做一个好母亲，疼爱她的子女，就好像她疼爱罗家小妹一样。

　　明姊得病后，我们在童年时建立起的那段友谊并没有受到影响，她幼时的事情还记得非常清楚，有一次她突然提起我小时候送给她的那只小黑狮子狗米达来，而且说得很兴奋。在我们敦化南路的那个家，明姊卧房里，台子上她有一个玩具动物园：有贝壳做的子母鸡、一对大理石的企鹅、一只木雕小老鼠——这些是我从垦丁、花莲，及日月潭带回去给她的，有一对石狮子是大哥送的，另外一只瓷鸟是二哥送的。明姊最宝贝的是我从美国带回去给她的一套六只玻璃烧成的滑稽熊，她用棉花把这些滑稽熊一只只包起来，放在铁盒里，不肯拿出来摆设，因为怕碰坏。有一次回台湾，我带了一盒十二块细纱手帕送给明姊，每张手帕上都印着一只狮子狗，十二只只只不同，明姊真是乐了，把手帕展开在床上，拍手呵呵笑。每次我回台湾，明姊是高兴的。头几天她就开始准备，打扫我的住房，跟罗婆婆两人把窗帘取下来洗干净，罗婆婆说是明姊亲自爬到椅子上去卸下来的。她怕我没有带梳洗用品，老早就到百货公司去替我买好面巾、牙膏、肥皂等东西——明姊后几年可以自己一个人出去逛街买东西了，那也变成了她消遣的方式之一。大部分的时间，她只是到百货公司去蹓跶蹓跶，东摸摸西弄弄，有时会耗去三四个钟头，空手而归，因为舍不得用钱。她肯掏腰包替我买那些牙膏肥皂，罗婆婆说我的面子算是大得很了。其实我洗脸从来不用面巾，牙膏用惯了一种牌子。但明姊买的不能不用，因为她会查询，看见她买的牙膏还没有开盒，就颇为不悦，说道："买给你你又不用！"

然而我每次返台与明姊相聚的时间并不算多，因为台湾的朋友太多，活动又频繁。有时整天在外，忙到深夜才返家，家里人多已安息，全屋暗然，但往往只有明姊还未入寝，她一个人坐在房中，孤灯独对。我走过她房间，瞥见她孤独的身影，就不禁心中一沉，白天在外的繁忙欢愉，一下子都变得虚妄起来。我的快乐明姊不能分享丝毫，我的幸福更不能拯救她的不幸，我经过她的房门，几乎蹑足而过，一股莫须有的歉疚感使得我的欢愉残缺不全。有时候我会带一盒顺成的西点或者采芝斋的点心回家给明姊消夜，那也不过只能稍稍减轻一些心头的负担罢了。眼看着明姊的生命在漫长岁月中虚度过去，我为她痛惜，但却爱莫能助。

去年我返台制作舞台剧《游园惊梦》，在台住了半年，那是我返台逗留最长的一次，陪伴明姊的时间当然比较多些，但是一旦《游园惊梦》开始动工，我又忙得身不由己，在外奔走了；偶尔我也在家吃晚饭，饭后到明姊房中跟她一同分享她一天最快乐的一刻：看电视连续剧。明姊是一个十足的"香帅"迷，《楚留香》的每一段情节，她都记得清清楚楚，巨细无遗，有几节我漏看了，她便替我补起来，把楚留香跟石观音及无花和尚斗法的情景讲给我听，讲得头头是道。看电视纵有千万种害处，我还是要感谢发明电视的人，电视的确替明姊枯寂的生活带来不少乐趣。每天晚上，明姊都会从七八点看到十一点最后报完新闻为止。如果没有电视，我无法想象明姊那些年如何能捱过漫漫长夜。白天明姊跟着罗婆婆做家务，从收拾房间到洗衣扫地，罗婆婆年事已高，跟明姊两人互相扶持，分工合作，把个家勉强撑起。到了晚上，两人便到明姊房间，一同观赏电视，明姊看得聚精会神，而罗婆婆坐在一旁，早已垂首睡去。前年罗婆婆患肺炎，病在医院里，十几天不省人事，我们都以为她大限已到，没料到奇迹一般她又醒转过来，居然康复。罗婆婆说她在昏迷中遇见父母亲，她认为是父母亲命令她回转阳间的，因为她的使命尚未完成，仍须照顾三姑娘。我们时常暗地担心，要是罗婆婆不在了，谁来陪伴明姊？有一次我跟智姊谈起，明姊身体不错，可能比我们几个人都活得长，那倒不是她的福，她愈长寿，愈可怜，晚年无人照料。没想到我们的顾虑多余，明姊似乎并不想拖累任何人，我们十个手足，她一个人却悄悄地最先离去。

七月中，有一天，我突然发觉明姊的眼睛眼白发黄。我自己生过肝炎，知道这是肝炎病征，马上送她到中心诊所，而且当天就住了院。然而我们还是太过掉以轻心了，以为明姊染上的只是普通的B型肝炎，住院休养就会病愈。那几天《游园惊梦》正在紧锣密鼓地排演，我竟没能每天去探望明姊，由大嫂及六弟去照顾她，而中心诊所的医生居然没看出明姊病情险恶，住院一星期后竟让明姊回家休养。出院那天下午，我在巷子口碰见明姊一个人走路回家，大吃一惊，赶紧上前去问她："三姑娘，你怎么跑出来了？"明姊手里拿着一只小钱包，指了一指头发，笑嘻嘻地说："我去洗了一个头，把头发剪短了。"她的头发剪得短齐耳根，修得薄薄的，像个女学生。明姊爱干净，在医院里躺了一个礼拜，十分不耐，一出院她竟偷偷地一个人溜出去洗头去了，一点也不知道本身病情的危险，倒是急坏了罗婆婆，到处找人。明姊回到家中休养，毫无起色，而且病情愈来愈严重，虽然天天到中心诊所打针，常常门诊，皆不见效。后来因为六弟认识长庚医院张院长，我们便把明姊转到长庚去试一试，由肝胆科专家廖医生主治。明姊住入长庚，第三天检查结果出来，那晚我正在一位长辈家作客，突然接到六弟电话，长庚来通知明姊病情严重，要家属到医院面谈。我连夜赶到林口，六弟也赶了去，医生告诉我们，明姊患的肝炎非 B 型，亦非 A 型，是一种罕有病例。治愈的机会呢？我们追问，医生不肯讲。

那天晚上回到家中，心情异常沉重，彻夜未能成眠，敦化南路那个家本来是为明姊而设，明姊病重入院，家中突然感到人去楼空，景况凄凉起来。那一阵子，《游园惊梦》演出成功，盛况空前，我正沉醉在自己胜利的喜悦中，天天跟朋友们饮酒庆功。那种近乎狂热的兴奋，一夕之间，如醍醐灌顶，顿时冰消，而且还感到内疚，我只顾忙于演戏，明姊得病，也未能好好照料。本来我替明姊及罗婆婆留了两张好票的，明姊不能去，她始终没有看到我的戏。如果她看了《游园惊梦》，我想她也一定会捧场喝彩的。那时我在美国的学校即将开学，我得赶回去教书，然而明姊病情不明，我实在放不下心，便向校方请了一个星期假，又打电话给香港的智姊。智姊马上赶到台湾，一下飞机便直奔林口长庚医院去探望明姊去了。智姊心慈,又是长姊,她对明姊这个小妹的不幸,分外哀怜。我记得有一回智姊从香港返台探亲,明姊将自己的房间让出来给智姊睡——她对智姊也是一向敬爱的——还亲自上街去买了一束鲜花插到房间的花瓶里,她指着花羞怯地低声向智姊道:"姊姊,你喜不喜欢我买给你的花?"智姊顿时泪如雨下,一把将明姊拥入了怀里。那几天,我几个在台的手足,大姊、大哥、六弟、七弟我们几个人天天轮流探病,好像啦啦队一般,替明姊加油打气,希望她度过危机。明姊很勇敢,病中受了许多罪,她都不吭声,二十四小时打点滴,两只手都打肿了,血管连针都戳不进去,明姊却不肯叫苦,顽强地躺在病床上,一副凛然不可侵犯的模样。她四十九岁生日那天,亲戚朋友、父母亲的老部下、老家人还是回到了我家来,替三姑娘庆生,维持住多年来的一个老传统,家里仍旧堆满了蛋糕与鲜花。大家尽量热闹,只当明姊仍旧在家中一般。那天我也特别到街口顺成西点铺去订了一个大蛋糕,那是明姊平日最喜爱的一种,拿到医院去送给她。我们手足几个人又去买了生日礼物,大家都费了一番心机,想出一些明姊喜爱的东西。我记得明姊去忠孝东路逛百货公司时,喜欢到一家商场去玩弄一些景泰蓝的垂饰,我选了几件,一件上面镂着一只白象,一件是一只白鹤,大概这两种鸟兽是长寿的象征,下意识里便选中了。这倒选对了,明姊看到笑道:"我早想买了,可惜太贵。"其实是只值几百块钱的东西。智姊和七弟都买了各式的香皂——这又是她喜爱的玩意儿，那些香皂有的做成玫瑰花，有的做成苹果，明姊也爱得不忍释手。同去医院的还有父亲的老秘书杨秘书、表嫂、堂姊等人。明姊很乐，吃了蛋糕，在床上玩弄她的礼物，一直笑呵呵。那是她最后一个生日，不过那天她的确过得很开心。

我离开台湾，并没有告诉明姊，实在硬不起心肠向她辞行。我心里明白，那可能是最后一次跟她相聚了。回到美国，台北来的电话都是坏消息，明姊一天天病危，长庚医院尽了最大的努力救治，仍然乏术回天。十月二十三号的噩耗传来，其实心理早已有了准备，然而仍旧悲不自胜，我悲痛明姊的早逝，更悲痛她一生的不幸。她以童贞之身来，童贞之身去，在这个世上孤独地度过了四十九个年头。智姊说，出殡那天，明姊的朋友们都到了，亲戚中连晚辈也都到齐。今年二月中我有香港之行，到台湾停留了三天。我到明姊墓上，坟墓已经砌好，离父母的墓很近。去国二十年，这是我头一次在国内过旧历年，大年夜能够在家中吃一次团圆饭，但是总觉得气氛不对，大家强颜欢笑，却有一股说不出的萧瑟。明姊不在了，家中最哀伤的有两个人，六弟和罗婆婆。六弟一直在台湾，跟明姊两人可谓相依为命。罗婆婆整个人愣住了，好像她生命的目标突然失去了一般，她吃了晚饭仍旧一个人到明姊房中去看电视，一面看一面打瞌睡。

我把明姊逝世的消息告诉她学生时代唯一的好友卓以

玉。卓以玉吓了一跳,她记得八〇年她回台湾开画展,明姊还去参观,并且买了一只小花篮送给她。卓以玉写了一篇文章纪念明姊,追忆她们在上海中西女中时的学生生涯。卓以玉说,明姊可以说是善良的化身。她写了一首诗,是给明姊的,写我们一家十个手足写得很贴切,我录了下来:

十只指儿——怀先明

大哥会飞 常高翔

二姊能唱 音韵扬

你呢

你有那菩萨心肠

最善良 最善良

大姊秀俊 又端庄

二哥 三哥 名禄 交游广

你呢

你有那菩萨心肠

最善良 最善良

四弟工程 魁异邦

五弟文墨 世世传

你呢

你有那菩萨心肠

最善良 最善良

六弟忠厚 七弟精

爹妈心头手一双

十只指儿 有短长

疼你那

菩萨心肠

最善良 最善良

　　明姊弥留的时刻,大嫂及六弟都在场。他们说明姊在昏迷中,突然不停地叫起"妈妈"来,母亲过世二十年,明姊从来没有提起过她。是不是在她跟死神搏斗最危急的一刻,她对母爱最原始的渴求又复苏了,向母亲求援?他们又说明姊也叫"路太远——好冷——"或者母亲真的来迎接明姊,到她那边去了,趁着我们其他九个人还没有过去的时候,母亲可以有机会补偿起来,她在世时对明姊没有给够的母爱。

　　　　　　　　一九八三年八月十七日《联合报》

少小离家老大回
我的寻根记

去年一月间，我又重返故乡桂林一次，香港电视台要拍摄一部关于我的纪录片，要我"从头说起"。如要追根究底，就得一直追到我们桂林会仙镇山尾村的老家去了。我们白家的祖坟安葬在山尾村，从桂林开车去，有一个钟头的行程。一月那几天，桂林天气冷得反常，降到摄氏二度。在一个天寒地冻的下午，我与香港电视台人员，坐了一辆中型巴士，由两位本家的堂兄弟领路，寻寻觅觅开到了山尾村。山尾村有不少回民，我们的祖坟便在山尾村的回民墓园中。走过一大段泥泞路，再爬上一片黄土坡，终于来到了我们太高祖榕华公的祖墓前。

按照我们族谱记载，原来我们这一族的始祖是伯笃鲁丁公，光看这个姓名就知道我们的祖先不是汉人了。伯笃鲁丁公是元朝的进士，在南京做官。元朝的统治者歧视汉人，朝廷上任用了不少外国人，我们的祖先大概是从中亚细亚迁来的回族，到了伯笃鲁丁公已在中国好几代了，落籍在江南江宁府。有些地方把我的籍贯写成江苏南京，也未免扯得太远，这要追溯到元朝的原籍去呢。

从前中国人重视族谱，讲究慎终追远，最怕别人批评数典忘祖，所以祖宗十八代盘根错节的传承关系记得清清楚楚，尤其喜欢记载列祖的功名。大概中国人从前真的很相信"龙生龙，凤生凤"那一套"血统论"吧。但现在看来，中国人重视家族世代相传，还真有点道理。近年来遗传基因的研究在生物学界刮起狂飙，最近连"人类基因图谱"都解构出来，据说这部"生命之书"日后将解答许多人类来源的秘密，遗传学又将大行其道，家族基因的研究大概也会随之变得热门。其实我们每个人的身体里，好的坏的，不知负载了多少我们祖先代代相传下来的基因。据我观察，我们家族，不论男女，都隐伏着一脉桀骜不驯、自由不羁的性格，与揖让进退、循规蹈矩的中原汉族，总有点格格不入，大概我们的始祖伯笃鲁丁公的确遗传给我们不少西域游牧民族的强悍基因吧，不过我们这一族，在广西住久了，熏染上当地一些"蛮风"，也是有的。我还是相信遗传与环境分庭抗礼，是决定一个人的性格与命运的两大因素。

十五世，传到了榕华公，而我们这一族人也早改了汉姓姓白了。榕华公是本族的中兴之祖，所以他的事迹也特别为我们族人津津乐道，甚至还加上些许神话色彩。据说榕华公的母亲一日在一棵老榕树下面打盹，有神仙托梦给她，说她命中应得贵子，醒后便怀了孕，这就是榕华公命名的由来。后来榕华公果然中了乾隆甲午科的进士，当年桂林人考科举中进士大概是件天大的事，长期以来，桂林郡都被中原朝廷目为"遐荒化外"之地，是流放谪吏的去处。不过桂林也曾出过一个"三元及第"的陈继昌，他是清廷重臣陈宏谋的孙子，总算替桂林人争回些面子。

我们这一族到了榕华公大概已经破落得不像样了，所以榕华公少年时才会上桂林城，到一位本家开的商店里去当学徒，店主看见这个后生有志向肯上进，便资助他读书应考，一举而中。榕华公曾到四川出任开县的知县，调署茂州，任内颇有政绩。榕华公看来很有科学头脑，当时茂州农田害虫甚多，尤以蚂蟥为最，人畜农作都被啮伤，耕地因而荒芜，人民生活困苦。榕华公教当地人民掘土造窑烧石灰，以石灰撒播田中，因发高热，蚂蟥蔓草统统烧死，草灰作为肥料，农产才渐丰收，州民感激，这件事载入了地方志。榕华公告老还乡后，定居在桂林山尾村，从此山尾村便成了我们这一族人的发祥地。

榕华公的墓是一座长方形的石棺，建得相当端庄厚重，在列祖墓中，自有一番领袖群伦的恢宏气势。这座墓是父亲于民国十四年重建的,墓碑上刻有父亲的名字及修建日期。山尾村四周环山,举目望去,无一处不是奇峰秀岭。当初榕华公选择山尾村作为终老之乡是有眼光的,这个地方的风水一定有其特别吉祥之处,后来破四旧,许多人家的祖坟都被铲除一空,而榕华公的墓却好端端的,似有天佑,丝毫无损,躲过了这一浩劫。

从小父亲便常常讲榕华公的中兴事迹给我们听。我想榕华公苦读出头的榜样,很可能就是父亲心中励志的模范。我们白家到了父亲时,因为祖父早殁,家道又中落了,跟榕华公一样,小时进学都有困难。有一则关于父亲求学的故事,我想对父亲最是刻骨铭心,恐怕影响了他的一生。父亲五岁在家乡山尾村就读私塾,后来邻村六塘圩成立了一间新式小学,师资较佳,父亲的满叔志业公便带领父亲到六塘父亲的八舅父马小甫家,希望八舅公能帮助父亲进六塘小学。八舅公家开当铺,是个嫌贫爱富的人,他指着父亲对满叔公说道:"还读什么书?去当学徒算了!"这句话对小小年纪的父亲,恐怕已造成"心灵创伤"(trauma)。父亲本来天资聪敏过人,从小就心比天高,这口气大概是难以下咽的。后来得满叔公之助,父亲入学后,便拼命念书,发愤图强,虽然他日后成为军事家,但他一生总把教育放在第一位。在家里,逼我们读书,绝不松手,在前线打仗,打电话回来给母亲,第一件事问起的,就是我们在校的成绩。大概父亲生怕我们会变成

"纨绔子弟"，这是他最憎恶的一类人，所以我们的学业，他抓得紧紧的。到今天，我的哥哥姊姊谈起父亲在饭桌上考问他们的算术"九九"表还心有余悸，大家的结论是，父亲自己小时读书吃足苦头，所以有"补偿心理"。

父亲最爱惜的是一些像他一样家境清寒而有志向学的青年。他曾帮助过大批广西子弟及回教学生到外国去留学深造。我记得我大姊有一位在桂林中山中学的同学，叫李崇桂，就是因为她在校成绩特优，是天才型的学生，而且家里贫寒，父亲竟一直盘送她到北京去念大学，后来当了清华的物理教授。李崇桂现在应该还在北京。

会仙镇上有一座东山小学，是父亲一九四〇年捐款兴建的，迄今仍在。我们的巴士经过小学门口，刚好放学，成百的孩子，一阵喧哗，此呼彼应，往田野中奔去。父亲当年兴学，大概也就是希望看到这幅景象吧：他家乡每一个儿童都有受教育的机会。如果当年不是辛亥革命，父亲很有可能留在家乡当一名小学教师呢。他十八岁那年还在师范学校念书，辛亥革命爆发，父亲与从前陆军小学同学多人，加入了"广西北伐学生敢死队"，北上武昌去参加革命。家里长辈一致反对，派了人到桂林北门把守，要把父亲拦回去。父亲将步枪托交给同队同学，自己却从西门溜出去了，翻过几座山，老人山、溜马山，才赶上队伍。这支学生敢死队，就这样轰轰烈烈地开往武昌，加入了历史的洪流。父亲那一步跨出桂林城门，也就改变了他一生的命运。

　　从前在桂林，父亲难得从前线回来。每次回来，便会带我们下乡到山尾村去探望祖母，当然也会去祭拜榕华公的陵墓。那时候年纪小，五六岁，但有些事却记得清清楚楚。比如说，到山尾村的路上，在车中父亲一路教我们兄弟姊妹合唱岳飞作词的那首《满江红》。那恐怕是他唯一会唱的歌吧，他唱起来，带着些广西土腔，但唱得慷慨激昂，唱到最后"待从头收拾旧山河，朝天阙"，他的声音高亢，颇为悲壮。很多年后，我才体会过来，那时正值抗战，烽火连城，日本人侵占了中国大片土地，岳武穆兴复宋室，还我河山的壮志，亦正是父亲当年抵御外侮，捍卫国土的激烈怀抱。日后我每逢听到《满江红》这首歌，心中总有一种说不出的感动。

　　到桂林之前，我先去了台北，到台北近郊六张犁的回教公墓替父母亲走过坟。我们在那里建了一座白家墓园，取名"榕荫堂"，是父亲自己取的，大概就是向榕华公遥遥致敬吧。我的大哥先道、三姊先明也葬在"榕荫堂"内。榕华公的一支"余荫"就这样安息在十万八千里外的海岛上了。墓园内起了座回教礼拜的邦克楼模型，石基上刻下父亲的遗墨，一副挽吊延平郡王郑成功的对联：

孤臣秉孤忠五马奔江留取汗青垂宇宙
正人扶正义七鲲拓土莫将成败论英雄

一九四七年父亲因"二二八事件"到台湾宣抚,到台南时,在延平郡王祠写下这副挽联,是他对失败英雄郑成功一心恢复明祚的孤忠大义一番敬悼。恐怕那时,他万没有料到,有一天自己竟也星沉海外,瀛岛归真。

我于一九四四年湘桂大撤退时离开桂林,就再没有回过山尾村,算一算,五十六年。"四明狂客"贺知章罢官返乡写下他那首动人的名诗《回乡偶书》:

少小离家老大回,乡音无改鬓毛衰。
儿童相见不相识,笑问客从何处来。

我的乡音也没有改,还能说得一口桂林话。在外面说普通话、说英文,见了上海人说上海话,见了广东人说广东话,因为从小逃难,到处跑,学得南腔北调。在美国住了三十多年,又得常常说外国话。但奇怪的是,我写文章,心中默诵,用的竟都是乡音,看书也如此。语言的力量不可思议,而且先入为主,最先学会的语言,一旦占据了脑中的记忆之库,后学的其他语言真还不容易完全替代呢。我回到山尾村,村里儿童将我团团围住,指指点点,大概很少有外客到那里去。当我一开腔,却是满口乡音,那些孩子首先是面面相觑,不敢置信,随即爆笑起来,原来是个桂林老乡!因为没有料到,所以觉得好笑,而且笑得很开心。

村里通到祖母旧居的那条石板路,我依稀记得,迎面扑来呛鼻的牛粪味,还是五十多年前那般浓烈,而且熟悉。那时父亲带我们下乡探望祖母,一进村子,首先闻到的,就是这股气味。村里的宗亲知道我要回乡,都过来打招呼,有几位,还是"先"字辈的,看来是一群老人,探问之下,原来跟我年纪不相上下,我心中不禁暗吃一惊。从前踏过这条石径,自己还是"少小",再回头重走这一条路,竟已"老大"。如此匆匆岁月,心理上还来不及准备,五十六年,惊风飘过。

我明明记得最后那次下乡,是为了庆祝祖母寿辰。父亲领着我们走到这条石径上,村里许多乡亲也出来迎接。老一辈的叫父亲的小名"桂五",与父亲同辈的就叫他"桂五哥"。那次替祖母做寿,搭台唱戏,唱桂戏的几位名角都上了台。那天唱的是《打金枝》,是出郭子仪上寿的应景戏。桂剧皇后小金凤饰公主金枝女,露凝香反串驸马郭暧。戏台搭在露天,那天风很大,吹得戏台上的布幔都飘了起来,金枝女身上粉红色的戏装颤抖抖的。驸马郭暧举起拳头气呼呼要打金枝女,金枝女一撒娇便嘤嘤地哭了起来,于是台下村里的观众都乐得笑了。晚上大伯妈给我们讲戏,她说金枝女自恃是公主拿架子,不肯去跟公公郭子仪拜寿,所以她老公要打她。我们大伯妈是个大戏迷,小金凤、露凝香,还有好几个桂戏的角儿都拜她做干妈。大伯妈是典型的桂林人,出口成章,

妙语如珠,她是个彻头彻尾的享乐主义者,她有几句口头禅:

酒是糯米汤,不吃心里慌。
烟枪当拐杖,扛起上天堂。

她既不喝酒当然也不抽大烟,那只是她一个潇洒的姿势罢了。后来去了台湾,环境大不如前,她仍乐观,自嘲是"戏子流落赶小场"。她坐在院中,会突然无缘无故拍起大腿迸出几句桂戏来,大概她又想起她从前在桂林的风光日子以及她的那些干女儿们来了。大伯妈痛痛快快地一直活到九十五。

祖母的老屋还在那里,只剩下前屋,后屋不见了。六叔、二姑妈的房子都还在。当然,都破旧得摇摇欲坠了。祖母一直住在山尾村老家,到湘桂大撤退前夕才搬进城跟我们住。祖母那时已有九十高龄,不习惯城里生活。父亲便在山尾村特别为她建了一幢楼房,四周是骑楼,围着中间一个天井。房子剥落了,可是骑楼的雕栏仍在,隐约可以印证当年的风貌。父亲侍奉祖母特别孝顺,为了报答祖母当年持家的艰辛。而且祖母对父亲又分外器重,排除万难,供他念书。有时父亲深夜苦读,祖母就在一旁针线相伴,慰勉他。冬天,父亲脚上生冻疮,祖母就从灶里掏出热草灰来替父亲渥脚取暖,让父亲安心把四书五经背熟。这些事父亲到了老年提起来，脸上还有孺慕之情。祖母必定智慧过人，她的四个媳妇竟没说过她半句坏话，这是项了不起的成就。老太太深明大义，以德服人，颇有点贾母的派头。后来她搬到我们桂林家中，就住在我的隔壁房。每日她另外开伙，我到她房间，她便招我过去，分半碗鸡汤给我喝，她对小孩子这份善意，却产生了没有料到的后果。原来祖母患有肺病，一直没有发觉。我就是那样被染上了，一病五年，病掉了我大半个童年。

我临离开山尾村，到一位"先"字辈的宗亲家里去小坐了片刻。"先"字辈的老人从米缸里掏出了两只瓷碗来，双手颤巍巍地捧给我看，那是景德镇制造的釉里红，碗底印着"白母马太夫人九秩荣寿"。那是祖母的寿碗！半个多世纪，历过多少劫，这一对寿碗居然幸存无恙，在幽幽地发着温润的光彩。老人激动地向我倾诉，他们家如何冒了风险收藏这两只碗。他记得，他全都记得，祖母那次做寿的盛况。我跟他两人抢着讲当年追往事，我们讲了许多其他人听不懂的老话，老人笑得满面灿然。他跟我一样，都是从一棵榕树的根生长出来的树苗。我们有着共同的记忆，那是整族人的集体记忆。那种原型的家族记忆，一代一代往上延伸，一直延伸到我们的始祖伯笃鲁丁公的基因里去。

香港电视台另一个拍摄重点是桂林市东七星公园小东江

上的花桥,原因是我写过《花桥荣记》那篇小说,讲从前花桥桥头一家米粉店的故事。其实花桥来头不小,宋朝时候就建于此,因为江两岸山花遍野,这座桥簇拥在花丛中,故名花桥。现在这座青石桥是明清两朝几度重修过的,一共十一孔,水桥有四孔,桥面盖有长廊,绿瓦红柱,颇具架式。花桥四周有几座名山,月牙山、七星山,从月牙山麓的伴月亭望过去,花桥桥孔倒影在澄清的江面上,通圆明亮,好像四轮浸水的明月,煞是好看,是桂林一景。

花桥桥头,从前有好几家米粉店,我小时候在那里吃过花桥米粉,从此一辈子也没有忘记过。吃的东西,桂林别的倒也罢了,米粉可是一绝。因为桂林水质好,榨洗出来的米粉,又细滑又柔韧,很有嚼头。桂林米粉花样多:元汤米粉、冒热米粉,还有独家的马肉米粉,各有风味,一把炸黄豆撒在热腾腾莹白的粉条上,色香味俱全。我回到桂林,三餐都到处去找米粉吃,一吃三四碗,那是乡愁引起原始性的饥渴,填不饱的。我在《花桥荣记》里写了不少有关桂林米粉的掌故,大概也是"画饼充饥"吧。外面的人都称赞云南的"过桥米线",那是说外行话,大概他们都没尝过正宗桂林米粉。

"桂林山水甲天下"这句自古以来赞美桂林的名言,到现在恐怕还是难以驳倒的,因为桂林山水太过奇特,有山清、水秀、洞奇、石美之称,是人间仙境,别的地方都找不到。

这只有叹服造化的鬼斧神工,在人间世竟开辟出这样一片奇妙景观来。桂林环城皆山,环城皆水,到处山水纵横,三步五步,一座高峰迎面拔地而起,千姿百态,每座殊异,光看看这些山名,鹦鹉山、斗鸡山、雉山、骆驼山、马鞍山,就知道山的形状有多么戏剧性了。城南的象鼻山就真像一只庞然大象临江伸鼻饮水。小时候,母亲率领我们全家夏天坐了船,在象鼻山下的漓江中徜徉游泳,从象鼻口中穿来穿去,母亲鼓励我们游泳,而且带头游。母亲勇敢,北伐时候她便跟随父亲北上,经过枪林弹雨的,在当时,她也算是一位摩登女性了。漓江上来来往往有许多小艇子卖各种小吃,我记得唐小义那只艇子上的田鸡粥最是鲜美。

自唐宋以来,吟咏桂林山水的诗文不知凡几,很多留传下来都刻在各处名山的石壁上,这便是桂林著名的摩崖石刻,仅宋人留下的就有四百八十多件,是一笔丰富的文化遗产。在象鼻山水月洞里,我看到南宋诗人范成大的名篇《复水月洞铭》,范成大曾经到广西做过安抚使,桂林到处都刻有他的墨迹。洞里还有张孝祥的《朝阳亭诗并序》。来过桂林的宋朝大诗人真不少:黄庭坚、秦少游,他们是被贬到岭南来的。其实唐朝时就有一大批逐臣迁客被下放到广西,鼎鼎大名的当然是柳宗元,还有宋之问、张九龄,以及书法家褚遂良。这些唐宋谪吏到了桂林,大概都被这里的一片奇景慑住了,一时间倒也忘却了宦海浮沉的凶险恶苦,都兴高采烈地为文作诗歌颂起桂林山水的绝顶秀丽。贬谪到桂林，到底要比流放到辽东塞北幸运多了。白居易说"吴山点点愁"，桂林的山看了只会叫人惊喜，绝不会引发愁思。从桂林坐船到阳朔，那四个钟头的漓江舟行，就如同观赏南宋大画家夏珪的山水手卷一般，横幅缓缓展开，人的精神面便跟着逐步提升，四个多钟头下来，人的心灵也就被两岸的山光水色洗涤得干干净净。香港电视台的摄影师在船上擎着摄影机随便晃两下，照出来的风景，一幅幅"画中有诗"。漓江风光，无论从哪个角度来拍，都是美的。

晚上我们下榻市中心的榕湖宾馆，这个榕湖也是有来历的，宋朝时候已经有了。北岸榕树楼前有千年古榕一棵，树围数人合抱，至今华盖亭亭，生机盎然，榕湖因此树得名。黄庭坚谪宜州过桂林曾系舟古榕树下，后人便建榕溪阁纪念他。南宋诗人刘克庄曾撰《榕溪阁诗》述及此事：

　　榕声竹影一溪风，迁客曾来系短篷。
　　我与竹君俱晚出，两榕犹及识涪翁。

榕湖的文采风流还不止于此。光绪年间，做过几日"台湾大总统"的唐景崧便隐居榕湖，他本来就是广西桂林人，回到故乡兴办学堂。康有为到桂林讲学，唐景崧在榕湖看棋亭上，招待康有为观赏桂剧名旦一枝花演出的《芙蓉诔》。康有为即席赋诗："万玉哀鸣闻宝瑟，一枝浓艳识花卿。"传诵一时。想不到"百日维新"的正人君子也会作艳诗。

榕湖遍栽青菱荷花，夏季满湖清香。小时候我在榕湖看过一种水禽，鸡嘴鸭脚，叫水鸡，荷花丛中，突然会冲出一群这种黑压压的水鸟来，翩翩飞去，比野鸭子灵巧得多。

榕湖宾馆建于二十世纪六十年代，是当时桂林最高档的宾馆，现在前面又盖了一座新楼。榕湖宾馆是我指定要住的，住进去有回家的感觉，因为这座宾馆就建在我们西湖庄故居的花园里。抗战时我们在桂林有两处居所，一处在风洞山下，另一处就在榕湖，那时候也叫西湖庄。因为榕湖附近没有天然防空洞，日机常来轰炸，我们住在风洞山的时候居多。但偶尔母亲也会带我们到西湖庄来，每次大家都欢天喜地的，因为西湖庄的花园大，种满了果树花树，橘柑桃李，还有多株累累的金桔。我们小孩子一进花园便七手八脚到处去采摘果子。橘柑吃多了，手掌会发黄，大人都这么说。一九四四年，湘桂大撤退，整座桂林城烧成了一片劫灰，我们西湖庄这个家，也同时毁于一炬。战后我们在西湖庄旧址重建了一幢房子，这所房子现在还在，就在榕湖宾馆的旁边。

那天晚上，睡在榕湖宾馆里，半醒半睡之间，朦朦胧胧我好像又看到了西湖庄花园里，那一丛丛绿油油的橘子树，一只只金球垂挂在树枝上，迎风招摇，还有那几棵老玉兰，吐出成千上百夜来香的花朵，遍地的栀子花，遍地的映山红，满园馥郁浓香引来成群结队的蜜蜂蝴蝶翩跹起舞——那是另一个世纪、另一个世界里的一番承平景象，那是一幅永远印在我儿时记忆中的欢乐童画。

二〇〇一年五月二十一至二十三日《世界日报》

上海童年

我是一九四六年春天，抗战胜利后第二年初次到达上海的，那时候我才九岁，在上海住了两年半，直到四八年的深秋离开。可是那一段童年，对我一生，却意义非凡。记得第一次去游"大世界"，站在"哈哈镜"面前，看到镜里反映出扭曲变形后自己胖胖瘦瘦高高矮矮的奇形怪状，笑不可止。童年看世界，大概就像"哈哈镜"折射出来的印象，夸大了许多倍。上海本来就大，小孩子看上海，更加大。战后的上海是个花花世界，像只巨大无比的万花筒，随便转一下，花样百出。

国际饭店当时号称远东第一高楼，其实也不过二十四层，可是那时真的觉得饭店顶楼快要摩到天了，仰头一望，帽子都会掉落尘埃。我从来没有见过那么多的高楼大厦聚集在一个城里，南京路上的四大公司——永安、先施、新新、大新，像是四座高峰隔街对峙,高楼大厦密集的地方会提升人的情绪,逛四大公司,是我在上海童年时代的一段兴奋经验。永安公司里一层又一层的百货商场,琳琅满目,彩色缤纷,好像都在闪闪发亮。那是个魔术般变化多端层出不穷的童话世界,就好像永安公司的"七重天",连天都有七重。我踏着自动扶梯,冉冉往空中升去,那样的电动扶梯,那时全国只有大新公司那一架,那是一道天梯,载着我童年的梦幻伸向大新游乐场的"天台十六景"。

当年上海的电影院也是全国第一流的,"大光明"的红绒地毯有两寸厚,一直蜿蜒铺到楼上,走在上面软绵绵,一点声音都没有。当时上海的首轮戏院"美琪"、"国泰"、"卡尔登"专门放映好莱坞的西片,《乱世佳人》在"大光明"上演,静安寺路挤得车子都走不通,上海人的洋派头大概都是从好莱坞的电影里学来的。"卡尔登"有个英文名字叫Carlton,是间装饰典雅小巧玲珑的戏院,我在那里只看过一次电影,是"玉腿美人"蓓蒂葛兰宝主演的《甜姐儿》。"卡尔登"就是现在南京西路上的长江剧院,没想到几十年后,一九八八,我自己写的舞台剧《游园惊梦》也在长江剧院上演了,一连演十八场,由上海"青话"胡伟民导演执导。

那时上海滩头到处都在播放周璇的歌,家家《月圆花好》,户户《凤凰于飞》,小时候听的歌,有些歌词永远也不会忘记:上海没有花,大家到龙华,龙华的桃花都回不了家!

大概是受了周璇这首《龙华的桃花》的影响，一直以为龙华盛产桃花，一九八七年重返上海，游龙华时，特别注意一下，也没有看见什么桃花，周璇时代的桃花早就无影无踪了。

夜上海，夜上海，你是个不夜城。
华灯起，车声响，歌舞升平。

这首周璇最有名的《夜上海》，大概也相当真实地反映了战后上海的情调吧。当时霞飞路上的霓虹灯的确通宵不灭，上海城开不夜。

其实头一年我住在上海西郊，关在虹桥路上一幢德国式的小洋房里养病，很少到上海市区，第二年搬到法租界毕勋路，开始复学，在徐家汇的南洋模范小学念书，才真正看到上海，但童稚的眼睛像照相机，只要看到，咔嚓一下就拍了下来，存档在记忆里。虽然短短的一段时间，脑海里恐怕也印下了千千百百幅"上海印象"，把一个即将结束的旧时代，最后的一抹繁华，匆匆拍摄下来。后来到了台湾上大学后，开始写我的第一篇小说《金大奶奶》，写的就是上海故事。后来到了美国，开始写我的小说集《台北人》，头一篇《永远的尹雪艳》，写的又是上海的人与事，而且还把"国际饭店"写了进去。我另外一系列题名为"纽约客"的小说，开头的一篇《谪仙记》,也是写一群上海小姐到美国留学的点点滴滴,这篇小说由导演谢晋改拍成电影《最后的贵族》,开始有个镜头拍的便是上海的外滩。这些恐怕并非偶然,而是我的"上海童年"逐渐酝酿发酵,那些存在记忆档案里的旧照片拼拼凑凑,开始排列出一幅幅悲欢离合的人生百相来,而照片的背景总还是当年的上海。

一九九九年二月上海《收获》杂志

石头城下的冥思

> 山围故国周遭在，
> 潮打空城寂寞回。
> 淮水东边旧时月，
> 夜深还过女墙来。
>
> ——《石头城》刘禹锡

南京石头城遗址位于清凉山麓，下临长江，依山筑城，形势险要，有"石城虎踞"之称。公元二二九年东吴孙权建都建业，筑石头城，奠下了现代南京城的根基，距今已有一千七百多年的历史。城墙下有一砾岩，色赭红，常年因江水冲刷，风化剥落，凹凸不平，形成了一张巨大的面具，南京人把这座城又称为"鬼脸城"。这张巨型鬼脸，就那么冷冷地悬在峭壁上，潮涨潮落，宋、齐、梁、陈，足足阅尽了十一朝兴亡——如果把"太平天国"和"汪政权"也算上的话。

辛亥革命成功，孙中山先生就任中华民国临时大总统，定都南京，可是只有九十五天，国都就被北洋军阀迁到北京去了。要等到国民革命军北伐，民国十六年打回南京，才又还都。然而十年后，南京却惨遭日本人屠城，三十万军民肝脑涂地，于是南京又被敌伪统治了八年。抗战胜利，民国三十五年五月一日，再次还都，那真是一个举国欢腾的好日子，那时谁也没有料到，不足三年，中共兵已渡江。国民政府在南京的时间不长，断断续续，前后不过十四年，但也留下了不可抹灭的印痕，紫金山上迤逦而下的中山陵，早已深深地刻在这个千年古都的舆图上，成为现代南京最伟岸的历史标志。还有，我看就是那些法国梧桐了。南京绿化，为人称道。其实通往中山陵那条道路上，两侧的梧桐在民国时代早已栽下，而今树已合抱，枝叶蔽天，搭成了一条数里相接的绿荫长廊。前人种树，后人乘凉。"忧愁风雨，树犹如此。"

作为帝王之宅的文化古都而言，南京矜贵，北京霸气；南京含蓄，北京炫耀。而作为现代都市，南京也算是保存得比较完善的，人文与自然互不侵犯。上海变成了一个大破落户，北京却现代化得面目全非了。

我是民国三十七年冬天离开南京的，在中山码头上的船，滚滚长江，一别就是三十九年。一九八七年再回大陆，上海苏杭，访旧有之，更多的是赏心乐事。可是重返故都，心情不同，火车才一进站，眼底江山，已经感到满目凄凉起来。

找到了南京旧居，大悲巷雍园一号的房子依然无恙，连附近的巷陌、比邻的梅园新村也没多大的变动。雍园一号的新主人是一位"人大"委员，恐怕已近八十高龄了，老先生十分客气，请我进去用茶，还谈了一些民国时代的往事。陪同的人告诉我，那一带现在住的都是高干，梅园新村周恩来的旧居却改成了一个对外开放的纪念馆。

特地去参观了江东门南京大屠杀纪念馆。西部江东门是当年大屠杀的杀戮场之一。纪念馆是一九八五年兴建的，设计别出心裁，像一座巨大的石砌坟场，色调灰白，十分悲肃。陈列室的橱窗里枯骨满布，都是江东门"万人坑"挖掘出来受难者的遗骸。成千上百的骷髅头上还有弹痕累累，景象极其恐怖，每一个骷髅似乎都在无声呐喊，等待申冤。如此铁证，日本政府竟仍然企图篡改历史。难道日本人至今还不明了，除非他们诚心忏悔，他们的民族灵魂，将永无得到洗涤救赎的一日。

经过旧日的国府路，国民政府时期的公家机关外交部、经济部都给冠上了"人民"的头衔，连往日的总统府也驻进了人民政协，国民大会堂就当然换成了人民大会堂了，上面圆顶也早已插上了颇为忤目的五星红旗。我进到大会堂里，拍下了一些照片。就在这个圆顶建筑物里，民国三十七年四月间，在遍地烽火中，第一届国大代表选出了中华民国的总统与副总统来。当年的选举是如此的纷争扰攘，而终于导致了中枢无可弥补的分裂。而今大会堂中一片静悄，三千个座位都空在那里，一瞬间，历史竟走了天旋地转的三十九年。

抗战胜利，还都南京的那一年，我随了父亲登紫金山谒中山陵，春回大地，江山如画。爬上那三百多级石阶，是一种顶礼膜拜的朝圣经验，即便是那样幼小的年纪，也还体验得到还都谒陵的庄严意义。三十九年后重登中山陵，又值暮春，那天细雨霏霏，天色阴霾，因为右足痛风，一颠一拐，真是举步维艰。蹭蹬到国父陵前，猛抬头，看到国父手书"天下为公"四个大字，一阵悲痛，再也按捺不住，流下了几十年海外飘零的游子泪。想想国父当年缔造民国的崇高理想，想想我们数十年坎坷颠踬的命运，面对着眼前龙盘虎踞一水中分的大好河山，怎不教人怆然而涕下。

然而阅尽兴亡的石头城仍旧矗立在那里，人世间数十年的风波转折，在这座千年古城的历史长河中，恐怕也不过是一个随生随灭的泡沫罢了。

一九九二年六月十四日《联合报》

岂容青史尽成灰

一九八二年日本文部省修改日文教科书，企图掩饰洗刷第二次世界大战日军侵略亚洲各国的罪行。此举引起亚洲各国政府强烈抗议，尤其是全世界的中国人更感愤慨，因为中日战争，中国人民伤亡最惨重，死亡于战乱者达一千五百万，国家元气消耗殆尽，战后劫难旋踵而至。日本政府估计错误，以为三十多年，日军暴行造成的创伤在亚洲人民记忆中已经消褪。近年来许多迹象显示，日本人对"大东亚共荣"的美梦并未忘情：国内放映"大日本帝国"影片，尤有甚者，竟修建"满洲国纪念碑"；日本名导演大岛渚最近的一部影片《圣诞快乐，劳伦斯先生》（国内译为《俘虏》）中，主角日本军官自称曾到满洲"平乱"——意指卢沟桥事变，日本军国主义的心态毕露无遗，难怪亚洲人民对日本政府修改教科书的意图无限疑虑了。日本右派分子从未停止鼓吹日本重整军备，并且公开尊奉纪念"战死的英雄"，把头号战犯东条英机牌位送进"靖国神社"。相形之下，德国人对纳粹暴行所持态度，迥然不同。前西德总理施密特，曾在犹太人被害者墓前下跪，代表全体德意志民族向犹太人忏悔致歉。也许我们可以结论毕竟条顿民族比大和民族有良心良知，勇于认错——日本人篡改历史到底是一种怯懦的行为。但事实上德国人即使想篡史也不可能，因为这几十年来犹太人一直锲而不舍，把纳粹罪行的证据，点点滴滴，全部搜集存档，有关这场浩劫的书籍、电影、戏剧，林林总总，可谓汗牛充栋，铁证如山，而且不断向全世界公布。犹太人不容许他们的后代子孙忘却这场灭种的悲剧，更不容许德国人翻案篡史。直到今天他们还在追缉纳粹战犯，每年集中营幸存者都会约同从全世界回到以色列追思被纳粹残害的亲友。作为日本军国主义最大的受害者，我们的努力比起犹太人真是相差太远。虽然国内已经出版不少有关抗战的史料，但尚未能影响国际，尤其未能影响日本人民，使他们了解第二次世界大战，日本军国政府所造成的滔天大祸。事实上战后"远东军事法庭"有关日军暴行之证据文件共有七百册，现存日本法务省。当然日本政府不会把这些文件公开，让日本人民知道他们政府的野蛮行为。倒是一九七二年日本朝日新闻社出版了该社记者本多胜一所著《中国之行》一书，在日本曾引起相当大的震撼。本多胜一于一九七一年到中国大陆访问了中日战争期间日军在东北及南京、上海几次大屠杀的幸存者，并揭发了日军在东北惨无人道的暴行。沈阳"满洲医科大学"的日本医生把中国人用作细菌试验，注射斑疹伤寒菌到人体内，人还活着便予以解剖，研究体内情况。本多在书中列出当时的实验报告并附详细表格。读到日本医生所写的这些完全客观、丝毫不带人类感情的科学报告，不禁令人毛骨悚然。本多并参观了三个东北"万人坑"，这些"万人坑"为埋葬中国矿工所设，不少矿工因生病体弱无法劳动，便被活活扔入坑中任其痹毙，迄今照片上仍可看到坑中累累白骨。至于"南京大屠杀"那些惨闻，就更加惊心动魄了。几周内，三十余万南京市军民惨遭屠杀。这本书一出，日本知识界颇为震惊，但也有些反应声称："当时并不知情。"果真如此，日本政府的愚民政策十分成功，难怪文部省要大胆篡史了。希特勒残杀犹太人，然而今日六百万犹太冤魂声讨正义的呼声在世界上何等响亮，而一千五百万中国亡魂又是何等的沉默。我们当然不能靠外国人来替我们申冤，外国人的报导倒是曲解事实的居多。美国学界一直流传着一个荒谬的说法：国民党没有抗日。前《时代》杂志名记者怀特（Theodore White）报导抗战，把国民党军队说得一文不值。他那本《来自中国的雷声》对国民政府的国家形象损害颇大。他报导当时的状况：士兵营养不良，征兵制度不合理，少数官员腐败颟顸。在抗战后期容或有其真实性，但抗战前期中国军民英勇抗敌的事迹呢？民国二十七年"台儿庄之役"国民党军队以少击众，一举歼灭敌军劲旅矶谷、坂垣师团二万精兵，成为抗战第一大捷。二十八年"昆仑关之役"消灭中村正雄旅团，使敌军五年不敢再犯桂南。第一、二、三次"长沙会战"亦是同样激烈，战果辉煌。这些著名战役都应写成专书，推往国际。事实上在西方，许多有关二次大战的书籍也是近几年才刚问世。美国公共电视台最近推出一系列二次大战纪录片，颇有教育价值。如果我们即将成立的公共电视台也能仿造美国，将中国战史制成纪录片，相信对台湾的观众，尤其是青年观众教育意义重大。记得我在台湾中学念中国历史，教科书上中日史一笔带过，这场民族灾祸交代得何等草率，纪录片正可补教科书的不足。

文学和历史都反映时代，如果说历史是理性客观的记录，那么文学便是感性主观的投射，二者相辅相成。抗战文学正反映了苦难的中国，苦难中中华民族拼死抵御外族入侵的悲愤与辛酸。抗战文学史料的整理，实在是当今一件刻不容缓的大事。近来国际上对这期间的文学也渐重视，一九八〇年巴黎首次举行"抗战文学"会议，去年香港中文大学又举行第二次，可惜两次台湾都没有派代表去参加，中国大陆倒派出不少作家学者，形成一边倒的局势……

《现代文学》同仁有鉴于抗战文学对中国近代历史研究的重要性，于二十一期推出"抗战文学专号"。这个专辑只是一个初步的尝试。因为抗战文学篇幅浩繁，史料不易搜集。而且格于客观形势的禁忌，抗日期间有些思想左倾的文人作品无法纳入。因此这个专辑的方针乃采取从有限的角度，来反映抗战中国的一斑。已经广为流传的作品，我们没有采用。专辑中的文章多为一些真情毕露的精品，有些是成名的前辈作家，如胡秋原、王蓝、陈纪滢、谢冰莹、卜少夫、刘以鬯、何容、钟鼎文等如今尚在台湾、香港。看了他们的文章，我们了解到这些前辈作家抗日期间的爱国情操。王蓝先生的《第一封家信》、谢冰莹女士的《台儿庄》、陈纪滢先生给女儿的信、胡秋原先生对青年军的报导，都曾使我深深感动。我们特别感谢夏志清教授赐给我们的长文，这是一篇重要论文，给予端木蕻良以及他的天才之作《科尔沁旗草原》应有的文学评价。这个专辑由郑树森教授主编，他为此花费了惊人的时间与精力。专辑一共四百一十一页，远景出版社不惜工本促成其事。希望这个专辑能够抛砖引玉，引起更多同好研究抗战文学的兴趣，更希望战后一代的青年读者，能够从专辑的文学作品中，去体认我们国家苦难的历史。

中日战争，是中日两国人民的大悲剧。两个文化、文字如此相近的民族竟至互相残杀。虽然这场战争的历史背景异常复杂，但是这场劫难的教训我们不能不铭记于心："人必自侮而后人侮之，国必自伐而后人伐之。"设若民国十七年北伐完成，中国人能够团结一致，复国建国，日本人何敢轻举妄动。不幸中原大战，兄弟阋墙，遂予日本军阀可乘之机，狂言三月征服中国。历史的演变真是莫大的讽刺。战败的日本在烽火废墟上建立起一等的经济大国，而我们却"赢得了战争，失去了和平"……犹记一九六六年返国，首次停留日本，看见东京高楼大厦高耸入云，到处车水马龙，一片繁荣，东京街上战后的一代，个个衣履光鲜，神采奕奕，战后的创痛在那些没有记忆的日本青年身上似乎并未留下任何痕迹。我当时心情异常复杂，感触良多，不禁深深觉到历史的无情、不平。中日战争以及台湾五十年的殖民统治，使得我们对待日本的心理矛盾重重。日本的精致文化及物质文明，使得我们羡慕向往，情不自禁；然而历史的伤痕又时常隐隐作痛，使得我们疑惧满腹。仇日媚日都非正途，理性的考察与了解仍属首要。甲午战争，中国败北，清廷尚且派遣成千上万的留学生到日本去学习他们富国强兵之道。今年八月《天下》杂志出了一个日本专访特辑，从各种角度深入报导。恪于形势，我们跟日本相生相克的复杂关系，恐怕还会无限延长下去。然而在我们引进日本大汽车厂工业技术之际，我们必须心存警惕：日本军国主义曾经带给我们国家民族无穷灾祸，那一段痛史，毋容篡改，毋容抹煞。

一九八三年十一月二十七日《联合报》

青春

明星咖啡馆

明星大概是台北最有历史的咖啡馆了。记得二十年前还在大学时代，明星便常常是我们聚会的所在。那时候，明星的老板是一个白俄，蛋糕做得特别考究，奶油新鲜，又不甜腻，清新可口，颇有从前上海霞飞路上白俄西点店的风味。二楼陈设简朴，带着些许欧洲古风。那个时期，在台北上咖啡馆还是一种小小的奢侈，有点洋派，有点沙龙气息。幸而明星的咖啡价钱并不算贵，偶尔为之，大家还去得起。

明星在武昌街，靠近重庆南路，门口骑楼下有一个书摊，这个书摊与众不同，不卖通俗杂志，也不卖武侠小说，有不少诗集诗刊，也有《现代文学》，那便是孤独国主周梦蝶的诗之王国。周梦蝶隐于市，在车马喧嚣中，参悟到明年髑髅的眼中，虞美人仍旧抽发茁长。《现文》常常剩下许多卖不出去的旧杂志，我们便一包包提到武昌街，让周梦蝶挂在孤独国的宝座上，然后步上明星的二楼，喝一杯浓郁的咖啡，度过一个文学的下午。那时节明星文风蔚然。《创世纪》常在那里校稿，后来《文学季刊》也在明星聚会。记得一次看到黄春明和施叔青便在明星二楼。六十年代的文学活动大多是同人式的，一群文友，一本杂志，大家就这样乐此不疲地坐了下去。当时我们写作，好像也并没有什么崇高的使命感，没有叫出惊人的口号——就是叫口号，恐怕也无人理睬。写现代诗、现代小说，六十年代初，还在拓荒阶段，一般人眼中，总有点行径怪异，难以理解。写出来的东西，多传阅于同人之间，朋友们一两句好话，就算是莫大的鼓励了。然而在那片文学的寂天寞地中，默默耕耘，也自有一番不足与外人道的酸甜苦辣。于是台湾六十年代的现代诗、现代小说，羼着明星咖啡的浓香，就那样，一朵朵的静静地萌芽、开花。

这几年来，台北沧海桑田，面目全非，踟蹰街头，有时竟不知身在何方。东区新建的高楼大厦，巍巍然排山倒海而来，目为之眩。台北饭馆多。其来有自，但是这次回来，我发觉台北的咖啡馆，竟也大街小巷，栉比鳞次起来，犹如雨后春笋，完全取代了早年的"纯吃茶"。而装潢之瑰丽，五光十色，纽约、东京瞠乎其后。有些名字取得妙——"梦咖啡"。听说还有一家叫"杜鹃窝"的，不知道什么人去光顾。价钱也不对了，坐下去就是六十块。咖啡味道倒未必佳。或许是我的偏见，这些新兴的咖啡馆，豪华是豪华，但太过炫耀了，有点暴发户。我还是喜欢武昌街上那间灰扑扑的明星，明星的咖啡，明星的蛋糕，二十年来，香醇依旧。

九月十五日、十六日、十七日，《现代文学》与作家们举行了三次聚会，我和远景的沈登恩商量，地点就设在明星三楼，也是叙旧的意思。头一天光临的是诗林高手，《创世纪》、《蓝星》、《龙族》、《草根》，各派宗主，一时到齐。难得孤独国王周梦蝶下凡一游。管管有多年没见面了，上一次遇见他是十七年前在陈若曦永康街的家里。张默来了，送了一套《创世纪》给我，《创世纪》是九命猫，比《现代文学》的历史还要古远，这两本杂志，可算历尽沧桑。还有洛夫、商禽、辛郁，《蓝星》诗侣罗门、蓉子。痖弦带来了他的手下大将丘彦明，《台湾时报》的梅新、《中华日报》的蔡文甫、尔雅的隐地，难得露面的张健，爱吃西瓜的罗青，喜欢写蝴蝶的景翔，统统围成了一桌，当然还有《现文》元老何欣与姚一苇两位先生。高上秦姗姗来迟，晚了半个钟头——这样的集会，真是难得。人生聚散无常，这么多老朋友济济一堂，机会不多。二十年前叶维廉头次带痖弦到我家，记得韩国诗人许世旭先生也来了。我家住在松江路——那一带还是一片稻田，野趣横生——我们一行数人，步小径，谈诗。痖弦刚写了《巴黎》，文坛哗然。（亏他想得出来，把女人的嘴唇比作丝绒鞋！）许世旭初试汉文诗，头几首便发表在《现代文学》。今夏联副有一个餐会，设宴在松江路的"金玉满堂"，我去一看，原来这家巍峨堂皇的大饭店竟坐落在从前我家的旧址上，真是巧，那天韩国诗人许世旭赫然在场，一别二十载，旧地相逢，令人感到时空交错。去年许世旭寄了一本韩文版的《台北人》给我，是他译的，我当然很兴奋，只是看不懂韩文，满纸的小圈圈，觉得很好玩。许世旭的汉文修养如此深厚，译笔必是好的。可惜他早返韩国，未克参加这次《现文》诗人欢聚。明星的西式午餐很简单，一菜一汤，与"金玉满堂"的华筵不能比，但我看见大家还是满兴高采烈的，故人相聚，何况又在怀有共同回忆的地方。有的白了几根头发，有的添了几条时间的痕迹，然而我讶异诗人们豪情不减当年，意兴飞扬，尤有过之，是什么力量支撑他们尚文精神勇猛如昔？大概还是他们的诗吧！这群拓荒者已经替台湾的现代诗铺下了一条道路，这条路虽然曲折、崎岖，有时惊险重重，而且分歧，但路总是筑成了，后人走起来，至少有条途径可循。

第一天来了一位年轻作者李捷金，他本来属于第二天的聚会，因有事，提前来。前年在联副上我读到一篇小说《猫》，笔调沉着老练，老年人的心境写得体贴入微，我原以为作者李捷金一定是个阅世已深的中年人，没料到竟是个在学的青年学生，大为诧异。可惜那篇小说没有得到那年《联合报》小说比赛奖，甚感不平，去年李捷金荣获《中国时报》小说奖第二名，夏志清先生特别推崇他那篇《窄巷》，所见略同。现在台湾新生代的小说家真不得了，又多又好，各有千秋。

第二天到了宋泽莱、吴念真、陈雨航、古蒙仁、陈铭磻，还有七等生——我和七等生神交已久，这次却是首次见面。他支持《现文》，十数年如一日，投在《现文》的小说稿，篇数第二多。宋泽莱、吴念真、陈雨航今年都得到《联合报》的小说奖，古蒙仁也得到《中时》的小说推荐奖，皆大欢喜。台湾文学，现在属于小说时代，年轻小说家，扬眉吐气，比比皆是，真为他们高兴，从前我们写小说，是没有几个人看的，谁还会想到给我们奖金？台湾新生代的小说家，给我的感觉是扎扎实实，不飘不浮。到底他们土生土长，跟台湾这块土地完全认同了，台湾文学的旗纛应该由他们扛下去。我跟七等生坐在一起，突然感到我们是同一辈的人，我们的哀乐大概是可以沟通的。难为七等生特地从外埠赶来台北，大概也是为着对《现文》多年的那一份情吧。

明星对陈映真恐怕回忆更深更浓更悠远，从前《文学季刊》在那里聚会比我们频繁得多。我跟陈映真是真正属于六十年代的。远在大学时期，陈映真他们还在办《笔汇》，我们见过一面，他到我家来玩，我们那时都是学生，台北正在放映《上帝创造女人》，我们笑着谈论ＢＢ。三年前在施叔青家重逢，大家都走了好长一段路。我床头有一本陈映真的小说选集，许多年来一直放在那里，是我最喜欢看的书籍之一。十七日晚还有奚淞、姚一苇、沈登恩，五个人一起在明星三楼喝了几瓶啤酒。姚先生的结论是：只有文学值得奋斗。廉颇未老,豪兴依旧。沈登恩的勇气也不小,《现代文学》这副重担,远景也敢来扛。西谚"人生暂短,艺术长存",在这个白云苍狗、瞬息万变的人间世里,这句话大概还有几分真理吧。

我跟奚淞离开明星,台北已经渐入深夜。我们沿着重庆南路一直徜徉了下去。奚淞与我有许多共同的了解,我们谈起话来,很省力。奚淞建议我回来居留一个时期,我说我很想这样做。我有根深柢固的怀旧习惯,对台北这份执着,情不能已。台北虽然变得厉害,但总还有些地方、有些事物,可以令人追思、回味。比如说武昌街的明星,明星的咖啡和蛋糕。

一九七九年十月于加州

《现代文学》的回顾与前瞻

一九六〇年,我们那时都还在台大外文系三年级念书,一群不知天高地厚一脑子充满不着边际理想的年轻人,因为兴趣相投,热爱文学,大家变成了朋友。于是由我倡议,一呼百应,便把《现代文学》给办了出来。出刊之时,我们把第一期拿去送给黎烈文教授,他对我们说:"你们很勇敢!"当时他这话的深意,我们懵然不知,还十分洋洋自得。没料到《现代文学》一办十三年,共出五十一期,竟变成了许许多多作家朋友心血灌溉而茁壮,而开花,而终于因为经济营养不良飘零枯萎的一棵文艺之树。对我个人来说,《现代文学》是我的一副十字架,当初年少无知,不自量力,只凭一股憨勇,贸然背负起这副重担,这些年来,路途的崎岖颠踬,风险重重,大概只有在台湾办过同人文艺杂志的同路人,才能细解其中味。

台大外文系一向文风颇盛,创道者,首推我们的学长诗人余光中，那时他早已名震诗坛了。夏济安教授主编《文学杂志》，又培养了不少外文系作家。高于我们者，有叶维廉、丛苏、水晶、刘绍铭。后来接我们棒的，有王祯和、杜国清、潜石（郑恒雄）、淡莹等。然而我们那一班出的作家最多：写小说的，有王文兴、欧阳子（洪智惠）、陈若曦（陈秀美），诗人有戴天（戴成义）、林湖（林耀福）。还有许多杆好译笔如王愈静、谢道峨，后来在美国成为学者的有李欧梵，成为社会学家的有谢杨美惠。这伙人，还加上另外几位，组成了小社团"南北社"（详情见欧阳子《回忆〈现代文学〉创办当年》）。我们常常出去爬山游水，坐在山顶海边，大谈文学人生，好像天下事，无所不知，肚里有一分，要说出十分来。一个个胸怀大志意气飞扬，日后人生的颠沛忧患，哪里识得半分！陈若曦老闹神经痛，但爬山总是她第一个抢先上去。王文兴常常语惊四座，一出言便与众不同。欧阳子不说话，可是什么都看在眼里。大家一时兴起，又玩起官兵捉强盗来。怎么会那样天真？大概那时台北还是农业社会——清晨牛车满街，南京东路还有许多稻田，夜总会是一个神秘而又邪恶的名词，好像只有一两家。台大外文系那时也染有十分浓厚的农业色彩：散漫悠闲，无为而治。我们文学院里的吊钟楼一直是停摆的，图书馆里常常只剩下管理员老孟（苏念秋）一个人在打坐参禅，而我们大伙却逃课去办《现代文学》去了。幸亏外文系课业轻松，要不然哪里会有那么多的时间精力来写文章办杂志？而且大家功课还不错，前几名都是南北社的人囊括的。

一九五九年大二暑假，我跟陈若曦、王愈静通了几封信，提出创办《现代文学》刍议，得到南北社社员热烈支持。于是大家便七手八脚分头进行，[首先是财源问题，我弄到一笔十万块的基金，但只能用利息，每月所得有限，只好去放高利贷（后来几乎弄得《现文》破产，全军覆没，还连累了家人）。欧阳子稳重细心，主持内政、总务出纳、订户收发由她掌管。陈若曦闯劲大，办外交，拉稿，笼络作家。王文兴主意多，是《现文》编辑智囊团的首脑人物，第一期介绍卡夫卡，便是他的主意，资料也差不多是他去找的。封面由张先绪设计。我们又找到两位高年级的同学加盟：叶维廉和刘绍铭。发刊词由刘绍铭主笔，写得倒也铿锵有声。叶维廉是创刊诗一首，《致我的子孙们》，气魄雄伟。我们那时只是一群初执笔杆的学生，《现文》又没有稿费，外稿是很难拉得到的，于是自力更生，写的写，译的译。]第一期不够稿，我便化一个笔名投两篇。但也有热心人支持的，大诗人余光中第一期起，从《坐看云起时》一直鼎力相助。另一位是名翻译家何欣先生，何先生从头跟《现文》便结下不解之缘，关系之深，十数年如一日，那一篇篇扎硬的论文，不知他花了多少心血去译。我们的学姊丛苏从美国寄来佳作一篇《盲猎》，外援来到，大家喜出望外。于是由我集稿，拿到汉口街台北印刷厂排版，印刷厂经理姜先生，上海人，手段圆滑，我们几个少不更事的学生，他根本没看在眼里，几下太极拳，便把我们应付过去了。《现文》稿子丢在印刷厂，迟迟不得上机，我天天跑去交涉，不得要领。晚上我便索性坐在印刷厂里不走，姜先生被我缠得没有办法，只好将《现文》印了出来。一九六〇年三月五日出版那天，我抱着一大叠浅蓝色封面的《现代文学》创刊号跑到学校，心里那份欢欣兴奋，一辈子也忘不掉。

杂志出来了，销路却大成问题。什么人要看我们的杂志？卡夫卡是谁？写的东西这么古怪。几篇诗跟小说，作者的名字大都不见经传。就是有名的，也看不大懂。我们到处贴海报，台大学生反应冷淡，本班同学也不热烈。几个客户都是我们卖面子死拉活拖硬抓来的。教授我们送了去，大都不置可否。但也有热心的，像张心漪教授，替我们介绍订户，不惜余力。殷张兰熙女士，百般卫护，拉广告。黎烈文教授对我们十分嘉许。其实只要有人看，我们已经很高兴了。杂志由世界文物供应社发出去。隔几天，我就跑到衡阳街重庆南路一带去，逛逛那些杂志摊。["有《现代文学》么？"我手里抓着一本《今日世界》或者《拾穗》，一面乱翻装作漫不经心地问道。许多摊贩直摇头，没听过这本东西。有些想了一会儿，却从一大叠的杂志下面抽出一本《现代文学》来，封面已经灰尘仆仆，给别的畅销杂志压得黯然失色。]"要不要？"摊贩问我。

我不忍再看下去，很快走开。也有意外："《现代文学》么？卖光了。"于是我便笑了，问道："这本杂志那么畅销吗？什么人买？""都是学生呢！"我感到很满足，居然还有学生肯花钱买《现代文学》，快点去办第二期。第一期结算下来，只卖出去六七百本，钱是赔掉了，但士气甚高，因为我们至少还有几百个读者。其实《现文》销路一直没有超过一千本，总是赔钱的。因此摊贩们不甚欢迎，摆在不起眼的地方。可是有一位卖杂志的，却是《现文》的知音，那就是孤独国主诗人周梦蝶先生。他在武昌街的那个摊位上常常挂满了《现代文学》，我们卖不掉的旧杂志，送给他，他总替我们摆出来。有时经过武昌街，看见红红绿绿的《现文》高踞在孤独国的王座上，心里又感动，又骄傲。我的朋友女诗人淡莹说，她是在周梦蝶那里买到整套《现文》的。

虽然稿源困难，财源有限，头一年六期《现文》双月刊居然一本本都按期出来了。周年纪念的时候，还在我家开了一个盛大庆祝会。除了文艺界的朋友，又请了五月画会的画家们，像顾福生、庄喆、韩湘宁都替《现文》设计过封面，画过插图。张心漪老师、殷张兰熙女士也来捧场，大家真是高兴的，对《现文》的前途充满信心。而我们那时也快毕业了，大家回顾，都觉得大学四年太快，有虚度之感。对我个人来说，大学生活最有意义的事，当然就是创办了这本赔钱杂志。家中父母亲倒很支持，以为"以文会友"。确实，我办这本杂志，最大的收获之一，便是结识了一批文友，使得我的生活及见识都丰富了许多。

到了第九期，《现文》遭到头一次经济危机。我拿去放高利贷的那家伸铁厂倒掉了。《现文》基金去掉一半，这一急，非同小可。那一段时期我天天如同热锅上的蚂蚁，五内如焚。数目虽小，但是我那时是一个身无分文的学生，同学们更不济事。父母亲的烦事多，哪里还敢去扰他们，我跑到伸铁厂好几次，也夹在债权人里跟铁厂索债。别人拿回钱没有我不知道，我那张借据一直存了好几年。有时候拿出来对着发呆，心里想：这个铁厂真可恶，这笔文化钱也好意思吞掉。但杂志总还是要办下去的。幸亏我们认识了当时驻台的美国新闻处处长麦卡锡（Richard McCarthy）先生。他是有心人，热爱文学，知道我们的困境，便答应买两期《现文》。于是第十、第十一期又在风雨飘摇中诞生了。同时《现文》男生也入了营，编务的重担便落到了《现文》女将们身上。《现文》女将，巾帼英雄，欧阳子坐镇台大，当助教，独当一面。陈若曦在外做事，仍旧办她的外交。我们的学弟们，郑恒雄、杜国清、王祯和也正式加盟，变成《现文》的第二代。我在军营里无法帮忙，只有稿援，在那样紧张的生活里，居然挤出了两篇小说来：《寂寞的十七岁》和《毕业》（后改为《那晚的月光》），那是拼命挤出来的。等到女将们离台，朝中无大臣，《现文》的人事危机又到了。十五期半年出不来，形势岌岌可危。一直到我们受训完毕，赴美留学，《现文》的形成期终于结束，改为季刊，迈入了一个新的纪元。

我临离台，将《现文》郑重托付给余光中、何欣、姚一苇三位先生。余、何一向与《现文》渊源甚深，姚先生则是生力军，对《现文》功不可灭，值得大书特书。除了自己撰稿——他那本有名的《艺术的奥秘》便是一篇篇在《现文》上出现的——又拉入许多优秀作家的文稿来，如：陈映真、施叔青、李昂等等。有了这三位再加上《现文》第二代，编辑危机，算是解决。至于财源，赴美后，便由我一个人支撑。家里给我一笔学费，我自己则在爱荷华大学申请到全年奖学金。于是我便把学费挪出一部分来，每月寄回一张支票，化作白纸黑字。在国外，最牵肠挂肚的就是这本东西，魂牵梦萦，不足形容。稿子齐了没有？有没有拉到好小说？会不会脱期？印刷费够不够？整天都在盘算这些事。身在美国，心在台湾，就是为了它。这期间，《现文》开始起飞，渐趋成熟。一方面是《现文》基本作家本身的成长，另一方面是余、何、姚三位在编辑方面，改进内容，提高了创作水准。这个时间，佳作真多。据咪咪（余光中太太）说，三位太太也动手帮忙，写封套，送杂志。《现文》第二代杜国清他们骑脚踏车，奔跑印刷厂，大家干劲十足。我在爱荷华每次接到台北寄来的《现文》，就兴奋得通夜难眠，恨不得一口气全本看完。看到陈映真的小说，心里有说不出的感动，又难过。《壁虎》的作者是谁,我打听,原来是一个还在中学念书的小姑娘,我很诧异。施叔青初执笔便器宇不凡,日后果然自成一家。施家文学风水旺,妹妹李昂后来居上,风格特殊。

此后,《现文》的编辑人事,经过几次大变动,王文兴、余光中、柯庆明都轮流当过主编及执行编辑。这几位编辑劳苦功高,笔难尽述。只有傻子才办文学杂志,只有更傻的人才肯担任这吃力不讨好的编辑工作,而且是不支薪水的。《现文》之所以能苦撑十三年,第一要靠这批编辑们的烈士精神。除了上述几位外,台大外文系的助教王秋桂、张惠锁,还有中文系的师生都曾出过大力。此外,那时候的作家,对《现文》真是义薄云天,不求稿费,不讲名利,他们对于《现文》都有一份爱心与期望,希望这份文学杂志能够撑下去。一九七〇年,《中国时报》余纪忠先生,闻悉《现文》财政拮据,慷慨赠送纸张一年,使《现文》度过危机。然而在工商起飞的台湾,一本农业社会理想的同人杂志,是无法生存下去的。跟我们同时挣扎的《文学季刊》、《纯文学》都一一英勇地倒扑下去。《现文》的经济危机又亮起了红灯。一九七三年世界通货膨胀,台湾的纸价印刷费猛增。我在美国教书的薪水,怎么省也省不下这笔费用来。我有一位中学好友,也是《现文》的忠实读者,知道我的困境,每个月从他的研究费里捐献一百二十块美金,但是两个人合起来的钱,仍然无济于事,第五十一期出毕,我只好写信给当时的编辑柯庆明,宣布《现文》暂时停刊。柯庆明来信，最后引了白居易的诗："野火烧不尽，春风吹又生。"我则回以岳飞的《满江红》："待从头，收拾旧山河，朝天阙。"岳武穆的这首《满江红》是小时候父亲教授我的，这也是他唯一会唱的歌，常常领着我们唱。后来无论在哪儿听到这首歌，我总不禁感到慷慨激昂。

综观五十一期《现代文学》，检讨得失，我们承认《现文》的缺点确实不少：编辑人事更动厉害，编辑方针不稳定，常常不能按期出刊，稿源不够时，不太成熟的文章也刊登出来。然而《现文》没有基金，编辑全是义务，行有余力，则于编务。我对于编辑们除了敬佩外，绝不敢再苛求。《现文》又没有稿费，拉来文章全凭人情，大概也只有在我们这个重义轻利的中国社会，这种事情才可能发生。除掉先天的限制外，我肯定地认为《现代文学》在六十年代，对于中国文坛，是有其不可抹灭的贡献的。

首先，是西洋文学的介绍。因为我们本身学识有限，只能做译介工作，但是这项粗浅的入门介绍，对于台湾当时文坛，非常重要，有启发作用。因为那时西洋现代文学在台湾相当陌生，像卡夫卡、乔伊斯、托马斯·曼、福克纳等这些西方文豪的译作，都绝无仅有。乔伊斯的短篇小说经典之作《都柏林人》，我们全本都译了出来。后来风起云涌，各出版社及报章杂志都翻译了这些巨匠的作品，但开始启发读者对西洋现代文学兴趣的，《现文》实是创始者之一。译文中，也有不少佳作。举凡诗、短篇小说、戏剧、论文，荦荦大端。名译家有何欣、朱立民、朱乃长等，此外台大外文系助教学生的丰功伟绩也不可抹煞，尤其是张惠鋗，她的翻译质与量在《现文》所占的篇幅都是可观的。

当然，《现文》最大的成就还是在于创作。小说一共登了两百零六篇，作家七十人。在六十年代崛起的台湾名小说家，跟《现代文学》或深或浅都有关系。除掉《现文》的基本作者如王文兴、欧阳子、陈若曦，及我本人外，还有丛苏、王祯和、施叔青、陈映真、七等生、水晶、於梨华、李昂、林怀民、黄春明、潜石、林东华、汶津、王拓、蔡文甫、王敬义、子于、李永平等。早已成名的有朱西宁、司马中原、段彩华。这些作家，或发轫于《现文》，或在《现文》上登过佳作。更有一些，虽然没有文名，而且在《现文》上只投过一两篇，但他们的作品，有些绝不输于成名作家，只可惜这些作家没有继续创作，他们的潜力，已经显著，要不然，台湾文坛上，又会添许多生力军。我随便想到的有：奚淞、东方白、姚树华、张毅、黎阳、马健君等。

《现代文学》的现代诗，成就亦甚可观，有两百多首，举凡台湾名诗人，一网打尽。《蓝星》、《创世纪》、《笠》、《星座》等各大诗社的健将全部在《现文》登过场，还有许多无党无派的后起之秀。《现文》对台湾诗坛的特别贡献，是四十六期诗人杨牧主编的"现代诗回顾专号"，对台湾过去二十年现代诗的发展成长，做了一个大规模的回顾展。这种兼容并蓄的现代诗回顾展，在台湾当时，好像还是首创。杨牧编辑这个专号，颇花心血，值得赞扬。

《现文》登载本国批评家的论文比较少，但名批评家夏志清、颜元叔、姚一苇、林以亮都有精彩作品在《现文》发表。夏志清教授，对《现文》从头到尾同情鼓励，呵护备至。他在一篇论文里提道："《现代文学》，培养了台湾年轻一代最优秀的作家。"

其次，《现文》另一项重要工作，则是中国古典文学研究，这要归功于台大中文系的师生。《现文》后期执行编辑柯庆明，当时在台大中文系当助教，向中文系师生拉稿，有十字军东征的精神，四十四、四十五两期"中国古典小说研究专号"从先秦到明清，对中国古典小说的发展，做了一项全盘的研究，中国古典小说在台湾学界如此受到重视，《现文》这个专号，又是首创。在此特别值得一提的是，夏志清教授那本用英文写成的巨著《中国古典小说》，在《现文》几乎全部译完登出，这本文学批评，在西方汉学界早已成为众口交誉的经典之作，使西方人对中国古典小说刮目相看。

其实五十二期的稿子，当时已经完全收齐发排了，但因经费问题，始终未能出刊。为了写这篇回忆，我又从箱箧里翻出一些有关《现文》的资料来，有一张发了黄的照片，是《现文》创刊时，当时的编辑们合照的，一共十二人：戴天、方蔚华、林湖、李欧梵、叶维廉、王文兴、陈次云、陈若曦、欧阳子、刘绍铭、我本人及张先绪。那时大家都在二十上下，一个个脸上充满自信与期望。自信，因为初生之犊，不懂事；期望，因为觉得人生还有好长一段路，可以施展身手，大干一番。我看看照片下面印着的日期：一九六〇年五月九日。算一算，竟有十七年了，而我们这一批人都已进入了哀乐中年。对着这张旧照，不禁百感丛生。我们各人的命运，当初谁能料及？替《现文》设计封面的张先绪，竟先去世，而且还死得凄凉。张先绪有才，译文真好，然而个性内向，太敏感。陈若曦勇敢，又喜欢冒险，所以她的一生大风大险多，回到大陆七年，尝尽艰苦，居然又全家出来了。这就是陈若曦，能做出常人所不能及者。去年她到加州大学来演讲，我们相见，如同隔世。她走路还是那样不甘落后，共产党给了她胃病及失眠症，但并未能斗倒她……王文兴、林湖、陈次云都在母校教育下一代，成为台大外文系的中坚分子。叶维廉、刘绍铭、李欧梵在美国大学教书，各有所成，是美国汉学界后起之秀。方蔚华曾执教政大，已为人父。很多年没有见到诗人戴天，去年到香港，他请我吃饭，两人酩酊大醉，因为大家都有了"今夕复何夕，共此灯烛光"的感慨。十七年前，戴天到我家，煮酒论诗，醺醺然，不知东方既白，少年情怀，毕竟不同。十七年，时间的担子，是相当沉重的。欧阳子在美国除写作外，相夫教子，家庭美满，然而却遭天忌，患了严重的眼疾，网膜剥落，双目都动过大手术，视力衰退。一九七四年，我到德州去探访她，我们同时都感到，时间的压迫，愈来愈急促，于是我们觉得要赶快做一些有意义的事。欧阳子以超人的勇气，在视觉模糊的状态下，完成了她的论文集《王谢堂前的燕子》，接着一鼓作气，又单独编辑了这本《现代文学小说选集》。编选这本集子，欧阳子真花了不少心血，她把《现文》上二百多篇小说全部仔细看过，经过深思熟虑，挑出了三十三篇精作，每篇都加以短评，她的短评，寥寥数语，便将小说的精髓点出，对读者大有帮助，而且她的书后目录做得特别详细完整，书后附有《现文》所有的小说篇名，以及每位作者名下所投《现文》之小说篇目，对于日后研究《现文》小说及作家的人有莫大方便。她这种编选态度之严谨认真，堪为楷模。

重读一遍这本选集的小说，更肯定了我对《现文》的看法。《现文》最大的贡献，在于发掘培养台湾年轻一代的小说家。这本选集中三十三篇小说，大多杰出，可以称为六十年代台湾短篇小说的优秀典例。其中有数位早已成名或日后成名的，但是他们投在《现文》上的小说，却往往是他们最好的作品。如朱西宁的《铁浆》，我认为是他所有短篇中的佼佼者，主题宏大：中国传统社会与现代文明的冲突；形式完整：以象征手法，干净严谨的文字，将主题意义表达得天衣无缝。这真是一篇中国短篇小说的杰作。又如陈映真的名著《将军族》，正如欧阳子所评："这是一篇感人至深的佳作。"他的人道主义在《将军族》中两个卑微的角色身上，发出了英雄式的光辉灿烂。这一篇，应当是他的代表作。再如黄春明的《甘庚伯的黄昏》，虽然这是他投到《现文》唯一的一篇，但是这篇感人肺腑的小说，以艺术形式来说，我觉得是他最完整的一篇，无一赘语，形式内容互相辉映。还有几篇，在台湾小说发展史上，有其特殊意义。丛苏的《盲猎》，无疑的，是台湾作家受西方存在主义影响，产生的第一篇探讨人类基本存在困境的小说。王祯和的《鬼·北风·人》是他初登文坛，在《现文》所投的第一篇。王祯和以前，当然还有许多本省作家描写台湾乡土色彩的作品。但王祯和所受的是战后教育，国语应当纯熟。他这篇小说台湾方言的运用，以及台湾民俗的插入，是他刻意经营的一种写实主义，他这种乡土写实作风，对日后流行的所谓台湾乡土文学有启发作用，而选集中这篇《鬼·北风·人》则是肇始者。但《现文》这本小说选集，另外更重要的一个意义，是搜集了许多篇文名不盛作家的佳品。因为成名作家，个人都有选集，作品不至湮没，但是名气不大的作家，他们这些沧海遗珠，如果不选入集内，可能就此埋没，在中国文学史上，将是重大损失，因为他们这几篇作品，写得实在好，与名家相比，毫无逊色。例如奚淞的《封神榜里的哪吒》，从中国传统神话中，探索灵肉不能并存的人生基本困境，欧阳子认为"其表达方式与主题含义,皆具惊人的独创性"。又如黎阳的《谭教授的一天》,我认为是描写台湾学府知识分子小说中的上乘佳品,笔触温婉,观察锐利,从头至尾一股压抑的感伤,动人心弦。东方白的《口口》,研究人类罪与罚的救赎问题,含义深刻,启人深思。姚树华的《天女散花》,刻画社会阶级间,无法跨越的障碍,感人之至。综观选集中三十三篇作品,主题内容丰富而多变化,有研究中国传统文化之式微者,如《铁浆》、《游园惊梦》;有描写台湾乡土人情者,如《鬼·北风·人》,陈若曦的《辛庄》,林怀民的《辞乡》,严曼丽的《尘埃》;有刻画人类内心痛苦寂寞者,如水晶的《爱的凌迟》,欧阳子的《最后一节课》;有研究人类存在基本困境者,如《盲猎》、《封神榜里的哪吒》,施叔青的《倒放的天梯》;有人生启发故事(initiation stories),如王文兴的《欠缺》;有赞颂人性尊严者,如《将军族》、《甘庚伯的黄昏》;还有描述海外中国人的故事,如於梨华的《会场现形记》,吉铮的《伪春》。三十三位作家的文字技巧,也各有特殊风格,有的运用寓言象征,有的运用意识流心理分析,有的简朴写实,有的富丽堂皇,将传统融于现代,借西洋揉入中国,其结果是古今中外集成一体的一种文学。这就是中国台湾六十年代的现实,纵的既继承了中国五千年沉厚的文化遗产,横的又受到欧风美雨猛烈的冲击,我们现在所处的,正是中国几千年来文化传统空前剧变的狂飙时代,而这批在台湾成长的作家亦正是这个狂飙时代的见证人,目击如此新旧交替多变之秋,这批作家们,内心是沉重的、焦虑的。求诸内,他们要探讨人生基本的存在意义,我们的传统价值,已无法作为他们对人生信仰不二法门的参考,他们得在传统的废墟上,每一个人,孤独地重新建立自己的文化价值堡垒,因此,这批作家一般的文风,是内省的、探索的、分析的;然而形诸外,他们的态度则是严肃的、关切的。他们对于社会以及社会中的个人有一种较严肃的关切,这种关切,不一定是"五四"时代作家那种社会改革的狂热,而是对人一种民胞物与的同情与怜悯——这,我想是这个选集中那些作品最可贵的特质,也是所有伟大文学不可或缺的要素。在这个选集中,我们找不出一篇对人生犬儒式的嘲讽,也找不出一篇尖酸刻薄的谩骂。这批作家,到底还是受过儒家传统的洗礼,文章以温柔敦厚为贵。六十年代,反观大陆,则是一连串文人的悲剧:老舍自沉于湖,傅雷跳楼,巴金被迫跪碎玻璃;丁玲充军黑龙江,迄今不得返归;沈从文消磨在故宫博物院,噤若寒蝉。大陆文学,一片空白。因此,台湾这一线文学香火,便更具有兴灭继绝的时代意义了。

《现代文学》一九七三年停刊,于今三载半。这期间,我总感到若有所失,生命好像缺了一角,无法弥补。有时候我在做梦:到哪里去发一笔横财,那么我便可以发最高薪水请一位编辑专任《现文》;发最高稿费,使作家安心写作;请最好的校对,使《现文》没有一个错字;价钱定得最便宜,让穷学生个个人手一册。然而我不死心，总在期望那春风吹来，野草复生。其实《现文》这几位基本作家，个个对文学热爱，都不减当年。王文兴写作一向有宗教苦修精神，前年《家变》一出，轰动文坛。欧阳子写作不辍，《秋叶》集中，收有多篇心理小说佳作。陈若曦兜了一大圈子，还是逃不脱缪斯的玉掌，又重新执笔，《尹县长》像一枚炸弹，炸得海外左派知识分子手忙脚乱。至于我自己也没有停过笔，只是苦无捷才，出了一本《台北人》，一个长篇，磨到现在。按理说，我们人生经验丰富多了，现在办一本文学杂志，应当恰逢其时。

去年返台，远景出版社的负责人沈登恩，来找我，远景愿意支持《现文》复刊。我跟几位在台的《现文》元老商量，大家兴奋异常。施叔青请我们到她家吃饭，在座有多位《现文》从前的作家编辑，酒酣耳热，提到《现文》复刊，大家一致举杯支持。姚一苇先生竟高兴得唱起歌来，我从来没见他那样青春，那样焕发过。而我自己，我感到我的每个细胞都在开始返老还童。

复刊后的《现文》，我们的期望仍只是一个：登刊有价值的好文学，发掘培养优秀的青年作家。我相信现在台湾的优秀作家，比我们当年一定要好得多。《现文》将继承我们以往兼容并蓄的传统，欢迎有志于文学的作家，一同来耕耘，来切磋，来将《现文》的火炬接下去，跑到中国文学的圣坛上，点燃起一朵文艺火花。《现文》发刊词里有一段话，我引下来，作为本文的结束：

我们愿意《现代文学》所刊载不乏好文章，这是我们最高的理想。我们不愿意为辩证"文以载道"或"为艺术而艺术"而花篇幅，但我们相信，一件成功的艺术品，纵非立志为"载道"而成，但已达到了"载道"的目的……

一九七七年于美加州　原载于《中国时报》

《现代文学》创立的时代背景及其精神风貌

写在《现代文学》重刊之前

《现代文学》于一九六〇年三月创刊，距离现在，已有二十八年。其间一九七三年出刊到五十一期时，因为经济上无法支撑，一度暂时停刊。三年半后，获远景出版社的支持，得以复刊，又出了二十二期，一直到一九八四年，这本赔钱杂志实在赔不下去了，才终告停刊。复刊的时候，我曾写过一篇文章：《〈现代文学〉的回顾与前瞻》，把《现文》创刊的来龙去脉，这本杂志做过的一些工作，以及《现文》的作家和他们的作品，都详尽地介绍过。因为那篇文章写在复刊前夕，心情兴奋，前瞻的欣喜，倒是多于回顾的惆然。现在算算，那也是十一年前的事了，经过悠长时间的磨洗，《现代文学》已渐渐变成了历史。当今大学生看过前一阶段《现代文学》的恐怕已经不多，往年购买《现文》的读者，可能也只有少数藏有全套杂志。近几年，愈来愈感到时间洪流无可抗拒的威力，眼见许多人类努力的痕迹，转瞬间竟然湮没消逝，于是我便兴起了一个愿望：希望有一天能够重刊《现代文学》，使得这本曾经由许多文学工作者孜孜矻矻耕耘过的杂志，重现当年面貌，保存下来，作为一个永久记录。

我常常被问到几个问题：当年你们怎么会办《现代文学》的？为什么你们那一伙有那么多人同时从事文学创作？你们怎么会受到西方现代主义的影响的？如今有了时间的距离，经过一番省思，我对这些问题，可能有了一些新的看法，我得到的结论是：《现代文学》创刊以及六十年代现代主义在台湾文艺思潮中崛起，并非一个偶然现象，亦非一时标新立异的风尚，而是当时台湾历史客观发展以及一群在成长中的青年作家主观反应相结合的必然结果。

那时我们都是台湾大学外文系的学生，虽然傅斯年校长已经不在了，可是傅校长却把从前北京大学的自由风气带到了台大。我们都知道傅校长是"五四运动"的学生领袖，他办过当时鼎鼎有名的《新潮》杂志。我们也知道文学院里我们的几位老师台静农先生、黎烈文先生跟"五四"时代的一些名作家关系密切。当胡适之先生第一次返台，公开演讲时，人山人海的盛况，我深深记在脑里。"五四运动"对我们来说，仍旧有其莫大的吸引力。"五四"打破传统禁忌的怀疑精神、创新求变的改革锐气，对我们一直是一种鼓励，而我们的逻辑教授殷海光先生本人就是这种"五四"精神的具体表现。

台大外文系当年无为而治，我们乃有足够的时间去从事文学活动。我们有幸，遇到夏济安先生这样一位学养精深的文学导师，他给我们文学创作上的引导，奠定了我们日后写作的基本路线。他主编的《文学杂志》其实是《现代文学》的先驱。

《现代文学》创刊的成员背景相当复杂多元，而由这成员的背景可以了解到《现代文学》创刊的动机与风格的一斑。我们里面，有的是随着政府迁台后成长的外省子弟，像王文兴、李欧梵及我自己，有的是光复后接受国民政府教育长大的本省子弟如欧阳子、陈若曦、林耀福，也有海外归国求学的侨生像戴天、叶维廉、刘绍铭，我们虽然背景各异，但却有一个重要的共同点，我们都是战后成长的一代，面临着一个大乱之后曙光未明充满了变数的新世界。外省子弟的困境在于：大陆上的历史功过，我们不负任何责任，因为我们都尚在童年，而大陆失败的悲剧后果，我们却必须与我们的父兄辈共同担当。事实上我们父兄辈在大陆建立的那个旧世界早已瓦解崩溃了，我们跟那个早已消失、只存在于记忆与传说中的旧世界已经无法认同，我们一方面在父兄的庇荫下得以成长，但另一方面我们又必得挣脱父兄扣在我们身上的那一套旧世界带过来的价值观以求人格与思想的独立。艾力克先生（Erik Erikson）所谓的"认同危机"（identity crisis）我们那时是相当严重的。而本省同学亦有相同的问题，他们父兄的那个日据时代也早已一去不返，他们所受的中文教育与他们父兄所受的日式教育截然不同，他们也在挣扎着建立一个政治与文化的新认同。当时我们不甚明了，现在看来，其实我们正站在台湾历史发展的转捩点上，面临着文化转型的十字路口。政府迁台，经过十年惨淡经营，台湾正开始从农业社会转向工商社会，而战后的新文化也在台湾初度成型，我们在这股激变的洪流中，探索前进，而我们这一代，无论士农工商，其实都正在参与建造一个战后的新台湾。"五四运动"给予我们创新求变的激励，而台湾历史的特殊发展也迫使我们着手建立一套合乎台湾现实的新价值观。这一切都是在不自觉的情况下进行着，我们成长的心路历程也有其崎岖颠簸的一面。

一国的新文学运动，往往受了外来文化的刺激应运而生，历史上古今中外不乏前例。唐朝时中国从印度大量输入佛经，佛经的译介，基本上改变了中国的文学与艺术。王维的诗、汤显祖的戏曲、曹雪芹的小说都是佛教文化熏陶下开放出来的灿烂花朵。我们中国人最足以自豪的《红楼梦》，其实也不过是佛家一则顽石历劫的寓言。"五四"的新文学基本上也是受了西方文化的刺激而诞生的。鲁迅、巴金、曹禺、老舍、徐志摩等人没有一个不受过外国文学的影响。六十年代初，我们在外文系念书，接触西方文学，受其启发，也就是很自然的了。但在西方文学的诸多流派中，现代主义的作品的确对我们的冲击最大。十九世纪末以来近半个世纪现代主义波澜壮阔，蔚为主流，影响到西方各种艺术形式。要言之，现代主义是对西方十九世纪的工业文明以及兴起的中产阶级庸俗价值观的一个大反动，因此其叛逆性特强，又因经过两次大战，战争瓦解了西方社会的传统价值，动摇了西方人对人类、人生的信仰及信心，因此西方现代主义的作品中对人类文明总持着悲观及怀疑的态度。事实上二十世纪的中国人所经历的战争及革命的破坏，比起西方人有过之而无不及，我们的传统社会及传统价值更遭到了空前的毁灭。在这个意义上，我们的文化危机跟西方人的可谓旗鼓相当。西方现代主义作品中叛逆的声音、哀伤的调子，是十分能够打动我们那一群成长于战后而正在求新望变彷徨摸索的青年学生的。卡夫卡的《审判》、乔伊斯的《都柏林人》、艾略特的《荒原》、托马斯·曼的《威尼斯之死》、劳伦斯的《儿子与情人》，以及当时人人都在争读的加缪的《局外人》，这些现代主义的经典之作，我们能够感受、了解、认同，并且受到相当大的启示。二十多年后，西方"现代主义"的影响在台湾逐渐式微时，海峡的那一边，中国大陆的学界文坛却出人意料之外地燃起了"现代主义"的火苗，尼采、萨特的哲学，弗洛伊德的心理学，以及卡夫卡的小说在青年知识分子之间，竟然成为了畅销书，大陆剧作家高行健的"荒谬剧"在北京上演，场场客满，观众多为学生。经过"文革"，大陆的青年知识分子也开始在反省深思，摸索探求，在寻找新的文化价值了。

卡夫卡的《审判》能够引起大陆读者的认同是能理解的,《审判》简直可以说是"文革"的一则寓言。"现代主义"是西方文化危机的产物,所谓乱世之音,而这一代的大陆青年知识分子成长于重重危机之中,能引起他们的共鸣,也是很自然的事了。

我们在外文系研读西洋文学的同时,也常常到中文系去听课。记得那时我们常去听郑骞老师讲词,叶嘉莹老师讲诗,王叔岷老师讲《庄子》。其实不自觉地我们也同时开始在寻找中国的传统。这点使得我们跟"五四"那一代有截然不同之处,我们没有"五四"打倒传统的狂热,因为中国传统文化的阻力到了我们那个时代早已荡然。我们之间有不少人都走过同一条崎岖的道路,初经欧风美雨的洗礼,再受"现代主义"的冲击,最后绕了一大圈终于回归传统。虽然我们走了远路,但在这段歧途上的自我锻炼及省思对我们是大有助益的,回过头来再看自己的传统,便有了一种新的视野、新的感性,取舍之间,可以比较,而且目光也训练得锐利多了,对传统不会再盲目顺从,而是采取一种批判性的接受。我们对待中国传统文化毕竟要比"五四时代"冷静理性得多。将传统融入现代,以现代检视传统——我们在融合传统与现代的过程中,大家都经过了一番艰苦的挣扎,其实这也是十九世纪以来,中国文化再造的大难题,百多年来,一代又一代的中国知识分子似乎都命定要卷入中西文化冲突的这一场战争中。

我们战后成长的这一代，正处于台湾历史的转折时期，由于各种社会及文化因素的刺激，有感于内，自然欲形之于外，于是大家不约而同便开始从事文学创作起来。那时我们只是一群籍籍无名的学子，当时台湾的报章杂志作风比较保守，我们那些不甚成熟而又刻意创新的作品自然难被接受，于是创办一份杂志，刊载我们自己以及其他志同道合文友们的作品，便是一件顺理成章的事了。事实上，这股创造台湾新文学的冲动，并不限于台大外文系的学生。五十年代后期，《现代诗》、《蓝星》、《创世纪》等几家现代诗刊早已发难于前，做了我们的先驱，而政治大学尉天骢等人创办的《笔汇》也比我们略早发刊。可见得六十年代台湾的新文学运动并不是一个孤立偶发的现象，而实在是当时大家有志一同，都认为台湾文学，需要一个新的开始。

《现代文学》是同人创办的所谓"小杂志"，我们当时完全不考虑销路，也没有想去讨好一般读者的趣味，所以这本杂志走的一直是严肃文学的路线。因为曲高和寡，销路不佳，始终亏损累累，但是却因此保持了我们一贯的风格。我们那时虽然学识不够，人生经验也很幼稚，但我们对文学的态度，却是绝对虔诚的。我们那时写作，根本谈不上名利，因为《现代文学》的销路一直在一千本上下，引不起社会的注意，而经费又不足，发不出稿费。我们那时努力创作可能也抱有青年人的一种理想与使命感吧，要为台湾文学创立一种新的风格。现在回想起来，我们当初在《现代文学》那本冷杂志上面壁十年，对日后的写作生涯倒是很有益处的。唯其没有名利的牵挂，写作起来，可以放胆创新，反正初生之犊，犯了错误也不足挂齿。那一段时期的磨练，确实替我们扎下了根基。现在台湾的报纸杂志多了，稿费高，奖金多，青年作家成名太快，可能对他们的创作不一定有帮助。文学创作的确是一番艰辛而又孤独的自我挣扎、自我超越，不宜揠苗助长。六十年代那种严肃而又朴素的文风，倒不禁令人怀念起来。

《现代文学》的创立，对我个人来说，最有意义的是结识了一大群志同道合的文友，大家同时在一本杂志上耕耘，无形中也有一种互相激励的作用，这大概就是所谓的"以文会友"吧，那的确是一种乐趣。最难能可贵的是在《现代文学》上投稿的作家，各人的文风各异，文学观也不尽相同，彼此居然相安无事，我想不起我们之间曾经为了文学观点互异而起争执的事情，这简直近乎奇迹，试看看早期在《现代文学》写稿的这份作家名单：写小说的有丛苏、刘大任、蔡文甫、朱西宁、王祯和、陈映真、黄春明、施叔青、李昂、林怀民、七等生等，以及《现文》几个基本作家欧阳子、陈若曦、王文兴跟我自己，诗人也有一大群，各路人马，荟集一堂，竟然能够"和而不同"。大家对文学都有一个共识：文章是千古事，是不朽之盛业。在这个大前提下，个人之间的歧异就显得微不足道了。大家各说各话，互不干扰，一时倒也呈现出一片百花齐放的局面。《现代文学》虽以"现代"为名，但并非定于一尊，虽然那时还没有"乡土文学"这个名词，可是一些后来被认为是"乡土文学"的代表作家以及他们的作品早已在《现代文学》上出现过了，"现代"与"乡土"在这本杂志上从来就没有对立过，而往往一篇作品中，这两种要素并立不悖，文学本来就有无限的可能性，以现代手法表现乡土感情，也是其中的一种。例如在《现代文学》上发表的王祯和的第一篇小说《鬼·北风·人》就是一篇道地乡土而又完全现代的杰作。

六十年代走严肃文学路线提倡实验创新的杂志不多，《现代文学》在那段期间提供了一块文学园地，让一大群有才华有理想的青年作家，播种耕耘，开花结果，日后大多卓然成家，成为台湾文学的中坚。这，恐怕就是《现代文学》最大的功劳了。稍后《文学季刊》创刊，也培养了不少优秀作家，并且开创了一个新的创作方向。到今天我还记得有几位作家的初创首篇在《现代文学》上发表时，令我感到的惊喜之情。有一天在台大文学院的走廊上，有三个低我们一班的学弟来找我，要投稿到《现文》，那就是杜国清、郑恒雄（潜石）和王祯和。我拿到王祯和的处女作马上跟王文兴几个人传阅欣赏，大家惊叹不止，我那时好像已经看到王祯和的未来。我的画家朋友顾福生拿给我一篇小说《惑》，是他的女学生写的，那个女孩子只有十六七岁，我颇为讶异，我说那篇小说很怪，那个女孩子有怪才，我拿去《现文》上发表了。那个女孩叫陈平，就是日后的三毛。许多年后，三毛才吐露，原来就是因为《惑》的发表，她才决定弃画从文，开始了她的写作生涯。从前我只知道奚淞是个才气纵横的青年画家，并不知道他也有文才。有一次他很淡然地告诉我，他写了一篇小说，要我看看。我一看，大吃一惊，《封神榜里的哪吒》像一颗光芒四射的夜明珠，令人目为之眩。那是一篇我自己也想写而没能写出来的寓言小说。我在美国接到二十三期《现代文学》，有一篇小说《壁虎》，特别引起我的注意，这篇小说写得慓悍，我以为是男作家写的，向姚一苇先生打听，原来施叔青竟是个在中学念书的女生。这些发现，都曾带给我莫大的喜悦。那些作家那时都那样年轻，而且一出手就气度不凡。《现代文学》的确发表了不少优秀的短篇小说，那些作品有的到今天还是能够经得起时间的考验的。

随着台湾社会转型，八十年代工商起飞，同人办的文学杂志在台湾的生存空间几乎接近于零。多元化的工商社会朝气蓬勃，勇往直前，但也有其飞扬浮躁、急功近利的一面。台湾文学的发展，一直是我最关心的一件事，总希望台湾文学茁壮结实，蒸蒸日上，爱之深，责之切，就不免有许多杞忧。于是我便想如果能将《现代文学》重刊，将《现文》作家群从前那种不问收获的垦荒精神再现给台湾的青年读者，也许对一些有志于文学创作的年轻人产生一种鼓励，因为他们现在的客观条件毕竟比我们当年优越得多，如果他们也肯披荆斩棘，苦苦耕耘，成就一定远超过我们。这个宏愿，终于能够实现了。去年夏天在台北遇见了允晨出版社的负责人吴东升及林伯峰二位先生，他们对文化事业的推展，满腔热忱，他们赞成我的构想，同意重刊《现代文学》一至五十一期。他们尊重《现代文学》一贯的精神，此次重刊，不以营利为目的，若有盈余，可能设立文学基金，奖励青年作家写作出版。最重要的，重刊的《现代文学》将有低价的普及本，让青年学生也有能力购买。这次重刊，先出一至五十一期，因为前期的《现代文学》早已没有存书，历史价值也许比较大些，日后有机会，再将后期的二十二期补齐。当然，后二十二期也有许多重要的作家及他们的作品：马森、黄凡、陈雨航、吴念真、宋泽莱、蒋勋等，而且几个专辑"文革文学"、"抗战文学"，也有其特殊意义。

这次《现代文学》能够重刊，丘彦明的功劳最大，这位"联合报副刊"、《联合文学》的名编辑，不辞劳苦，自告奋勇，策划《现文》重刊。她花了不少时间精力编纂作家及作品的生平索引、大事年表等等，而且又力邀当年《现文》的作家及主编，撰写《〈现代文学〉与我》，回忆当年在《现文》投稿及编辑这本杂志的情况，他们这些文章，日后都将成为台湾文学的重要史料。《现代文学》的成长，与我自己的写作生涯可谓唇齿相依,为了这本杂志,我曾心血耗尽。对它,我是一往情深,九死无悔的。

一九八八年二月二十六日于美国加州

不信青春唤不回

写在《现文因缘》出版之前

如果你现在走到台北市南京东路和松江路的交岔口，举目一望，那一片车水马龙、高楼云集闹市中的景象，你很难想象得到，二十多年前，松江路从六福客栈以下，一直到圆山，竟是延绵不断一大片绿波滚滚的稻田，那恐怕是当时台北市区最辽阔的一块野生地了。那一带的地形我极熟悉，因为六十年代我家的旧址就在六福客栈，当时是松江路一三三号。父母亲住在松江路一二七——现在好像变成了"丰田汽车"，家里太拥挤，我上大学时便迁到一三三，那是松江路右侧最后一栋宿舍，是间拼拼凑凑搭起来的木造屋，颇有点违章建筑的风貌。松江路顾名思义，是台北市东北角的边陲地带，相当于中国地图上的北大荒，我便住在台北北大荒的顶端。一三三里有一条狼狗、一只火鸡、一棵夹竹桃，还有我一个人，在那幢木造屋里起劲地办《现代文学》，为那本杂志赶写小说。屋后那一顷广袤的稻田，充当了我的后园，是我经常去散步的所在；碧油油的稻海里，点缀着成千上百的白鹭鸶，倏地一行白鹭上青天，统统冲了起来，满天白羽纷飞，煞是好看——能想象得出台北也曾拥有过这么多美丽的白鸟吗？现在台北连麻雀也找不到了，大概都让噪音吓跑了吧。

一九六一年的某一天，我悠悠荡荡步向屋后的田野，那日三毛——那时她叫陈平，才十六岁——也在那里蹓跶，她住在建国南路，就在附近，见我来到，一溜烟逃走了。她在《蓦然回首》里写着那天她"吓死了"，因为她的第一篇小说《惑》刚刚在《现代文学》发表，大概兴奋紧张之情还没有消退，不好意思见到我。其实那时我并不认识三毛，她那篇处女作是她的绘画老师"五月画会"的顾福生拿给我看的，他说他有一个性情古怪的女学生，绘画并没有什么天分，但对文学的悟性却很高。《惑》是一则人鬼恋的故事，的确很奇特，处处透着不平常的感性，小说里提到《珍妮的画像》，那时台北正映了这部电影不久，是珍妮弗琼斯与约瑟夫·科顿主演的，一部好莱坞式十分浪漫离奇人鬼恋的片子，这大概给了三毛灵感。《惑》在《现代文学》上发表，据三毛说使她从自闭症的世界解放了出来，从此踏上写作之路，终于变成了名闻天下的作家。我第一次见到三毛，要等到《现代文学》一周年纪念，在我家松江路一二七号举行的一个宴会上了。

三毛那晚由她堂哥做伴，因为吃完饭，我们还要跳舞。我记得三毛穿了一身苹果绿的连衣裙，剪了一个赫本头，闺秀打扮，在人群中，她显得羞怯生涩，好像是一个惊惶失措一径需要人保护的迷途女孩。二十多年后重见三毛，她已经蜕变成一个从撒哈拉沙漠冒险归来的名作家了。三毛创造了一个充满传奇色彩瑰丽的浪漫世界；里面有大起大落生死相许的爱情故事，引人入胜不可思议的异国情调，非洲沙漠的驰骋，拉丁美洲原始森林的探幽——这些常人所不能及的人生经验三毛是写给年轻人看的，难怪三毛变成了海峡两岸的青春偶像。正当她的写作生涯日正当中，三毛突然却绝袂而去，离开了这个世界。去年三毛自杀的消息传来，大家都着实吃了一惊，我眼前似乎显出了许多个不同面貌身份的三毛，蒙太奇似的重叠在一起，最后通通淡出，只剩下那个穿着苹果绿裙子十六岁惊惶羞怯的女孩——可能那才是真正的三毛，一个拒绝成长的生命流浪者，为了抵抗时间的凌迟，自行了断，向时间老人提出了最后的抗议。

很多年后我才发觉，原来围着松江路那片田野还住了另外几位作家，他们的第一篇小说也都是在《现代文学》上发表的。荆棘（其实她叫朱立立）就住在松江路一二七的隔壁，两家的家长本来相识的，但我们跟朱家的孩子却素无来往，我跟她的哥哥有时还打打招呼，但荆棘是个女孩子，青少年时期男女有别，见了面总有点不好意思。我印象中，她一径穿着白衣黑裙的学生制服,一副二女中的模样,骑脚踏车特别快,一蹬就上去了,好像急不待等要离开她那个家似的。那时候她看起来像个智慧型、颇自负的女生,不容易亲近。要等到许多年后,我读到她的《南瓜》、《饥饿的森林》等自传性的故事,才恍然了悟,她少女时代的成长,难怪如此坎坷。那几篇文章写得极动人,也很辛酸,有点像张爱玲的《私语》。我应该最有资格做那些故事的见证人了,我们两家虽然一墙相隔,但两家的用人是有来有往,互通消息的,两家家里一些难念的经大概就那样传来传去了。有天夜里朱家那边隔墙传来了悲恸声,于是我们知道,荆棘久病的母亲,终于过世了。《等之圆舞曲》是荆棘的第一篇小说,发表在《现代文学》上,她投稿一定没有写地址,否则我怎么会几十年都不知道那篇风格相当奇特、有点超现实意味的抒情小说,竟会是当日邻居女孩写的呢?人生有这么多不可解之事!

《现代文学》四十五期上有一篇黎阳写的《谭教授的一天》,黎阳是谁?大家都在纳闷,一定是个台大生,而且还是文学院的,因为我们都知道"谭教授"写的是我们的老师,台大文学院里的点点滴滴描摹得十分真切。那时候是七十年代初,留美的台湾学生"保钓运动"正在搞得轰轰烈烈。有一天我跟一位朋友不知怎么又谈起了《谭教授的一天》,大大夸赞一通,朋友惊呼道:"你还不知道呀?黎阳就是李黎,骂你是'殡仪馆'的化妆师的那个人!"我不禁失笑,也亏李黎想得出这么绝的名词。

据说李黎写过一篇文章,把我的小说批了一顿,说我在替垂死的旧制度涂脂抹粉。《谭教授的一天》是李黎的处女作,的确出手不凡。没有多久以前,跟李黎一起吃饭,偶然谈到,原来从前在台北,她家也住在松江路那顷田野的周遭。天下就有这样的巧事,一本杂志冥冥中却把这些人的命运都牵系到了一起。如果六十年代的某一天,三毛、荆棘、李黎,我们散步到了松江路那片稻田里,大家不期而遇,不知道是番怎样的情景。然而当时大家都正处在青少年的"蓝色时期",我想见了面大概也只能讪讪吧。有一次,我特别跑到六福客栈去喝咖啡,旅馆里衣香人影杯觥交错,一派八十年代台北的浮华。我坐在楼下咖啡厅的一角,一时不知身在何方。那片绿油油的稻田呢?那群满天纷飞的白鸟呢?还有那许多跟白鸟一样飞得无影无踪的青春岁月呢?谁说沧海不会变成桑田?

台大文学院的大楼里有一个奇景,走廊上空悬挂着一排大吊钟,每只吊钟的时针所指都不同时,原来那些吊钟早已停摆,时间在文学院里戛然而止,而我们就在那悠悠邈邈的大楼里度过了大学四年。一九六一年的一个黄昏,就站在文学院走廊里那排吊钟下面,比我们低两届的三个学弟王祯和、杜国清、郑恒雄(潜石)找到了我,他们兴冲冲地想要投稿给《现文》。王祯和手上就捏着一叠稿子,扯了一些话,他才把稿子塞到我手中——那就是他的第一篇小说《鬼·北风·人》。那天他大概有点紧张,一径腼腆地微笑着。《鬼·北风·人》登刊在《现文》第七期,是我们那一期的重头文章,我特别为这篇小说找了一张插图,是顾福生的素描,一幅没有头的人体画像。那时节台湾艺术界的现代主义运动也在如火如荼地进行着,"五月画会"的成员正是这个运动的前锋。那几期杂志我们都请了"五月"画家设计封面画插图,于是《现代文学》看起来就更加现代了。王祯和小说的那幅插图,是我取的名字:《我要活下去!》。因为小说中的主角秦贵福就是那样一个不顾一切赖着活下去的人。我那时刚看一部苏珊海华主演的电影 *I Want to Live*,大概灵感就那样来的。杂志出来,我们在文学院里张贴了一幅巨型海报,上面画了一个腰杆站不直的人,那就是秦贵福。王祯和后来说,他站在那幅海报下,流连不舍,还把他母亲带去看。画海报的是张光绪,在我们中间最有艺术才能,《现文》的设计开始都是出自他手,那样一个才气纵横的人后来好端端的竟自杀了。在同期还有一篇小说《乔琪》,是陈若曦写的,故事是讲一个被父母宠坏了的少女画家,活得不耐烦最后吞服安眠药自尽。当时陈若曦悄悄地告诉我,她写的就是陈平。这简直不可思议,难道陈若曦三十年前已经看到三毛的命运了吗?人生竟有这么多不可承受的重!前年王祯和过世,噩耗传来,我感到一阵凉飕飕的寒风直侵背脊。我在加大开了一门"台湾小说",每年都教王祯和的作品,我愈来愈感到他的小说经得起时间的考验，如嚼青榄，先涩后甘。他这几年为病魔所缠，却能写作不辍，是何等的勇敢。无疑的，王祯和的作品已经成为了台湾文学史中重要的一部分。

那时，文学院里正弥漫着一股"存在主义"的焦虑，西方"存在主义"哲学的来龙去脉我们当初未必搞得清楚，但"存在主义"一些文学作品中对既有建制现行道德全盘否定的叛逆精神，以及作品中渗出来丝丝缕缕的虚无情绪却正对了我们的胃口。加缪的《局外人》是我们必读的课本，里面那个"反英雄"麦索，正是我们的荒谬英雄。那本书的颠覆性是厉害的。刘大任、郭松棻当时都是哲学系的学生（郭松棻后来转到了外文系）。一提到哲学就不由人联想起尼采、叔本华、齐克果那些高深莫测的怪人来。哲学系的学生好像比文学系的想法又要古怪一些。郭松棻取了一个俄国名字伊凡（Ivan），屠格涅夫也叫伊凡，郭松棻那个时候的行径倒有点像屠格涅夫的罗亭，虚无得很，事实上郭松棻是我们中间把"存在主义"真正搞通了的，他在《现文》上发表了一篇批判萨特的文章，很有水准。《现代文学》第二期刊出了刘大任的《大落袋》，我们说这下好了，台湾有了自己的"存在主义"小说了。《现文》第一期刚介绍过卡夫卡，《大落袋》就是一篇有点像卡夫卡梦魇式的寓言小说，是讲弹子房打撞球的故事。不知道为什么撞球与浪子总扯在一起（《江湖浪子》保罗·纽曼主演），弹子房好像是培养造反派的温床。当时台湾的政治气候还相当肃杀,《自由中国》、《文星》动一下也就给封掉了。我们不谈政治,但心里是不满的。虚无其实也是一种抗议的姿态,就像魏晋乱世竹林七贤的诗酒佯狂一般。后来刘大任、郭松棻参加"保钓",陈若曦更加跑到对岸去搞革命,都有心路历程可循。从虚无到激进是许多革命家必经的过程。难怪俄国大革命前夕冒出了那么多的虚无党来。不久前看到刘大任的力作《晚风习习》,不禁感到一阵苍凉,当年的"愤怒青年"毕竟也已炉火纯青。

"绿鬓旧人皆老大,红梁新燕又归来,尽须珍重掌中杯。"——这是晏几道的《浣溪沙》,郑因百先生正在开讲《词选》,我逃了课去中文系旁听,唯有逃到中国古典文学中,存在的焦虑才得暂时纾解。郑先生十分欣赏这首小令,评为"感慨至深",当时我没听懂,也无感慨,我欣赏的是"舞低杨柳楼心月,歌尽桃花扇底风",晏小山的浓词艳句。那几年,听郑先生讲词,是一大享受。有一个时期郑先生开了"陶谢诗",我也去听,坐在旁边的同学在我耳根下悄悄说道:"喏,那个就是林文月。"我回头望去,林文月独自坐在窗口一角,果然,"落花无言,人淡如菊",我不知道为什么会联想起司空图《诗品》第六首《典雅》中的两句诗来。日后有人谈到林文月,我就忍不住要插一句:"我和她一起上过'陶谢诗'。"其实《现代文学》后期与台大中文系的关系愈来愈深,因为柯庆明当了主编,当时中文系师生差不多都在这本杂志上撰过稿。

台大文学院里的吊钟还停顿在那里,可是悠悠三十年却无声无息地溜走了。逝者如斯,连圣人也禁不住要感慨呢。

六十年代后期,台湾文坛突然又蹦出新的一批才气纵横的年轻作家来:林怀民、奚淞、施家姊妹施叔青、施淑端(李昂)都是《现文》后期的生力军。林怀民还未离台,可是已经出版两本小说集了,转型期台北的脉动他把握得很准确,《蝉》里的"野人"谈的大概就是当今台北东区那些"新人类"的先驱吧。而林怀民一身的弹性,一身羁绊不住的活力,难怪他后来跳到舞台上去,创造出轰轰烈烈的云门舞集来。奚淞也才刚退伍,他说身上还沾有排长气。六九年的一个夏夜,奚淞打电话给我,"白先勇,我要找你聊天。"他说。于是我们便到嘉新大楼顶上的蓝天去喝酒去。蓝天是当时台北的高级餐厅,望下去,夜台北居然也有点朦胧美了。那是我跟奚淞第二次见面,可是在一杯又一杯 Manhattan 的灌溉下,那一夜两人却好像讲尽了一生一世的话。那晚奚淞醉得回不了家,于是我便把他带回自己敦化南路的家里,酒后不知哪里来的神力,居然把他从一楼扛上了三楼去。六十年代末,那是一段多么狂放而又令人怀念的日子啊。

台湾的鹿港地秀人杰,出了施家姊妹,其实大姊施淑女从前也写小说,白桦木就是她,在《现文》二十四、二十五期上发表了《头像》和《告别啊,临流》,写得极好,如果她继续写下去,不一定输给两个妹妹。施叔青开始写作也是用笔名施梓，我一直以为是个男生，《壁虎》和《凌迟的抑束》写得实在凌厉，后来我在台北明星咖啡馆和施叔青见面，却大感意外，施叔青的小说比她的人要慓悍得多。我送给了施叔青一个外号"一丈青"，施叔青那管笔的确如扈三娘手里一支枪，舞起来虎虎有力。当时台北流传文坛出了一位神童，十六岁就会写男男女女的大胆小说《花季》了。我顶记得第一次看到李昂，她推着一辆旧脚踏车，剪着一个学生头，脸上还有几块青伤，因为骑车刚摔了跤。再也料不到，李昂日后会写《杀夫》。李昂可以说是《现代文学》的"末代弟子"了，她在《现文》上发表她那一系列极具风格的鹿城故事时，《现代文学》前半期已接近尾声。也是因为这本杂志，我跟施家姊妹结下了缘。每次经过香港，都会去找施叔青出来喝酒叙旧，她在撰写《香港传奇》，预备在九七来临前，替香港留下一个繁华将尽的记录。有一次李昂与林怀民到圣芭芭拉来，在我家留了一宿，李昂向我借书看，我把陈定山写的《春申旧闻》推荐给她，定公这本书是部杰作，他把旧上海给写活了。里面有一则《詹周氏杀夫》的故事，詹周氏把当屠夫的丈夫大切八块，这是当年上海轰动一时的谋杀案——这就是李昂《杀夫》的由来，她把谋杀案搬到鹿港去了。小说家的想象力，真是深不可测。那年联合报小说比赛，我当评审，看到这部小说，其中那股震撼人心的原始力量，不是一般作家所有，我毫不考虑就把首奖投了给《杀夫》，揭晓时，作者竟是李昂。

《现代文学》创刊，离现在已有三十二年，距八四年正式停刊也有八年光景了，这本杂志可以说已经变成了历史文献。酝酿三年，《现文》一至五十一期重刊终于问世，一共十九册，另附两册，一册是资料，还有一册是《现文因缘》，收集了《现文》作家的回忆文章，这些文章看了令人感动，因为都写得真情毕露，他们叙述了个人与这本杂志结缘的始末，但不约而同的，每个人对那段消逝已久的青春岁月，都怀着依依不舍的眷念。陈映真的那篇就叫《我辈的青春》，他还牢记着一九六一年那个夏天，他到我松江路一三三号那幢木造屋，两人初次相会的情景——三十年前，我们曾经竟是那样的年轻过。所有的悲剧文学，我看以歌德的《浮士德》最悲怆，只有日耳曼民族才写得出如此摧人心肝的深刻作品。暮年已至的哲学家浮士德，为了捕捉回青春，宁愿把灵魂出卖给魔鬼。浮士德的悲怆，我们都能了解的，而魔鬼的诱惑，实在大得难以拒抗哩！柯庆明的那一篇题着：《短暂的青春！永远的文学？》回头看，也幸亏我们当年把青春岁月里的美丽与哀愁都用文字记录下来，变成篇篇诗歌与小说。文学，恐怕也只有永远的文学，能让我们有机会在此须臾浮生中，插下一块不朽的标帜吧。

原刊于一九九一年《文学杂志》

白先勇、李欧梵对谈台大外文系的那段日子
兼谈我们的老师

楔子

一九八五年九月十九日——这个日期记不记录下来似乎没有什么关系，它对于台大和任何日子没有两样，都是堆积台大历史的一小块红砖。

傍晚时分，白先勇与李欧梵走进台大的校园，走回三十年前的岁月，所不同的不是伤感的怀旧，而是为弟妹"打气"而来，他们做了一场题为"台大外文系的那段日子"的演讲。

白："五四"的精神是浪漫的精神，"五四"寻求自我解放对于我们大学时代的生活确实有影响。傅斯年校长把"五四"开放的风气带来台大，有形无形地使台大成为北大的延续，我们也有形无形受到了感染，虽然对于北大精神，

当时我们的认识并不十分清楚。

梵：傅斯年先生的确把北大的精神带到台大来。当年的北大，不论是"古朽"如辜鸿铭、"新派"如胡适，都被聘请到北大教书，而学生们可以处处向老师挑战。我们当年进台大，第一个感觉就是很自由。记忆中，胡适先生有次从美国回来，曾在大操场上演讲，好几百的同学去听，我们觉得他是学术自由的象征。此外，殷海光先生对我们的影响也很大。那时我虽然没读过三十年代的文学作品，甚至徐志摩的文章也读得很少，但是我们认为台大就是北大的继承，"五四"精神的延续。

白：也许是浪漫，也许是自由，我们经常逃课，但是逃课不是为了贪玩，而是为了看书。当时外文系不像现在每位老师都很好，我从外文系逃到中文系去听课，那时中文系有几位老师的课我很喜欢，像叶嘉莹老师说诗，郑骞老师讲词，使我得益很大。读中国古诗词，让我非常感动。我觉得中外文学是通的，光了解西洋文学不够完整，一定要对中国文学有相当的了解才行。李欧梵现在在读明末李渔的作品，我正在看宋末元初的诗。中国文学有很丰厚的宝藏，我们一辈子只要窥得一二就受用不尽。

当然除了中国文学，英文我还是念的，在这方面李欧梵最有成就，我们称他是我们的"conductor"（指挥），因为他在音乐上的功力是位"百科教授"。我记得李欧梵在英文下的功夫是把《飘》的单字,从头到尾都查了字典。我呢?《约翰·克利斯朵夫》全书一千二百页,也全部查字典,硬是下苦功。

梵:大学时代我是背字典的,有一年暑假每天早上六点钟起来背字典,背到"P"就开学了,所以我的英文单字"P"以后就比较少。当时我们的风气,上课是读书的一部分。大学毕业后我到国外念书,老师不讲课,一上课老师就问我:"李先生,你觉得这本书如何?"我答不出来。国外讨论课,基本上老师不讲,这是新的教育方式。我认为各位同学读书要有自己的主张,即使乱吹也要吹出自己的主张。

大学时代,我自己很尊敬的老师是曾约农先生,他不但英文造诣深,国学底子也厚。他教"英国文学"的课,是真正能为我们分析英文用法的老师,他可以把邱吉尔的演讲写下一段,空一个字,然后列出四个单字,问我们用哪一个字才正确,再分析为什么一定要用那个字的原因。他对我的一生影响很大。

白:我们是夏济安先生的"末代弟子",他教完我们"英国文学史"就到美国去了。他给我很大的影响和启发。

夏济安先生办的《文学杂志》,我没进台大之前就看了。这本杂志真正介绍了一些西洋文学,也指出一条文学的道路。我在上面读到夏济安先生、夏志清先生、林以亮先生等人的文章,前一辈的学人学问的确扎实深厚,我当时就决定有机会一定要找夏济安先生求教。进了外文系，我写了一些东西，想给夏先生看却不好意思，于是借口向他请教英国文学，半天之后才把文章拿出来。那是我的第一篇小说，他看了说可以刊登出来，这一下子我不得了，门打开了；如果他当时说："不行，拿回去。"我想我下头不敢写东西了。夏先生很鼓励我，他的好处是批评时一针见血。别人要长篇大论写一本书都讲不清的东西，他三言两语就把重点提出来了。他眼光锐利，见解确是与众不同。殷海光先生启发性也很高。他们鼓励我们独立思想，不要把别人的话装到脑子里去，一定要自己去想，要有独创性。

梵：大三那年，朱立民老师从耶鲁大学得博士回来，代课大三英文。当时我自认英文"学贯全世界"（现在说这话我自己都脸红），我拿了最得意的一篇作品给他看，自己觉得这篇文章花了好几个月写出来的，生字之深，已到无懈可击的地步。朱先生一看，第一句话说："你写得很好。"我立刻说："请朱先生指教。"他讲："你的文句太长、太啰唆了。"开始帮我修改。后来他把文章还我时，我发现每个句子都删了、改了，不知花了他多少时间。他也是一针见血的看法，这对我影响很大。他改了我文章的第二个星期，我就觉得自己英文造诣又高了一段。各位同学，你们在各学门练习的阶段，难免会迷迷糊糊，如果有一良师指导，会发现从"量变"变成"质变"，产生新的典范。不过，若自己不努力，再好的老师也不一定能启发。

我们当时逃课，正如白先勇所说是为了看书，也幸亏有同学上课笔记做得好，考试可以借我们看。各位上课记笔记时，不必老师说的每句话都记。我自己教书这么多年，知道老师上课有一半是废话，譬如我思想一个问题时，会先讲几句废话。上课，一定要知道老师的主要论点，特别是学文学，如果老师没说出论点，就要发问。记笔记时总要做比较批判性的思考，与老师一起思考。我们当时逃课，主要也是有些老师没思考只是拿讲义念。现在大家的老师都很好，没有逃课这个问题，因此重要的事就是养成提问题的习惯。另外，我要说一段王文兴的故事。我们两人个性完全不一样，可是非常的熟。我背英文生字是把单字用小本子写下放在裤子后口袋里，从板桥家里到台北的两小时汽车时间就背单字，背演讲词。王文兴除了背英文单字，他的中文也是一个字、一个成语的查记，同时把自己想出的好句子写下来。他在文字上花了很大的功夫，所以才能写出《家变》这部作品，绝对不是故作惊人之论才写的。与王文兴交往，我才发现文字除了卖弄以外，还要有收敛的功夫。

白：我选过朱立民先生的《美国文学》，朱先生的英文真是漂亮，讲起来很迷人。

王文兴除了与我一起办《现代文学》，还一起受训。有一次打靶太渴了，我们两个就去偷西瓜，没刀子就把西瓜往地上摔成两半，两人坐在地上又吃又笑，没料到排长就站在我们后面。等我们发现时，放也不是，只好低下头继续吃。大学时代真有冲动做一些越轨的事情。

六十年代时，我们一批同学办了《现代文学》，我们还郑重其事到照相馆去拍了一张照片，相片里有林耀福、李欧梵、我、王文兴、陈若曦、欧阳子、刘绍铭。当时我们除了逃课、看书，就是办起杂志来了。

做学生没有钱，林耀福把当家教的钱全掏出来，其他的人也都捐钱，同时我再另外去筹钱，然后写文章的写文章，翻译的翻译，《现代文学》就这样艰难地诞生了。我们的动机是受了《文学杂志》的影响。我们办杂志时，夏济安先生到美国去了。那时我们的学问都不够，没名作家的支持，这样也好，凡事自己来。杂志没人看也没关系，我们自己看。

梵：第一期卖了几本？

白：七百本。

梵：有那么多？不是三百本？你自己买了一百本。

白：那是买来送人。我们拉订户，外文系的同学都捉来做订户，家里的亲戚也拉了来。洪智惠（欧阳子）家亲戚很多，统统是《现代文学》的基本订户。

这本杂志对我们的意义很大，多少年来一直是我们的精神联系。不论大家隔得再远，只要一句话"《现文》需要稿件"，大家马上支持，这是大家对文学恋恋不舍的热忱。各位现在条件比我们好,只要有心,很容易做出比我们好的成绩来。

我们编《现代文学》时,还有一位好同学张先绪,和李欧梵最接近。欧梵,你谈一谈。

梵:张先绪是很有才气的人。我们这群同学,除了先勇的国学好,诗词都会背以外,张先绪也是古文都可背诵的一个。有一次曾约农先生叫我们英译中,大家都译白话,只有张先绪译成文言。他具艺术感,会画画,我们让他设计《现代文学》的封面。除了绘画,他的音乐也很好,我们两人常在别人午睡时,我们不睡,一起散步。他唱管乐我唱弦乐,他唱弦乐我就唱管乐,所以我们交响乐的知识就这样唱出来的。在读英文上,他写名词,我就写动词;他写形容词,我就写副词,互相练习看谁英文背得多。后来我们看英国文学的书,他看十八世纪的。我想各位看书不一定非二十世纪不可,十七、十八世纪的书都可以看。外文系照样要看中文系的书,中文系也该看外文系的书,互相支援。读书的态度一定要严肃,而且要是"书呆子"式的读法,随时随地读书,订下四年读书计划,课内课外的书都要读。

张先绪这样有才气的人早逝,我个人觉得很惋惜。他设计了《现代文学》封面之后,我记得我设计的是广告。我和戴成义(诗人戴天)一起,他把脚放在一张纸上,我把它描了下来,挂在外文系办公室,作为《现代文学》第一期的广告。

后记

今夜，白先勇、李欧梵这一席亦庄亦谐的对谈，能引发多少在座后学青年的深思？今夜，会有多少大学生像他们的前期学长一样，躲在校园的寂寞里挑灯苦读？而二十年后，是否会有一群在文学上卓然有成的中年人，述说白、李对谈之夜对他们文学成长的影响和意义？我们期待着。

邱彦明　记录

一九八五年九月

我的创作经验

白先勇教授于二〇〇〇年一月二十日，应香港城市大学中文荣誉学士学位课程负责人王培光博士的邀请做演讲，出席者约二千五百人。此次演讲为名家系列演讲之一，该系列演讲旨在促进中学与大学的交流，由大学拨款委员会赞助。这次演讲，由该课程学生张嘉雯、黄子容、柯冠茵笔录，副教授郑滋斌博士做文字上的整理，经白教授审阅后，录出以飨读者。白教授说，这篇演辞的对象主要是香港的中学生，目的在提高他们对中国文学和写作的兴趣，然而，其丰富深刻的创作体会，相信对写作人和文艺青年也具有启发性。以下为白教授的讲词。

各位老师，各位同学，我要向大家道歉，去年十二月，本来应约到这里来做演讲,其后去了北京,当地天气很冷,而且大概感冒病毒也很厉害,虽然打了感冒针,结果还是受到感染,发高烧,不能来了,真是非常对不起。

今天讲的题目,是"我的创作经验",说说我的写作生涯,跟在座青年朋友分享一下我走过的一些创作道路,写作的苦乐。今天我想讲讲写作的心路历程和《台北人》。我知道这本书在香港有些中学是作为指定读物的。

当初是怎么写出这本书来的?我在《蓦然回首》一篇里已经提过了,现在想想,有点不太公平,因为我漏了香港这一段,今天要特别提出。我刚去过我在这里念书的地方,九龙塘小学和喇沙书院,勾起了很多回忆,包括当时老师的讲课情形,对我都很重要。我们所读过的书,教过自己的老师,经历的一切,对我们的一生都很要紧。我在香港是从一九四九到五二年,只有三年,但这段时间对我很重要。

我在《蓦然回首》里提到我小时候身体不好,生肺病。那时候肺病是很厉害的病,没有药可根治。我生了四年多的病,因为这病会传染,需要隔离,大概人独个儿时喜欢幻想,当时我就是这样,又喜欢看小说、连环图。到了念书的年龄,好像在桂林、上海、南京等地方都待了几年,时值战乱,没有时间安定下来念书,真正念书是在香港开始的。

九龙塘小学是一所满有名的学校,校长叶不秋,很严格,很注重我们的学业。老师都很认真。当时我念五年级,每个星期要站起来用广东话背书，这对我来说糟糕极了。用广东话说一说还可以，要背书就背不出来。老师很好，就让我用普通话背，到现在印象还满深刻的。我们每念一篇文章就要背诵，一个挨一个字地背，还要用毛笔默写，错一字就扣一分，那时候这都是苦事，现在想想，却是很对的老法子，背了的书是相当有用的。

我当时很喜欢国文，爱看小说，所以国文成绩比较好。老师改作文喜欢打红圈，表示写得好，而且还会把它贴堂。我有几篇作文贴堂，很得意。这种鼓励很大，觉得国文老师对我很器重，于是我对国文特别下功夫。回忆中，以前的香港很重视中文教育，国文老师注重根基训练，要默书。其后我到喇沙书院念书，一所有名的英文学校，我今天也去过了，现在的校长是 Brother Patrick，当年的校长也叫 Brother Patrick，是爱尔兰人。那时我们读的书以英文为主，不过中文老师同样重视背书和默写。我记得那时候，有位国文老师年纪满大的，教《琵琶行》时，用广东话念，特别好听："浔阳江头夜送客，枫叶荻花秋瑟瑟。"我听了很喜欢，把诗背得很熟。《琵琶行》很长，老师也要我们默写。我在喇沙念了一年半，那时候的国文教育，对我有相当的启发。

我们是一个诗的民族，文学成就以诗最大。诗表现的就是文字的美。假如文字是一种艺术，诗就是文学的贵族，是最美的艺术。诗讲究对仗，每一个字要注意它的位置和声音，什么都要对，要求非常严。念诗时，每个字要念得很正确。我觉得同学在中学十五六岁时，触觉较敏锐，对美开始敏感起来，这包括艺术、音乐和文学。中学以后，你们可以从事股票买卖，可以从事电脑研究，可以学医，各样都可以，但如果你在青少年时候，对文学有相当的爱好，它可能是你一生中最美的追求、回忆。文学或许不能帮助一个国家的工业或商业发展，但文学是有用的，它是一种情感教育。想做一个完整的人，文学教育是非常重要的。它可以培养你的美感，对人生的看法，对人的认识，它在这方面的贡献最大，不是别的东西所能替代。音乐比较抽象，而文学却很实在，它对人生更为接近。念过《琵琶行》，它对我发生了作用。大家都知道《琵琶行》讲的是一个歌女的事，她的沧桑史。我当时可能并不太了解，但它文字的优美和内容，可能启发了我以后写同类的歌女生涯的小说，例如《游园惊梦》、《金大班的最后一夜》等等。当时国文老师用广东话念《琵琶行》，对我有很大的感动，影响却在以后才发现。所以你们中学念的诗歌，可能对你的一生有很大的影响。

后来我到了台湾，再上中学。建国中学在台湾也是名校，是最好的学校。在香港，我的英文成绩比较好，到台湾念书，我以插班生资格考试，英文是一百分，数学只有三十分——台湾学生的数学很厉害——平均起来，我的成绩刚好够被录取。在那所中学遇到很多好老师。当时有许多老师是从中国大陆去的，他们真的诲人不倦，很了不起，很动人，而生活都比较清苦。他们对我们的教育是完全投入的，而且重视中文的传统，我获益很大。教国文的李雅韵老师，是北京人，在北京接受教育，也是我们的导师。她是一位作家，在报纸、杂志上写文章。那时候学生很崇拜老师，她当然是我心中很了不起的老师。她除了教我们课文以外，每个星期的几个小时，还教我们文学源流，从《诗经》开始，一直讲下来，到唐诗、宋词，教我们基本的知识，不很深，却很重要。她教时，还举一些有名的例子，让我对中国古典文学有根本的认识，像李后主的词。那时我才第一次念李后主的词，就是那一阕《虞美人》："春花秋月何时了，往事知多少？"现在想起来，因为历史的原因，当时有一大批老师从大陆到台湾去，这种历史背景和感怀，老师的感受必然很深，所以她教李后主、李清照的词，好像特别有所感触。

上作文课时，老师看了我的作品，很喜欢，跟我说："你为什么不写写文章，像我一样去投稿？"得到她的鼓励，我就写了一篇散文投杂志去，第一篇就登了，我觉得自己是作家了，当时才十五六岁，很得意，老师说："你就写下去吧，写到二十多岁，你也是个作家了。"她这么说，我也觉得大概就是了。中学时候的老师对我的鼓励很大，也对我日后的写作生涯有很积极而重要的作用，他们让我对写作充满信心。我想，有一天我要当上作家。

念高中时，一些国文老师对我也相当偏爱。念高一时，我们是全校最好的一班，功课竞争很厉害，而国文是非常重要的一部分。陈老师给我的国文分数是八十分，很不得了，其他同学最好的不过六十几分。国文分数特别高，我在高一时，名列前茅。无论要我怎样背书，都不以为苦，我觉得老师很欣赏我，对国文便也特别重视，视念国文为一种乐趣。现在我们不着重背书，其实不对。背书是老法子，但同学在中学时，记忆力好，背几篇好的古文、诗词，对写作是很有用的。中国文字很有美感，也重视美感，重视音乐性、节奏感。像宋词便抑扬顿挫，铿锵有声，如果我们能多背几篇，掌握文字的美和音乐节奏感，对写作很有帮助。我们不都要去当作家，可是背诵一些诗词，了解文字的美，它跟大自然的配合情形，却很有益处。我刚才说文学是一种美的教育，一种情感教育，这是非常重要的。我们现在重视科技，用电脑，用文字的机会以后恐怕是愈来愈少。我觉得汉字还是我们民族的根，我们的思想感情跟汉字的联系很大，是不可忽视的。

在座很多是中学的同学，在这阶段，你们会对人生、感情、伦理等产生许多疑问，文学也许不能都给你们找出答案，可是阅读文学作品像小说后，可能会有所启发。法国《解放报》问世界上的一些作家，为什么写作？我被问时，当时用英文脱口而说：我希望把人类心灵中无言的痛楚转化成文字。我认为，有很多事情，像痛苦、困境等，一般人可能说不出来，或者说得不好,但作为文学家,比一般人高明的地方,就是用文字把人的内心感受写出来,而且是写得好。我们看了文学作品后,往往会产生一种同情,这个很重要。没有人是完美的,完美只是一种理想。文学作品就是写人向完美的路途上去挣扎,在挣扎的过程中,失败的多,成功的少,但至少是往这一方面走。我想文学是写这一个过程,写一个挣扎,让我们看了以后,感到这种困境,产生同情。

我从小就喜欢文学,所以走到创作路上来。中学碰上几个老师的鼓励,到了大学又遇到了一个好老师,就是夏济安先生。他办了一本杂志,鼓励创作,要我投稿。我的大一国文老师叶庆炳先生,替《文学杂志》邀稿,后来让我们写小说当作文,我就写了三篇上去,老师看了以后发回,一句评语也没有。当时我想:老师定是不喜欢我的作品了。后来我去找夏济安先生,他挑了《金大奶奶》发表到杂志上去。这次对我的鼓励很大。多年以后,我问叶先生:当时你为什么不鼓励我写小说?他说:做作家需要一些挫折,我要给你一点挫折感,今天你不是成为一个作家了吗?叶老师真的有意思,一个很好的老师,他就是这样鼓励我。我很幸运遇到这些老师,他们对我的帮助都很大。

我也有一些好同学。在台大念二年级时,我跟一班同学办了一本叫《现代文学》的杂志。我觉得同学该有自己写作的杂志,所以提议了。当时我们念大二,能力有限,但是有一股青年的雄心。那时，台大校长是傅斯年，是"五四"时期的健将，在北大当学生时办了一本叫《新潮》的杂志，很有名。既然傅校长办杂志，我们也来办，也来个"五四"运动。其实，我们不知天高地厚。我们没有名气，没拿稿费，什么都没有，只管写。杂志第一期的文章不够，我就用两个笔名写两篇，一篇叫《玉卿嫂》，另一篇叫《月梦》。同班同学李欧梵，是哈佛大学的名教授，今天正在香港访问。另外一位很有名的作家，也在香港，叫戴天。我们三人那时常常投稿。班上还有几个同学：像王文兴、欧阳子、陈若曦，岭南大学教授刘绍铭——他比我高两班，还有叶维廉教授，我们的学长，替我们写了一首诗。当时外文系的写作风气很盛。除以上的人外，还有余光中先生，是我们的龙头大哥，也是外文系第一位名作家。那时余先生已经很有名，杂志的第一期，他投了一篇诗。

那时没有钱办杂志，我们跑去印刷厂做校对。厂长对我说印数太少，只有一千多本，就放在那里等吧！一等便等了一个下午，没有把我们的杂志上机印。我对他说：今天你要是不印的话，我就不走。他拿我没办法，最后只好印了。我坐在那里边印边校对，就这样把杂志弄出来。那时劲大得很，常要稿，我几乎每期都写，我的《台北人》，除一篇外，都是在《现代文学》刊登的。我现在说说怎样写《台北人》。

我写《台北人》，第一篇是《永远的尹雪艳》。我写这篇时，已到了美国，在爱荷华大学的"爱荷华作家工作室"念书，那是美国唯一可以用写作当硕士论文的地方。写小说可写出一个学位来，实在太好了。在美国的两年对我有很大的意义，我可以一边念书一边写作。那时我的英文不够好，需要先把中文写好，再翻译成英文，颇为费时。不过，我就这样维持杂志的稿源。一九六六年，快念完课程。我喜欢到校园中的爱荷华河畔，那里有供野餐用的椅子，那时大约是春天，冰已经融了，地方很美，我开始写《永远的尹雪艳》。

在小说前面，我用了一首诗作为题词，那就是唐朝诗人刘禹锡的《乌衣巷》。诗是这样的："朱雀桥边野草花，乌衣巷口夕阳斜。旧时王谢堂前燕，飞入寻常百姓家。"这首诗是从前念的，把它当作题词是有原因的。刘禹锡是中唐人，唐朝的国势已经衰落了，他尝过许多沧桑，经过南京这个千年古都，有很多感触，便写了这首诗。西晋原来建都于洛阳，五胡乱华，国都沦陷，政府东渡到南京建都，是为东晋，当时辅助东晋的有许多大家族。诗里的"王谢"是指王导、谢安两个大家族，他们都东渡。那时东渡的人很多，可说是中华民族的一次大迁徙。诗中充满历史的沧桑。刘禹锡怀念金陵，并借古说今，对唐朝的衰微有所感触。我写《台北人》时，也有这想法。借西晋迁都金陵的历史，比喻国民政府渡海到台湾。我用这首诗作题词，已替这本书定了个调子。那时年纪轻，大约二十五六岁，但已经有意无意地想写这个主题，跟刘诗暗合。讲到这里，想补充一点：小时候曾到南京，在那里住了一段短时间，对金陵有印象。我到过明陵、中山陵、雨花台等地方。童年的记忆很清楚，南京这地方对我来说有很大的意义。它是国民政府的首都，我拿这首诗作引子，可能跟小时候的记忆很有关系。我就用这首诗定了一个调子，然后开始写下去。

我写第一篇时，是一九六五年，然后就由一九六六年写到一九七一年完成，共五年光景。后来，文评家说这本书的基调有点悲观，这跟我那时的心情很有关系。我在美国，对中国的历史更关怀起来，非常感兴趣。找书看时，很注意中国大陆、台湾历史的发展，常反省我们近代史的发展。那时，正值"文化大革命"，虽然身在美国，但香港、美国报导"文革"的消息也很多。在电视上看到红卫兵把庙宇、雕塑打坏的镜头，大吃一惊，觉得这是一个很大的破坏。当时写作的心情，既感怀国民政府兴亡历史，又感慨"文化大革命"，就这样一个个故事写下去，到最后一章才想起了这个基调，可能跟《乌衣巷》这首诗有相当关系。不过，第一篇的调子跟其他几篇不太一样，《永远的尹雪艳》写的是上海一个高级交际花的故事，她是永远不老的一位美人。这篇有一点讽刺的调子。我小时候在上海住，上海是个花花世界，那种繁荣对我很有吸引力，尹雪艳在某方面代表了上海某种阶层的人。世上没有东西是永远的，尤其是人，不能永远。小说的第一句却说尹雪艳永远不老,分明违反了生物定律。可是,我刚去了上海,回想当年所写的,名字实在取对了,尹雪艳真是永远的,现在的上海又繁荣起来了。我跟一些上海人聊天,他们对当年的繁荣情况非常骄傲,尹雪艳的确是永远不老的,她代表了一种永恒的东西。在上海南京路上看得有点眼花缭乱,我想尹雪艳又回来了,取这个名字很有意思。有很多事情,当时是想不到的。

《台北人》里面的人物,大都是中、老年人。中、老年人大都有很沉重的回忆。我当时很年轻,在那个时候写我现在的心境,好像预言一样。尤其是《冬夜》那一篇,写的是一位老教授。现在的我,就是个"冬夜"。我写《冬夜》时,大约三十岁,这样一篇一篇写下来。在写《台北人》的过程中,对自己的文化有一种悼念的感受。写小说时,身在美国,常常反思中国文化。从十九世纪后期开始,中国传统文化衰落下来,我常思考:原因在哪里。这是一个很大的题目,我感受很深。我学的虽然是西洋文学,西方文学当然非常伟大,他们的传统也了不起,但同时对自己国家的传统有一种检讨、反省。写作对我来说也是一种自我的发现(self-discovery)。

我小时在香港生活,接受的是英文教育,长大后学的虽然是西方文学,热爱西方的一些文化,但骨子里好像有中国文化的根,深生在里面。愈写愈发现,自己在用字时,感到更要回归自己的传统。我从西方文学获益很多,学了很多技巧和思想。可是，在运用时，由于受到中国古典诗词的熏陶和感染，以至于古文文字上的应用，使我在笔下有意无意地表露出来。写作对我来说是一种自我检视，这包括了对文化的检讨。我们的古文明曾是这样的辉煌，在二十世纪，如果我们要拉长来看，这个文明的发展可能是一个低点。我那时的心情都反映到作品里去。这个世纪，我们有太多的动乱，文学受到太多的政治干扰，我们走的并非一条平顺的路，所以我写作时，觉得是一种对自己的检讨。

我写小说是以人物为主的，每一篇都是。我写的常是人的困境，因为人有限制，所以人生有很多无常感。在这种无常的变动中，人怎样保持自己的一份尊严？在我小说里，这是一个很重要的题目：他们过去的一些辉煌事情、一些感情、能够保有的一些东西。正如张隆溪教授说的，文学教人同情。我写人物时，跟他们站在同一根线上。他们的困境，我想我也有。我不是站在一个比人高的位置上去批判人。我想，人的最后裁判，不是由人来做，只有神——一个更高的主宰，才能对人做出最后的判决。我们作家的职责，是要写出人的困境，人的苦处。文学对我来说，并非说教，也不只是一种艺术。如果文学能够让读者引起共鸣，引起同情，文学家已经达到目的。

本来，人生是很复杂的，要找到唯一的答案，是不大可能的。我写的那些人物，他们在道德上可能都有错失，行为方面可能也有缺失，但是我写这些人时，基本上是处在同一个水平面、同一种处境来了解。因此，写作，一方面是心理的，另一方面是表现作家的思考，对人生的看法和认识。同学们，你们不一定要成为职业作家，但写作很有意思，写自己也好，不写自己也好，总可以写一些感想。我想你们会感觉到写作时，心中有很多意料不到的想法，可能很有启发作用，我就是这个样子。我愈是写，愈对自己的认识和看法更清楚。写《台北人》写了很久，它可以说是我生命中，尤其是那几年——六五到七一年的重要结晶。六十年代，中国大陆发生很大的变动，它记述了我那时的看法，它是我生命中的纪念。后来我也写长篇小说，现在也写散文，各式各样的。我写过一些电影剧本，一个舞台剧，各方面都尝试过，每一方面都给我一些经验。

我特别提出一点，在《台北人》中，有一篇叫《游园惊梦》，讲一个唱昆曲的名伶一生的事迹。我写这篇小说最苦，至少写了五遍，所以印象深刻。为什么我写得这样苦？就是找不到合适的技巧及形式。《台北人》可以说给我在技巧和结构上一个试验的机会。我觉得写一篇小说，题材选好了，人物也选好了，一定有个最好的表现方法。我们看一些名家的小说，觉得作者写得非常好，你自己想想，换一个方法写会不会比他写得更好？如果他的作品是经典之作，写得非常好，非常完美，你怎样也不能胜过这个方式，这个作家很可能已经选到表现这小说最合适的方法,选到最合适的语调和结构。

在座诸位如果有看过《游园惊梦》的话,知道这小说中有很多回忆。那些回忆不同于普通的回忆,因为小说中的名伶是从前在南京一个唱昆曲非常有名的歌女,叫蓝田玉。她因为想出名,后来嫁给了一个年纪比她大四十岁的将军,入了豪门当夫人。当夫人的同时,有一段时间跟一个年轻的军官发生了爱情,后来爱情破灭了,这是前一段。其后到了台湾,将军过世,爱情也破灭了,自己的身份下降了许多。有一天,她去参加一个宴会,看见从前跟她一起唱戏的朋友,她们已经嫁给一些大官,都高高在上,她反而落下来了。她很感触,想起从前的一切,这是一个简单的故事。蓝田玉想起从前的爱情、从前的地位,内心起伏非常大,尤其是听到了昆曲,用普通的回忆方式,不足以说明这位迟暮美人心中那种非常强烈的感情。

我写第一、第二遍也不好,到第三、第四次时,稿子已丢了好几桶,还是写不出来。后来我想,传统的手法不行,而且这篇小说与昆曲有关,昆曲是非常美的音乐,我想用意识流的手法把时空打乱来配合音乐上的重复节奏,效果可能会好得多。于是我试试看,第五次写,就用了这个方法跟昆曲的节奏合起来,她回忆的时候,跟音乐的节奏用文字合起来。写后我把小说念出来,知道总算找到了那种情感的强度,当时很高兴,但已过了半年。

写这篇小说非常苦恼，但完稿以后却非常高兴。所以我想，写作有一点是很重要的，老师夏济安先生也这样说过：写什么并不重要，重要的是怎么写。我想：一些主题和内容，作家各有不同的想法布置，但怎样去表现一个故事，却最重要。我写《台北人》，每一篇尝试运用不同的方法、语调跟角度来写，看哪一个最好。所以写《台北人》对我来说是一个挑战，用最好的技巧来写一篇东西。同学可以试试。一般写小说很重视开头，可以从头说起，从尾说起，或从故事的三分之一说起，效果都不一样，你们可以试试看。我写《台北人》时，在角度和文字运用方面，感到很大的挑战。譬如写《梁父吟》，小说里的人物是革命元老，他们曾参加辛亥革命，他们讲的语言跟我们的不同，我要找到合适的、真实的语言资料。他们是我的父执辈，他们聊天的时候，我在一旁听，听他们的语调。《金大班的最后一夜》写一个上海红舞女。我曾在上海念书，会上海话，写金大班要懂上海话，不觉得吃力；但金大班是在舞场打滚的舞女，我没有这种生活经验，便要努力揣摩她的性格。可见写不同的人物时，要尝试扮演不同的角色。在写《台北人》过程中，扮作他人是一种宝贵的实验。今天晚上我还有文化沙龙的聚会，讲话就到这里为止。谢谢。

原载二〇〇〇年三月香港《明报月刊》

师友

文学不死

感怀姚一苇先生

姚一苇先生竟然也走了。姚先生享年七十五，其实也算是高寿。但是自从认识姚先生三十多年来，每次与他相聚，谈到文学——我们两人见面总也离不开这个话题——尤其是他热烈爱护的台湾文学，姚先生一径是那么兴致高昂，神采飞扬，让人感觉他那充沛的生命力，永远也不会衰竭的。今年四月在《联合报》上看到十二日刊载姚先生遽然逝世的消息，真是大吃一惊，一连几晚，难以入眠。我因创办《现代文学》而与姚一苇先生结识，也因这本杂志，姚先生与我之间建立起一份半师半友、为文学事业患难与共的悠久关系。姚先生曾为这本经常在风雨飘摇中颠踬前进的同人杂志投注了最多的心血，他无条件地为它奉献，栽培它，扶持它，前后担任了八年的编辑任务，几次临危受命，使之不坠。姚先生对《现代文学》用情之深，常常使我感动。

一九六三年，大概是二三月间，那时《现文》同人大部分已经留学去了，我自己马上也要离开台湾，《现文》的编务登时陷入了危机。有一天我把余光中、何欣、姚一苇三位先生请到我家，当面郑重将《现文》的编务托付给他们三人轮流担任。那是我第一次与姚一苇先生见面，也就此开始了我们之间长达三十四年的文学因缘。余、何二位从创刊起本来就是《现文》的基本作者。而姚先生是从第十五期才开始替《现文》撰稿，发表他那篇有关斯特林堡戏剧的文章。据姚先生后来说，他当初是由于同情《现文》困境，由衷爱护这份由几个年轻学生创办的文学杂志，于是义无反顾，答应下来为《现文》效力。大概当时姚先生自己也没有料到，他一声承诺竟使他与《现代文学》共度了起起伏伏，时断时续，二十一年休戚与共的命运。

谈到《现代文学》，姚先生最津津乐道的是他第一次主编《现文》第十九期（一九六四年一月十五日出刊）。许多年后他回忆起这一段往事，兴奋之情，仍旧跃然纸上："轮到我编第十九期，我收到白先勇的《芝加哥之死》、王文兴的《欠缺》、欧阳子的《贝太太的早晨》，和我拉到的陈映真的《将军族》、水晶的《快乐的一天》等小说时，内心的愉快与兴奋，不可名状；我感到我们得要好好地爱护它，培植它，让它开花结果。"

其实那一期小说稿还有七等生的《隐遁的小角色》、叶灵的《弟弟》以及汶津的《十六岁的独白》。汶津就是张健。诗也有六七篇，有罗门、管管、方华、周英雄、邱刚健、吴芜等人的剧作，以及余光中译的一组《印度现代诗选》。东方白有散文一则。邱刚健同时又翻译了尤金·尤内斯库的戏剧名著《秃头女高音》。最后还有姚先生自己的美学巨著《艺术的奥秘》中"论模拟"一章。这本只有一百四十五页的第十九期《现文》，内容扎实，目录上列名的作家，后来大都卓然成家。虽然诗人余光中、罗门等人早已成名，但其他多为当时开始写作的"新锐"作家，所以杂志风格便有了一番新的气象。这大概也就是姚先生最感到兴奋的地方。姚先生的确曾为《现代文学》引进了一批才气纵横的青年作家。例如陈映真便是姚先生引进《现文》来的，他那篇《将军族》在《现文》一刊出，台湾文坛为之侧目，变成了陈映真的一块招牌。后来施家姊妹，施淑女（白桦木）、施叔青，也是姚先生引介到《现文》投稿的。

除了推动戏剧以外，我认为姚一苇先生对台湾文坛最大的贡献应该是，在六十年代以及七十年代初，姚先生曾经发掘、鼓励、呵护，不遗余力地将一群当时初露头角，正在摸索阶段的年轻作家，带引上广阔的创作道路。他对他们的影响是深远的。陈映真、施叔青等人的纪念文章，都有感一同地表露了当年姚先生对他们的知遇之恩。姚先生对我个人的爱护及器重，我更是一直铭记于心。当年我们的小说还没有引起太多注意的时候，姚先生已经开始极严肃地用"新批评"的方法来评论我们写作了。他第一篇论文选了王祯和的《嫁妆一牛车》，接着下来又陆续选了我的《游园惊梦》、水晶的《悲悯的笑纹》、黄春明的《儿子的大玩偶》，以及陈映真的《一绿色之候鸟》作为他评论的范例。在当时台湾文坛，姚先生分析小说的方法，以及所选的文章，都令人耳目一新。像《嫁妆一牛车》、《儿子的大玩偶》后来被评论家认定为六十年代台湾小说的杰作，姚先生都是第一个撰文肯定这些作品的人。直到今天看来，姚先生这些评析台湾现代小说的论文，其中许多论点仍然屹立不坠。姚先生看小说看得仔细，他在《论白先勇〈游园惊梦〉》中，把我那篇小说结尾处画蛇添足的一句话指了出来，在别人看来也许是一个小瑕疵，可是这句参有作者干扰的句子，事实上破坏了整篇小说的观点统一，为害甚大。我非常感谢姚先生指正了我的毛病，我在《台北人》结集时，便把这句多余的句子删掉了，使得整篇小说的结构得以完整。姚先生可以说是我的"一句师"。

套句姚先生常说的话："《现代文学》是本穷得不能再穷的杂志！"姚先生最初参加编务那三年，的确是《现文》经济最拮据的时期，几位编辑不但没有支薪，因为体恤时艰，有时还要补贴交通费。姚先生这样回忆："我们没有聚过一次餐或喝过一次茶，也没有报过一次交通费。我们认为开源既不易，只有节流；有些钱，我们能贴的，就贴上算了。"

不仅如此，社务忙的时候，编辑太太们也一齐动手帮忙。姚先生兴致勃勃地写道："每逢出书，得全家总动员，自写封套、装封袋，由家人帮忙，然后坐上三轮车，送到邮局。现在想来，这段时期我是怎样活过来的？我真的不敢相信。"我记得当时的姚师母范筱兰女士也曾说过，那些订户的封套都是她写的，写完了又急急忙忙捧着拿出去寄。出一期杂志，全家兴师动众。那一段时期，从《现文》第十五期至二十六期，每期姚先生都替这本杂志撰稿，一共写了近四十万字，《来自凤凰镇的人》及《孙飞虎抢亲》两个剧本便在此时完成，当然这些稿子都是没有稿费的。姚先生那时一面在银行上班，又要教书，为了《现文》，凡事还得躬亲操劳。台湾夏日酷热，他有时赶稿赶得"血液上腾，以致手足冰冷，头脑发胀"，须得用冰毛巾敷头。工作如此辛苦，但是姚先生却认为："这段时间在我一生中却是最兴奋、最愉快的日子。"多年来，我跟姚先生见面时，总禁不住要怀念那一段创办《现代文学》筚路蓝缕、胼手胝足的时光。那种为了文学事业奋不顾身，近乎堂吉诃德式追求理想的精神，我知道，姚先生是颇以为傲的。文学，可以说是姚先生的宗教吧，那是六十年代台湾，我们唯一的精神救赎力量。

后来《现代文学》中断了三年，七十年代底再复刊时，台湾的社会经济已在剧变中，同人文学杂志的生存空间愈来愈小。姚先生在我力邀之下，慨然答应复出主掌编务。姚先生说："我虽明知此事难为，但由于我与它的渊源，我对它的浓厚感情，我无法推辞，亦不能推辞。"那是一个知其不可而为之的局面，姚先生贯彻始终，一直支持《现代文学》到一九八四年复刊号第二十二期最后停刊为止。对这本杂志，姚一苇先生可以说是仁尽义至。

杂志虽然停刊了，可是我和姚先生的联系一直没有断过。每次回台湾，总要跟姚先生一起吃饭，喝冰啤酒，然后就是听姚先生侃侃而谈他一个又一个文学、戏剧的计划：他正在创作的剧本、他即将出版的论文集、他在艺术学院创立的戏剧系。他好像总有用不完的精力，去追求实践他的理想。他对文学、戏剧的热忱从来也未因时间及年岁而稍减。姚先生一向身体健康，没有听说他有过任何病痛，去年得知姚先生因心脏病动过手术的消息，颇感意外。我打电话给他，除了探问病情外并劝他稍微放松，工作不要过度劳累了。电话中姚先生热切如昔，他说不工作不行，他还有好多事等着完成。其实心脏病手术成功，恢复不成问题。我的一位哥哥心脏病动过大手术，多年来照样因公奔走四方。心脏病首重调养，我寄了一本耶鲁大学出版的《心脏书》（Heart Book）给姚先生，书里心脏病防治知识非常丰富，当时我想姚先生的病一定很快复元的，因为姚先生给我的感觉，仍旧是他一贯的镇定、乐观、积极。他那种虽千万人吾往矣的堂吉诃德式的精神，似乎仍旧在熊熊地燃烧，那样一个坚强热烈的生命，不应该轻易被病魔击倒的。

四月十四日，姚先生逝世后的第三天，我接到他生前寄出来的一封信，写信的日期是四月六日，很可能是他入院的前一两天付邮的。信里只有一封寥寥数语的短函，他要我看看他附在信中今年四月份《联合文学》中发表的那篇文章：《文学往何处去——从现代到后现代》。这篇文章现在看来，应该是姚先生给我以及对台湾文学界临终留下来的遗言了。这其实是他去年十一月十七日于"联合文学周"上的一篇演讲稿，可见得他是要讲给大家听的。

这篇文章主要表达他对现代与后现代文学戏剧的一些看法，以及他对文学今后走向的关切及忧虑，姚先生亲自参与台湾六十年代"现代主义"的文学运动，而他本人也承认是"现代主义迷"。他对于现代文学的作品，尤其是现代主义全盛期（High Modernism）如乔伊斯、卡夫卡、伍尔芙等人的小说，以及同时代的现代剧作不免偏爱，但正如郑树森追溯姚先生美学系统那篇文章《古典美学的终点》所论，姚先生作为一位美学家，其实是从古典主义入手的。他精心翻译的亚里士多德的《诗学》，并集解而成的《诗学笺注》，一直是中译界一本重要的参考书，而他本人的美学思想中，亚里士多德一脉相传的古典主义也一直是一根主轴。因此，姚先生对文学作品的看法，于艺术形式及美学架构上，自然就有了十分严格的要求。他比较现代与后现代的文学戏剧时，对于后现代的一些"现象",提出了相当严厉的质疑。

姚先生认为现代主义全盛期的作家对待创作的态度严肃,"像乔伊斯、卡夫卡、伍尔芙、叶芝、艾略特等等,他们是根据自己的理念来创作的,不管有没有人看、有没有市场"。"因此在那个时代作者是为了自己而写的,是所谓的精致文化(High Culture)的时代。"相对于此,后现代进入了晚期资本主义,"有一件事却是肯定的,那便是'文化工业'。文化成了工业,任何文化活动都是商品化了。这个现象把以往所谓的精致文化和大众文化的界线消弭了"。

姚先生特别关心的一个现象便是"到了后现代(七十年代)以后,我们不再相信传统留下来的观念和教义"。姚先生引用了利奥塔(Jean-Francois Lyotard)所指从文艺复兴以降人本主义传统的"大叙述"(Grand Narratives),过渡到后现代成了"迷你叙述"(Mini Narratives),变成了"局部的、部分的、特殊地区的、特殊个人的、少数族群所发生一些临时性、偶然性、相对性的东西"。姚先生认为"现代主义"的重要作家,他们的作品即使悲观、失望,表露出某种哀愁,或是怀旧,可是基本上还是蕴含着对这个世界、对人类的关怀。他举出艾略特的《荒原》、乔伊斯的《都柏林人》、契诃夫的剧本等,"都不是自我的小问题,都有大关怀在内"。对于后现代作品中流行的"戏拟"(Parody)与"拼凑"(Pastiche),姚先生亦颇有微辞。"到了后现代,这种剧作方式(指"拼凑")

移植到文学上来，便是东抄一段、西抄一段，毫无关联地放在一起，这边模仿张三一段，那边模仿李四一段，于是就并成一个作品。姚先生对此现象百思不解，他后来联想到台湾电视的现象，得到一个比喻：台湾电视台自第四台开放后，有好几十个频道，台湾观众看电视的习惯，拿着遥控器，这里看一点，那里看一点，不是从头到尾看一个节目，而是由完全不相关的碎片拼凑起来。"拼凑"的作品，就像电视片段的集锦，没有了整体，只是一堆彼此连接不起来的碎片。

据我了解，姚先生对文学戏剧的看法绝不保守，他曾经对台湾实验剧场的推动不遗余力。他也不是刻意避俗，他一定知道中国传统小说戏剧一向是雅俗共赏的。但是作为一个受过古典主义训练的美学家，姚先生笃信文学戏剧是一种艺术创作，有其特定的艺术形式，即使其内容结构千变万化，总也要遵守一些基本的美学原则。我想姚先生必然深知现代主义的文学、戏剧、艺术当年兴起之时，对古典美学传统的颠覆性是何等猛烈，但现代主义的作家们马上寻找到了一套新的美学法则、一种新的艺术形式作为规范。现代主义之衰退当然有其时空背景，我想姚先生不是在留恋一个已经过去的文艺运动。现代主义的"警句"已出，不朽作品已经传世，不必为其消逝而惋惜。姚先生毋宁是在关切后现代在"颠覆"了古典、现代的美学传统之后，如何再重建后现代的新美学呢？这个关切，在他另一篇文章《后现代剧场三问》里，提出了更具体的疑问。

那篇文章发表于一九九四年十二月《中外文学》，文章里，姚先生举出后现代剧场一些过激的现象：例如否定剧本存在，将文学排出了剧场，导演取代了剧作者，演员不受脚本的拘束任意发挥，一切的先在性与可约束性都给否定了，于是一些古典名著也就被随意改编得面目全非。姚先生对于这些完全"颠覆"剧场艺术原则的做法，显然是无法苟同的。

《文学往何处去》一文最后论到学术界文学批评的一个相当普遍的现象："便是文学批评几乎完全演变为文化批评。"文学研究者言必种族、性别、阶级，这些原本属于社会学、心理学、政治学的研究议题，喧宾夺主，反而成为文学研究的主流，欧美学界此风更加为烈，美国大学的文学系，四五十年代以耶鲁大学布鲁克斯（Cleanth Brooks）、华伦（Robert Penn Waren）等人为首建立的"新批评"（New Criticism）学派，提倡精读文本的文学研究方法，曾经独领美国学界风骚二三十年，现在这种主张以文学论文学的学派已被推翻打倒，美国大学的文学系大门大开，各种社会科学的文化研究者蜂拥而入，文学研究也就变了质。文学不再被视为一门独立艺术，而沦为各种社会科学研究的原始材料。姚先生引用索乐士（Werner Sollors）一九九三年一本书中，归纳出一些文化研究者从文学中找出来的一些研究题目：

人种认同、人种学、民族优越主义、女性身体、女性形象、女性认同、女性想象、女性主义、外国人、性别、同性恋、人类自体、认同、乱伦、无辜、婚姻（亦包括：重婚；通奸；新娘；离婚；婚约；求婚；厌恶婚姻；婚礼）、多种文化、种族、种族关系、种族冲突、种族区别、种族主义、性、性的角色、性歧视、性认同、性别政治、性关系、性欲、社会阶级、社会认同等等。

姚先生自己还加了"少数族裔、边缘的族裔、女性书"等等，但姚先生问道："请问大家这些所谓的主题，与文学有无大关系？"严格地说，恐怕关系不大。

文学作品当然可以描写反映这些主题，但书写这些题目的文章不一定就是文学，更不一定就是好文学。"新批评"学派盯紧文本精读，可能视野狭隘了一点，但的确是正宗的"文学研究"。现在文化研究（Cultural Studies），范围宽了，无所不包，却往往离题太远，有些研究与文学本身实在没有什么关系。美国大学东方语文学系的研究生，不需要从《诗经》、楚辞、唐诗、宋词等下来，只要从马王堆里找出一张古药方作篇论文，也可以得到博士。据说现在美国语言文学博士生求职，如果论文不涉及种族、性别、阶级等等流行议题，便很难找到职位。我参加过一个甄试会议，一位谋求中国文学教职的候选人宣读论文的题目是梅兰芳，通篇所讲的却是梅兰芳的性别问题，梅派京剧艺术一字不提，当然，那篇论文跟中国戏剧根本扯不上关系。

文学研究为了因应八九十年代一些政治、社会运动，已经"政治化"了，文学本身看起来似乎已无举足轻重。于是有些人便提出疑问：文学是不是已经死亡了？或者说，文学会不会死亡？姚先生在《文学往何处去》结尾时，对这个问题很肯定地答复："文学绝对不会死亡，除非语言已经死亡。"姚先生认为"即使现在电脑时代已经来临，但电脑网络也要使用语言，有些年轻学生在BBS站上发表诗，也不能说它不是文学吧。"姚先生的结论是，文学会变，但不会死亡：

> 十九世纪时代是小说盛行的时期，不论是英国的狄更斯，法国的巴尔扎克、福楼拜，俄国的托尔斯泰也好，他们能够想象刚才所说的《尤利西斯》也是小说吗？他们绝对不能想象那也能称之为小说。我们的曹雪芹能够想象今天得奖的、我们称之为小说的是小说吗？绝对想象不到。我们能想象李白或杜甫能够想象得到今天的新诗是诗吗？恐怕做梦也想不到吧！不要谈那么久，就是一百年前的人也无法想象那会是诗吧？当然，以往世界的变化不如今日这么大，这么快，我们能想象十年之后的文

学是何种面貌？我们在办《现代文学》、《文学季刊》的时候，便想象不到现在这样东一段西一段也是小说。我们凭什么能够预测十年后或是二十一世纪有什么样的小说？什么样的诗？但是它会出现，它是文学，不过是什么样的文学我不敢预测，但是我可以说"文学是不会死亡的"！

姚先生在这篇演讲稿中，说了一些与当世文学走向"反潮流"的话，有的话恐怕还有点"不中听"。因为是篇演讲稿，不像姚先生一些有关美学的论文那样严谨推敲，但正因即兴而发，反而令人感到姚先生语重心长，是篇由衷之言。姚先生生前是如此热爱文学，尤其热爱戏剧，爱之深，不免责之切。他临终前还急着将这篇演讲稿寄给我看，想必姚先生也知道，他的一些论点，我一定会赞同的。我想文学写的不外乎人性人情，只要人性不变，文学便有存在的必要。

最近英美文艺界突然又掀起了一阵简·奥斯汀（Jane Austen）及亨利·詹姆斯（Henry James）热，两人多部小说都改成了电影、电视，美国几家大书店又把他们几部名著——简·奥斯汀的《理智与感性》、《爱玛》、《傲慢与偏见》，亨利·詹姆斯的《仕女图》、《华盛顿广场》、《鸽翼》都放在最醒目的地方，与畅销书为伍了。简·奥斯汀可以说是英国小说的"青衣祭酒"，亨利·詹姆斯却是美国小说的一代宗师，两人都被英国名文学批评家李维斯（F. R. Leavis）归入他那本挑选甚严的《伟大的传统》(*The Great Tradition*) 中，可以说是英美文学的正宗主流。有意思的是，两位大师被改成电影、电视，又成为畅销书的几本小说，写的都不过是找丈夫、嫁女婿，最近人性人情的一些"俗事"，只是简·奥斯汀笔下的英国女孩比较精明，都挑中了好男人，喜剧收场，而亨利·詹姆斯的美国女性则比较天真，上了坏男人的当，受到教训。在这个世纪末，美国的婚姻制度已经濒临破产（离婚率已超过百分之五十），美国读者又回头一窝蜂读起奥斯汀、詹姆斯的小说来，是不是想从这两位大师的文学作品中去汲取一些人生智慧，重新学习男女相处之道？人性人情大约总还脱离不了男男女女以及男男、女女这些牵扯纠缠，即使当今的电脑网络族恐怕也难逃离这张天罗地网，而描写人性中最微妙复杂又难以捉摸的这些东西，还是文学最当行。因此，我也颇有信心地要回应姚先生最后留给我们的话："文学是不会死亡的！"

一九九七年十一月《联合报》

天天天蓝
追忆与许芥昱、卓以玉几次欢聚的情景

我认识许芥昱,完全是因为卓以玉的关系。虽然很早我便看过许芥昱的著作并且采用他编译的《二十世纪中国现代诗选》做过课本,但直到两年多以前,卓以玉与许芥昱到圣芭芭拉来访,我们才会面。那是一次值得纪念的聚会,那不仅是我第一次见到许芥昱,也是我跟卓以玉香港一别三十年首次重逢。

我们家里都叫卓以玉"老卓",老卓是我三姊先明在上海中西女中的初中同学,也是明姊少年时最要好的朋友。中西是上海的"一女中",有点贵族化,学生住校,宿舍很讲究,我去过一次。家人送东西给明姊,我跟着去看她。没想到宿舍里全是叽叽呱呱跳跳蹦蹦的大女生,着实吓了我一跳。明姊拉着她的同房同学,笑着跟我介绍:"这是老卓。"小时候我跟明姊最亲近,我有两只小狮子狗,分了一只给她。明姊的好朋友,自然我也感到亲切,所以也跟着叫卓以玉"老卓"。后来我们到了香港,卓以玉一家也搬去了,恰巧住在我们隔壁街,"老卓"与明姊在圣玛丽仍是同学。她的弟弟以同跟我在小学同班,因此,我们两家来往更勤了。直到我到台湾,卓以玉姊弟去了美国,大家才失去联络。

重庆精神

那天卓以玉与许芥昱来访,我仍然叫卓以玉"老卓",一见面便谈起许多童年往事来,大家都记得很清楚,非常兴奋。三十年来的人世沧桑,一下子都扫到旁边去了。我们讲的是四川话,不仅因为许芥昱是四川人,事实上我们都算属于"重庆的一代",四川话可以说是"抗战语言"。现在台湾的军眷区还保留着这个传统,一说四川话似乎马上便唤起"重庆精神"来。我跟卓以玉叙过旧后,下半夜,完全是在跟许芥昱谈话,老卓反而坐在旁边当听众了。原因是我有几个急迫的问题要请教许芥昱。许芥昱在一九七三年曾到中国大陆探亲,他是极少数在"四人帮"当权的时代,窥见中国大陆真面目的海外知识分子,而且还在阻碍重重的情况下,访问了一些作家,尤其难得的是他见到了沈从文。沈从文是我最敬佩的三十年代作家,我指导过一个美国学生写关于沈从文的硕士论文,有关沈从文的消息,对我来说,简直如获至宝。多年来我们只知道沈从文在北京故宫博物院从事古物研究,其他一无所知。许芥昱七四年出版那本《中国文坛近况》,可以说是"文革"以来,首次有关沈从文的报导。沈从文抗战时在西南联大教过许芥昱,而且教他小说创作,由许芥昱写他的老师,当然更加亲切体贴。"老师,你的创作生涯呢?"许芥昱急切地问,沈从文无言以对,只好说他的生活经验贫乏,无法再创作。许芥昱痛惋地追问:"可是老师,你有过那么多的经历——?"沈从文当然也不便深加解说了。许芥昱了解他老师的处境,所以书中那一段写来十分委婉,但是字里行间却充满了怅恨和惋惜,非常感人。直到"四人帮"倒台,八〇年沈从文访美,在加大伯克利校区演讲,才算回答了许芥昱七三年的问题,他说新政府对文学有了新的要求,他本人达不到那些要求,所以便停止了创作。

由访问沈从文我们的话题就自然而然转到了"文革"。一谈到这场大浩劫,我们的酒也喝得多起来,情绪也变得激昂了。二十世纪六十年代怎么会发生如此荒谬绝伦的大悲剧?一个号称礼仪之邦,以精神文明自豪的民族怎么会沦落得如此?许芥昱一直激动地讲下去,讲到深更,讲到半夜。他承认七三年那次到大陆提心吊胆,他的房间被突击搜查,相片胶卷全被抄走,似乎等于递解出境。"四人帮"时期什么事都可能发生,许芥昱那次算是有惊无险。但他说他的亲友却因此受到不少连累。

许芥昱在抗战时期曾经从军,是真正抗战的一代。那一代的知识分子，因为生于忧患，国家民族意识特强。胜利后，不少人出国留学，这一群抗过日的中国知识分子，淹留海外，悠悠几十载，花果飘零，家国身世的感慨，特别深沉。黄遵宪咏明末诗人朱舜水羁留日本的两句诗，"海外孤臣竟不归，老来东望泪频挥"，道尽了"海外孤臣"的悲哀，那晚我听了许芥昱的"故国行"，亦深深感到他蕴藏在内心深处那一股无法排解的文化乡愁。

最喜欢的歌

八〇年春季我到伯克利客座讲学，许芥昱跟卓以玉都在湾区，所以见面的机会比较多。我一到伯克利，卓以玉便请我吃饭。久闻"老卓"手艺非凡，那晚八道海鲜，碟碟活色生香，简直是艺术家的杰作。卓以玉是才女，书香世家，能诗能画，又能设计首饰家具，而且样样别出心裁。她的家里挂满了字画，有的是她画的，有的是许芥昱画的。卓以玉八〇年夏天曾到台北开了一个个展，她的画色泽鲜润，富有流动的旋律，多半抽象的花卉，令人喜悦，令人忘忧，那天席间还有殷太太（张兰熙女士）及陈若曦等人，后来大家又唱起歌来，许芥昱的嗓子好，唱了许多老歌。有一首是卓以玉作的词，陈立鸥教授作的曲，歌的名字就叫《天天天蓝》，歌词是这样的：

天天天蓝,叫我不想他 也难。

不知情的孩子,他还要问:

你的眼睛 为什么出汗?(重复)

情是深,意是浓,

离是苦,想是空。

天天天蓝,叫我不想他 也难。

不知情的孩子,他还要问:

你的眼睛 为什么出汗?

这首歌的歌词天真自然,曲调优美。卓以玉后来告诉我这是许芥昱最喜欢的一首歌,他过世前没有多久,在一次宴会上还唱过。卓以玉说,这首歌是她十几年前写给许芥昱的。

一九八〇年冬天,沈从文夫妇居然有机会到美国来访问。我特别飞到旧金山去会见这位三十年代的前辈作家。许芥昱安排我们在卓以玉家中会面。沈从文已近八十,可是面色红润,精神清健。我心中暗忖:不知靠多大的智慧及运气,这位老人才能逃过"文革"这一劫。那晚又是卓以玉隆重招待,而许芥昱在一旁一直执弟子之礼,至为恭谨。吃完饭,沈从文放幻灯片给我们看,他研究历代服饰,极负盛名,已成一书。老人的学识之渊博,记忆之清晰,令人吃惊。他愈讲愈兴奋,额上的汗也出来了,声音也嘶哑了。看到这位三十年代名小说家讲解千百年前中国妇女的头饰、衣结认真到忘我的境界,突然感到一阵莫名的惆怅与惋惜。小说家应该创作写小说,历代服饰应由考古学家去研究。但在无法创作的环境中,研究古文化,应该还是最有意义的事情吧!许芥昱在他那本《中国文坛近况》中提到,沈从文担忧文物研究,后继无人,我突然醒悟到沈从文投身研究古代文物,不仅是消极的逃避,也是积极抢救,在继绝学,在扶植中国传统一线香火使之不坠。"文革"的大破坏差点把我们民族文化的根都斩断了。在那个黑暗时期,也许研究古物比写小说更迫切吧。但沈从文是三十年代最优秀的小说家之一,如果要我选三篇"五四"以来三十年间最杰出的短篇小说,我一定会选沈从文一篇,大概会选他那篇震撼人心的《生》。事实上我认为沈从文最好的几篇小说,比鲁迅的《彷徨》、《呐喊》更能超越时空,更具有人类的共性。鲁迅的《药》是一篇杰作,但吃人血馒头到底是一个病态社会的怪异行为,而《生》中玩木偶戏天桥老艺人的丧子之痛却是人类一种亘古以来的悲哀。然而中国大陆多年来竟一直没有印行沈从文的那些杰出的文学作品。沈从文有一次告诉他的孙女他是个作家,他的孙女说:"你吹牛!""听说台湾也禁我的作品呀。"沈从文唏嘘道。第二天在加大演讲,以沈从文作品写硕士论文的我那个美国学生白圣恩也到了,演讲毕,白圣恩把一份他的论文副本呈献给沈从文,我笑道:"礼失求诸野,我们中国人的文化恐怕要靠外国人来替我们保存了。"

去年春天，许芥昱与卓以玉又开车到圣芭芭拉来，而且车上还带了全套的画具，各型画笔、颜色宣纸，连作画用的台灯台布也扛了出来。许芥昱觉得我家的布置太素了，壁上字画屏条多是水墨，便用朱砂写了一幅字送给我，卓以玉加以润饰，又点缀了几朵梅花。他们两人大概旅行到哪里便画到哪里，诗画唱和，潇洒之至。可是那却是我最后一次看到许芥昱。近来常在报刊上看到他的文章及有关他行踪的报导，好像这一年他干得特别起劲，特别急促，好像要在短短剩余的旅程中，赶着完成许多计划似的。他告诉我他正在筹划写一本中国现代作家访问录，他把我也包括了进去，并且说，我的小传，他要亲自动笔。看见那样一个兴致勃勃充满活力的生命，真不能相信一刹间会让北加州的狂风暴雨卷走淹没。一月四日的意外，许芥昱走得不得其时，不得其所，令人痛惋、憾恨。但过去两年多自我与他相识以来，每次遇见他跟卓以玉在一起，我觉得他们两人都是快乐、富足、欢悦、知己和谐的。也许一个人在一生最后的一段，过的是幸福满足充满了爱的日子，在大憾中，也是一点补偿吧。

许芥昱出事后，我第一个想到的当然是卓以玉。我打电话去慰问她，"老卓"那几天，她一直在等待，希望门一响，许芥昱会走回来，因为许芥昱的遗体是过了几天才找到的。卓以玉把他们从前互赠的诗找了出来，她说令人吃惊，多年前诗中竟有许多谶语，她摘了几句。寄给我，我录在下面：

八二年一月四日午时因鲨鱼岭上

"春雨将巉崖都化作软泥"[1]

芥昱带着他那心爱的"枕山钓海楼"[2]

随着山洪，在风雨中去了。

八日骨灰葬于屋前海湾，当晚

在满月下，踏着软泥去祭他，忆七一年旧句：

"风

今晚请你轻轻地吹

让白浪（芥昱）在明月笼罩

幽静海湾的怀中

喘一口气"[3]

以玉 八二·一·八夜

注

1. 芥昱七二年"相思已是不曾闲，又哪得工夫咒你"诗。

2. 芥昱天堂径住所名。

3. 我七一年十二月一日诗。

一九八二年三月三十一日于加州圣芭芭拉
原文刊于《中国时报》及《百姓》

怀念高克毅先生

上个月一天晚上接到金圣华教授从香港打来的电话，她一开言我便感到不祥，平常接到她的电话总是笑声溢耳，一片喜悦的，那晚她声音低沉，缓缓告诉我高克毅（乔志高）先生走了。金圣华最关心高先生，常常打电话去问候他，所以我也多是从她那里得知高先生的近况。今年一月间，我自己曾打过一次电话给高先生，因为记挂他的健康，知道他这一阵身体状况不太好，电话没有人接，只好留言问安。过了几天，也没有回音，这有点不平常。从前我给高先生电话留言，他马上就会打回来，而且很高兴，一讲就是一二十分钟。我怀疑高先生是不是进了医院，后来金圣华告诉我果然高先生住院了。可是二月上旬我却接到高先生一封来信，是一张卡片，罗德岛的海岸风景，冬日暮色，夕阳西下。写信的时间竟是"戊子除夕"，先告了平安，然后是他几句一贯勉励的话。高先生的信总是那样亲切,他说身体行动已不便。那封信很可能是除夕夜在病床上写的,字迹有些不稳了。前一两年,高先生还常在《明报月刊》上写稿,九十多岁的高龄,思路清晰不减当年。我接到他的信,本来松了一口气,他能写信,精神大概还是不错的,没料到那竟是他给我的最后一封信,是他写下的遗言。

我与高克毅先生因翻译而结缘,亦师亦友达三十余年。一九七六年美国印第安纳大学预备出版一系列英译中国文学作品,《台北人》入选,我们组织了一个翻译小组,由我与加大的同事叶佩霞(Patia Yasin)执笔翻译初稿,而我们很幸运请到了高先生做《台北人》英译的编辑,替我们加工润色。高先生在香港创办《译丛》(*Renditions*)时,曾刊登过《台北人》中两篇小说《永远的尹雪艳》及《岁除》,这两篇译稿也经过他精心修改,所以他出任《台北人》英译编辑也就顺理成章了。可是没有想到,《台北人》英译前后竟花了近五年的工夫,变成了一项耗时费力的浩大工程。高先生为了编辑这本书,投入惊人的心血与精力,令人十分感佩,也就在那五年与高先生共同工作期间,才深深体认到高先生中英两种语言学养之广博丰厚,以及他待人处世宽容和蔼的长者之风。

一九七六年高先生在香港中文大学客座三年后返美,路经洛杉矶,便到圣芭芭拉来,那是我们翻译小组第一次会面。

在见高先生前，我与叶佩霞未免有点忐忑不安，因为高克毅先生的名气大，是翻译界的第一把高手，读读他那几本"美语新诠"系列以及他编的《最新通俗美语词典》，就知道他的英语，尤其是美式英语之精通娴熟是多么令人吃惊了。而他英译中的那几部美国文学名著，菲茨杰拉德的《大亨小传》、伍尔夫的《天使，望故乡》以及奥尼尔的《长夜漫漫路迢迢》，译笔之精确流畅，每部都可以用作翻译课上的范本。高克毅先生是少数能优游于中英两种文字之间，左右逢源的作者、翻译家。我们请来这样一位名家来当我们的编辑，当然有点害怕动辄得咎，难以施展，未料到跟高先生一见面，我们的疑虑马上烟消云散了。原来高先生一点架子也没有，是个极可亲的学者长辈。他的世面见得多，青少年时在上海、北平求过学，又在纽约、华盛顿、旧金山长期工作过，大概中国、美国各种场面都经历过了，见多识广。听他聊天，各种典故出口成章，简直是一本百科全书。高先生谈话风趣，富幽默感，那次跟他相聚，我跟叶佩霞感到如沐春风，其乐融融，我们三个人很快便形成了一种团队精神，凭着这股精神，我们展开了长达五年的《台北人》英译工程。

高先生住在东岸马里兰州华盛顿附近，我们工作只得靠书信电话往来。那时候还不作兴用电脑，连传真机都是罕有之物，我和叶佩霞把一篇小说的初稿译出来用打字机打好字，然后寄给高先生。高先生便用铅笔一字一句仔细修改，再寄回来。我们把修订稿重打一次，又寄给高先生，让高先生最后再润色一次才算定稿。就这样一来一往，十四篇小说的修订稿足足装了一大纸箱，我把这些译稿都捐给加州大学圣芭芭拉校区的图书馆去了。日后有人有兴趣研究《台北人》的英译，高先生的修订稿是最好的材料。从他这些修订，看得出他曾下过多大功夫，费尽多少心血，往往一字一句的更改便收画龙点睛之效，英文运用之妙，令人叹服。当然我与叶佩霞在翻译初稿上也费了很大心思，但我们翻译原则求信为先，不取巧，尽量把原著忠实译出来，还顾不上达与雅，只是一个粗坯，要经过高先生的精雕细琢才能成器。译书完成后高先生却一点也不肯居功，对于他在这次翻译《台北人》中所占的比重，轻描淡写，略而不提。我知道他宅心仁厚，不想抢叶佩霞跟我两个译者的风光，这就是高先生体贴晚辈的长者之风。高先生的至友宋淇先生曾替高先生的散文集《鼠咀集》作序，其中有一段话写高先生我觉得讲得最恰当，我愿再引用一次：

> 说起来奇怪，乔志高自己也许不知道，他本身就集中国人的德性于一身。同他接近的人都有一种如沐春风的感觉，这来自他的和蔼性格，令人想起《论语》第一章的："夫子温、良、恭、俭、让以得之。"

的确，高先生既有中国人彬彬君子的修养，又有西方人典型绅士的风度，是集中西文化的美德于一身的人。跟高先生一起工作五年，真是合作愉快，受益良多。

《台北人》英译本于一九八二年出版，当然我们这个翻译小组也就自动解散了，可是我和高先生两人却一直有书信电话联系，我们对那几年翻译小组的团队精神都很怀念珍惜。印第安纳大学出版社十几年后却把几本中国文学英译系列停止印行了，《台北人》也在其中，于是这本译著一下子赋闲了好几年，有几所美国大学要用来做教材，只好影印。高先生和我都觉得我们花了这么多心血在这本译著上，任其断版实在可惜，须得另外找一家出版社来延续其生命。后来高先生终于联系上香港中文大学出版社，而且预备出中英对照版。高先生和我都非常兴奋，于是把叶佩霞又找了回来，我们三人把《台北人》英译从头再订正一次才付梓。

二〇〇〇年，中大出版社的《台北人》中英对照本出版了，印得很漂亮，高先生颇为满意，他对这本书是很有感情的。恰巧那一年高先生和我应中文大学金圣华教授之邀，担任她主办的"新纪元全球华文青年文学奖"的评审，高先生担任翻译组，我是小说组，我们一同到香港去参加颁奖典礼。中大出版社趁机在中央图书馆安排了一场我与高先生两人并列的演讲，就讲《台北人》翻译的来龙去脉。那天来了不少听众，发言踊跃。我有多年没见到高先生，竟有机会跟他同台演讲我们合作的经过，当然分外高兴。那次高先生赴港，梅卿夫人同往。梅卿夫人毕业于卫斯理学院，举止间自有一份高贵娴雅。高先生那年已有八十九岁，可是神采奕奕，一点也不显年纪。他跟梅卿夫人走在一起，真是一对令人羡慕的神仙伴侣。

那一次在香港的欢聚，没料到竟是跟高先生最后的一次聚会。接下来数年间我忙于推广昆曲青春版《牡丹亭》的演出，多半时间奔跑于两岸三地，回美国的时间少，对高先生也就比较疏于问候了。前两年知道梅卿夫人逝世，我打电话给高先生。他说梅卿夫人不在了，他生活很不习惯，深沉的悲痛在话语间。高先生一向乐观豁达，九十多岁的高龄，照样经常写文章、编字典，热烈拥抱生命，不肯屈服于时间的压迫，可是暮年丧偶的沉重打击，到底不是像那样年纪的人容易承受的。梅卿夫人辞世后，高先生的身体健康开始急速走下坡，虽然他一直勇敢地撑着，除夕夜病床上还给我写信，可是最后终于不支倒下。

他给我那封信末尾有一行英文：Year of the Rat（my year! Born 1912）。高先生生辰属鼠，今年是他的本命年，享龄九十六。

二〇〇八年四月十二日

忧国之心
余纪忠四平街之憾

从前多次到大理街《中国时报》去拜访余纪忠先生，很多时候是应余先生之邀去谈论有关艺文的事情，时报的"海外专栏"、"人间副刊"的小说奖等等。但是他跟我谈来谈去，总常常将话题转到一个二十世纪历史转折的大事件上去。那就是民国三十五年春夏之际，抗战后国共争夺东北所展开的第一次"四平街会战"。余先生战后在东北任职东北行营的政治部主任，从事党务。这一战，他曾亲身参与。第一次"四平街会战"对整个国共内战的胜负有关键性的影响，余先生是深为了解的。曾经参与这场关键性的战争，对余先生而言意义重大，所以事隔数十年，他还会常常对我就"四平街会战"细说从头。大概他认为我对这场战役会有兴趣，而且有一定的了解。因为民国三十五年五月中，"四平街会战"正进行得如火如荼的时刻，家父白崇禧将军衔蒋中正主席之命飞往东北督战。余纪忠先生与家父在东北这场战役中,有过几次历史性的聚会。他把这几次重要的聚会曾经详详细细地描述过给我听。

抗战后国共内战启端在东北,东北的得失影响整体内战,而民国三十五年第一次"四平街会战"实是决定东北战争胜负的一个关键。因为东北战略经济地位的重要性,战后成为国共抢夺的第一个目标,共军由林彪率领,十万人军结集在中长铁路上之重镇四平街,准备与国民党军队做殊死战。国民党军队方面由杜聿明指挥,人数相当,精锐尽出,有孙立人的新一军、廖耀湘的新六军、陈明仁的七十一军,全为美式配备,分三路向四平大举进攻。双方拉锯不下,战况惨烈,南京政府蒋中正主席十分焦虑,所以才派父亲飞往东北督战,父亲刚发表为首任国防部长。余先生回忆当时,父亲一到,东北国民党军队士气大振,三天内攻下四平,并继续往长春、永吉进攻。林彪部队大败,往松花江北岸哈尔滨撤退。此时马歇尔正在南京代表美国政府调停国共内战,向蒋中正施压停战。在此关键时刻,父亲向蒋中正主席建议,力主国民党军队不顾一切,乘胜追击,哈尔滨、齐齐哈尔、佳木斯等城市,彻底肃清东北共军。蒋氏基于国内外种种复杂原因,始终未能采纳父亲此一关系东北国共胜负的重大建议,于六月六日片面下令停战。时国民党军队孙立人所率之新一军,已追过松花江北岸,离哈尔滨不足一百公里。此次停战,遂予林彪部队喘息机会,整军反扑,东北形势,自此逆转。后来林彪部队南下,破关而入,从东北一直打到海南岛。多年后,蒋中正在他撰写的《苏俄在中国》中,对东北战争做出了这样的结论,认为那次停战,"就是政府在东北最后失败之唯一关键"。许多国民党军队高级将领亦持同一看法。父亲到了台湾,每每提到第一次"四平街会战",国民党军队胜利在望,功亏一篑,不禁扼腕叹息。

难怪余纪忠先生对"四平"的遗恨,亦耿耿于怀,难以忘却。余先生战后在东北行营担任政治部主任,应该是他早年事业的一个高峰,而所从事的,又是关系国家兴衰的重任,他对那一段时期,遗憾中恐怕也有几许骄傲的。三年前,一九九九年底,我撰写父亲传记正好写到战后东北国共内战这一章,关于第一次"四平街会战"这一役,还有些细节需要求证,十一月赴台北,我希望能去访问余纪忠先生。那次余先生刚动完大手术,按理是不适于见客的,但他知道我是在写有关"四平街会战"的史实,竟破例接见了我,访问时,还让我录音。

余先生给人的印象一向是精力过人,神采奕奕,将近九旬高龄,年轻人不及。可是那次我看到他,到底大病初愈,竟有些憔悴,神情有些疲惫了。我访问的重点,是有关"四平街会战"十分关键的一刻,那一刻余先生与父亲都在场。国民党军队攻破四平,正准备往长春推进,南京方面的命令是国民党军队不得越过辽河，因有密报长春城中尚埋伏苏军六千，怕引起中苏冲突。杜聿明不敢违命，但力主北进。余先生回忆，父亲就在锦州往开原的火车上召开紧急会议，与会者除了东北将领外，还有吉林省主席梁华盛、旅顺市长朱锐元、总政治部第三厅厅长李俊龙，余先生也参加了。父亲一连声问杜聿明："你有没有把握把长春打下来？"杜聿明速说有把握。父亲说："那么好，你说你有把握，那你就下令进军，南京方面我来负责。"

说完便向南京方面发电报向蒋中正主席报告实况。那封历史性的电报，便是余先生在火车上拟的。国民党军队没有停顿，从四平一直打到长春，未让共军有喘息的机会，林彪军队才败得如此狼狈。我问余先生父亲发给蒋中正那封电报哪里找得到，他说应该存在大溪档案里。余先生说完这段已经有点疲倦了。他若有所思地说道："如果当初照你父亲的计划，一直打到哈尔滨去，恐怕就不是今天这个局面了！"他充满遗憾的口气，我在父亲那里也听过，大概当年参加过"四平街会战"的国府人员都有同样的憾恨吧。

谈完"四平街"，出我意料之外，余先生还没有要休息的意思，他的话锋一转，又转到台湾"总统大选"了，那正是"大选"前夕，国民党内部分裂，余先生忧心忡忡地分析，如果这样内斗下去，国民党的政权恐怕不保，他长叹了一声。

余先生的忧国之心，并没有因为他的年龄和身体健康而稍减。壮年的时候他忧心国民党的安危,晚年的时候他还是忧心国民党的存亡。余纪忠先生走了,一个忧患意识的时代也就真正结束。

二〇〇二年四月十二日《中国时报》

仁心仁术
一个名医（吴德朗）《理想的国度》

我第一次见到吴德朗医师是在一九八四年，在洛杉矶市巴沙底那附近他的家中，他的家在半山腰的一个庄园，取名为"拉康雅达山庄"（La Canada），四周百年老树成荫，是个幽静的所在，与山下洛杉矶高速公路上车水马龙红尘滚滚形成强烈对比。那次相会是因为老同学欧阳子跟她几个孩子到洛杉矶来住在吴德朗医师家，我去接欧阳子全家到环球影城去参观，因此结识了吴医师。原来欧阳子与吴德朗是姻亲，她的妹妹洪悠纪医师就是吴太太。我在大学时常去欧阳子家，见过悠纪的。人与人见面就是缘分。我相信医生与病人之间更存在一种微妙的"医缘"。就是那次见面后，没想到日后吴德朗医师竟成为我旅居台湾时的主治医师，而且我其他三位住在台北的兄弟都成为了吴医师的病人，一直蒙他照顾。吴德朗医师是心脏科权威，名满天下，而且是位日理万机的忙人，因为他身任长庚医院的大总管决策委员会的主委。我们几位兄弟在他百忙中还能受到他的治疗，真是福气。

事实上我在洛杉矶见到吴德朗医师那次，正处于他一生中重要的转折点。他在南加州大学医学院担任心脏科正教授，那时他还未到四十岁。南加大的医学院在美国相当有名，一个年轻中国人能担任医科正教授，学术成就必有过人之处。原来吴德朗医师在心脏电理学方面早已扬名国际，发表过数篇重要论文，所以南加大才破格聘请，当时他的太太洪悠纪在洛杉矶极负盛名的"希望之城"（City of Hope）医疗中心任职，两人在美国高薪高职，过的应该是优渥生活。但吴德朗医师却毅然放弃了他在美国的优职，回到台湾，应台塑董事长王永庆之邀，创办长庚医学院（后改为长庚大学）。吴德朗医师昵称长庚医学院是他的"心血结晶"（Brain Child），这所异军突起的医学院，的确是他一手打造成功的，可以说是他医学理想的实践。近年来长庚大学在教学研究评定中往往名列前茅，可见当初建校时的理念正确根基扎实，才有日后茁长的可能。年初我应邀到长庚大学作了一场介绍昆曲《牡丹亭》的演讲，我直觉感到，长庚大学很多地方与美国一些大学相似。事实上，把美国的医疗行政制度引进台湾的医疗系统一直是吴德朗医师的愿景。美国医疗系统的优点在于讲求效率，尊重病人权利，当然，医生临床训练也是比较严格的。其实吴德朗早有返回台湾、服务家乡的抱负了。一九七八年长庚医院成立不久，吴医师曾应邀返台在长庚工作过一段时间，有一件事情特别促使他要回来投身于台湾医疗系统的改革。有一次吴医师的母亲患病住进医院，因为没有送礼，当时的总住院医师竟要将吴医师母亲赶出病房。吴医师感受颇深，身为医生，自己的母亲生病却无法得到应有的照顾，台湾的医疗系统的确需要改革。吴德朗医师回到台湾服务于长庚医院，一直擢升到决策主委的高位，又创办了校誉日隆的长庚医学院，悬壶济世的理想，应该大部分已经达到了，但这绝非一条一蹴而至的捷径，抵达他"理想的国度"，须经千山万水，多少个人的努力，超人的意志力，以及各种机遇的凑合，才成就了这样一位才德并修的心脏科名医，医疗行政的领袖人物。读吴德朗医师的回忆录《理想的国度》，就如同读一则典型的"台湾成功故事"，对年轻读者，尤其有励志作用。

吴德朗医师来自彰化乡下一个叫做十三甲的小村庄。父亲原为小学教师，后来当上副乡长，是小康之家，但二二八事件时，父亲受到牵连，曾逃亡一年半，吴家顿时陷入困境，最困苦的时候，吃过番薯签饭。幸亏祖母坚强，撑住全家。祖母出身书香世家，祖先六七代均为名医，自己爱好品茗赋诗，而且精通医术，吴德朗自幼受阿嬷熏陶，从小就是个读书种子，学校成绩一向名列前茅。二二八过后，父亲虽平安归来，但却列入了黑名单，不能再任教书公职，只有回家耕田，成了农夫。吴家又从地主变成了自耕农，家境每况愈下。这又是一则台湾的悲情故事。但吴德朗却能从家道中落的艰难环境中一路奋扬向上，考上台湾学生最羡慕的台大医学院，但昂贵的学费却是靠家中父母养猪换来的钱。吴德朗自己分析他致力学医是因为家学渊源世代为医的影响，而且台湾人的传统观念下，医生行业，社会地位崇高。我记得早年台湾，有些家庭子弟考上台大医学院，亲友还会登报致贺的。吴德朗当年大概也曾替家里争来不少面子。

成为一代名医，除了精湛的医术外，人格修养都是决定因素。我跟我的几位兄弟都有同感，每次给吴医师看完病回来，就好像服下一颗定心丸，病去掉一半。吴医师给人的感觉是性格爽朗豁达，谈吐风趣幽默，他身上散发出来的一股安定力量立刻带给病人信心与希望。他这种安定人心的力量是从哪里来的？我想从他的自述可以找到答案。

吴德朗医师在学生时代除了勤读医学之外，同时也开始培养文学音乐的兴趣，他广读中外文学作品，由《水浒》、《红楼梦》读到存在主义的萨特、加缪，由海明威、斯坦贝克一直念到台湾的乡土文学，连我与欧阳子几个人创办的《现代文学》他也看过。当然，在那个精神分析盛行的年代，他也曾涉猎过弗洛伊德的几本经典之作。他甚至认为一个好医师，不管是什么科，也应该是一位好精神科医师才对。因为精神分析可以帮助医师提高与病人讲话沟通的技巧。音乐，尤其是西方古典音乐是他的终身爱好，他对音乐不止于欣赏，而且还研究乐理乐谱，他在芝加哥行医时期，是著名的芝加哥交响乐团忠实听众。此外，他还是一个影迷，每星期看一次电影，中外名片都看光了。我想吴德朗医师深厚的人文素养，以及他对生命、生活的热爱（他是个美食家，而且精于品酒），都是使他成为现代"儒医"的基本条件，他深切了解"人"的问题，而不仅是人体的毛病。

医学教育一直是吴德朗医师《理想的国度》中重要的领域。他创办长庚医学院之前，曾在台北医学院、"中国医药学院"教学，在后者长达二十年，桃李满天下，吴医师的教学理念医术医德并重。他不仅要求学生在医理上受严格训练，更注重教导学生人格的修养和做人的道理。大概他认为，只精于医术，并不足以真正成为一个好医生。他认为"医学是研究'生老病死'的学问"。这个看似平常的道理，其实就是概括了人生最大最深的一门学问。医院本来就是一个"生死场"，"生老病死"都是医师每日必须面对的人生课题。我常常在想，要当一名"好"医生，需要多么坚强的理性、勇气，同时又要怀有多深的慈悲与哀矜之心，来扶助病人经历生死大关，尤其是心脏科医师（在美国，心脏病是第一杀手），与死亡的接触如此频繁，对生命能不凛然敬畏？所以吴德朗医师始终谆谆告诫他的学生："医师的对象是人，活生生的人。"他又说："我治疗的是人，不是心脏。"我想可以这样说吧,在吴德朗医师的教育理念里,"医学"其实就是"人学"。"人本主义"是他医学教育的核心,病人、病人,"病"字下面切莫忘了那个"人"字。

无论教育与行政的事务如何繁忙,吴德朗医师从来没有中断他作为医师的本职,他在长庚的门诊一直是挤得满满的。他的另一个重要的医学理念是:医师可以从病人身上汲取最宝贵的经验。吴医师在他的病人身上,花了最多的心血。他自己年轻时在芝加哥期间患上肺结核,曾休养长达一年,这段经历使他对病痛有了更深刻的了解,使他学会了日后如何给病人希望,对病人的苦难有感同身受的体认。吴医师自称没有一定的宗教信仰,但他对待他的病人,却满怀着宗教式的悲悯。八十年代,他的病人中有一位年近七十的老太太,子女远在美国,老太太心脏衰竭,病得非常严重,看过几个医生并无起色,后来转诊到吴医师处,吴医师悉心替老太太治疗,把病情控制良好,又多活了六七年。最后老太太身体转弱,中风住院,人已昏迷,吴医师把老太太的子女们召集前来,解释给他们听,他们的母亲已没有生还希望,如果他们同意,决定不再给她拖延生命的治疗。吴医师告诉他们,他做出这个抉择自己也很痛苦,因为他也跟他们的母亲有六七年情谊了。两天后,老太太安详地离去。吴医师告诉家属:"对不起,我的能力十分有限……"出乎意外,家属竟然全体跪下,向吴医师致谢,令吴医师深为感动。医师对末期病人的最后职责,大概就是让他能安详地离开人世吧!

二〇〇〇年夏天,我在美国心脏病突发,冠状脉堵塞,紧急开刀,做了绕道手术。那年秋天我回到台湾去看吴德朗医师,他替我做了详细验查,包括心电图等,他对我微笑说:"你恢复得很好!"那一次,他竟没有收费,不知道是否他看到我胸口上那道长长的疤痕,心有不忍,算是对我的一种安慰吧!但我回到台湾,就感到很安全,因为我知道,有一位举世闻名的心脏科权威在那里,可以作医疗的靠山。

二〇〇五年一月十六日《联合报》

人间重晴晴
李欧梵与李玉莹的"倾城之恋"

二〇〇〇年的九月底，我收到李欧梵与李玉莹从哈佛寄来的信与相片，信由玉莹执笔，信里告诉我，九月十二日，欧梵与她两人终于结成夫妻。相片是在剑桥市府登记结婚时照的，两人衣着庄重，神情喜悦中带着一份虔敬。我注视相片良久，心中竟有一种说不出的感动，好像一件悬挂多年的心事，最后圆满了结。欧梵与玉莹结成连理，这段姻缘，三生前定。但两人这段姻缘路走来却是漫长崎岖，障碍重重，须经千山万水，跨过一个世纪才得抵达彼岸，修成正果。

李欧梵与我是台大外文系的同班同学，我们那一代的台大学生多少总感染上一些"五四"遗绪：理想主义、浪漫情怀是我们当时对生活、生命憧憬的基调。这也难怪，我们的老校长傅斯年就是"五四运动"的学生领袖，又曾当过北大校长，当年台大也继承了一些老北大自由主义的风气。李欧梵学生时期，就受到台大"五四"遗绪的熏陶，而且他来自音乐世家，父母亲本身就是"五四"一代的传承者，家与校的双重影响，李欧梵后来到哈佛念书，以"五四"作家为研究主题可谓其来有自，他的第一本学术著作《现代中国文学的浪漫世代》研究西方传来的"浪漫主义"对"五四"作家的启蒙，徐志摩便是他的主要研究对象。徐志摩是中国的拜伦，他是"五四"一代的浪漫图腾，他那些热情洋溢的抒情新诗以及他本人与陆小曼、林徽因轰轰烈烈离经叛道的罗曼史早已演变成一则"爱情神话"，这则"五四"时代的"爱情神话"至今仍在撩动华人世界千千万万恋爱中的男女。李欧梵自己承认徐志摩对他的影响是大的，我想那是因为他对徐志摩那种为追求爱情奋不顾身的执着精神有所向往，"五四"是我们这个古老民族返老还童的一个运动，而徐志摩在恋爱中呈现出来的赤子童心，我猜欧梵也是有所惺惜的。李欧梵致力研究"五四"的浪漫思潮，但不自觉地反倒成为了浪漫"五四"的最后传人。

李欧梵虽然研究浪漫文学，可是他做学问可不"浪漫"。今天他成为哈佛的杰出教授，是我们这一辈学人研究中国近代文学史、思想史的佼佼者，并非偶然，这是他按部就班苦下功夫一点一滴累积起来的学术成就。他的事业轨迹从哈佛毕业到普林斯顿教学，历经芝加哥大学、洛杉矶加大，最后回转哈佛达到巅峰。欧梵个性乐观进取豁达开朗，事业上即使偶有横逆反倒是愈挫愈勇，这点他倒有北方人笃实苦干的强韧精神。但事业与学问的成就并不一定就能成为感情生活的保障。以欧梵这样至情至性的人，信奉"情至"，却偏偏在感情路上三起三落，饱受挫折。年轻时候的两次恋爱，已经论及婚嫁，却在最后破裂，连我们这些老朋友看着都替他着急。他的第一次婚姻要拖到中年，已近半百了，可惜夫妻缘分不长，十年分手，大家又是一阵喟叹。

一九九七年春天李欧梵邀我到哈佛访问，原来哈佛以及波士顿各大学的一群亚裔学生把我的小说《孽子》的英译本改编成舞台剧，由戏剧博士生 John Weinstein 执导，在哈佛的亚当斯戏院上演七场，欧梵邀我去看戏凑热闹，舞台上一群叽叽咕咕说英文的"孽子"十分有趣，学生演得很卖劲，导演的指导教授是王德威，老师当然也去捧场。那是欧梵回哈佛执教我第一次去看他，并在他家住了三夜。欧梵的家是一座三层楼的老房子，我睡在顶楼的卧房。波士顿五月天还是寒飕飕的，不知为什么，我感到欧梵那个家从上到下都是一片冷清，连他的后院也是荒芜的，生满了杂草。从前无论在什么场合见到欧梵，总看见他神采飞扬，高谈阔论，那次见面，我却感到欧梵无意间却透着一股落寞，心事很重。他的身体状况也不很好，还有遗传性的糖尿病。而我自己大劫归来，身心交瘁，情绪也难提升。记得一九六八年我刚到加大当讲师，欧梵还在念博士，他到圣芭芭拉来看我，两人初上人生征途，凡事兴高采烈。三十年后，我教书生涯功德圆满，画下休止，而欧梵的事业也达到顶峰，两人相对，反倒像《冬夜》里两个暮气沉沉的老教授，满怀惆怅。那次分手不久，便传来欧梵离异的消息，后来我才醒悟，那次在剑桥见到他，恐怕是他人生中最低潮的时刻。

一九九九年九月，我去新加坡参加小说评审，是老朋友诗人王润华邀请的，我一到新加坡，润华和淡莹夫妇便笑嘻嘻地告诉我道："李欧梵在谈恋爱了！"然后就一边笑一边讲下去：李欧梵先我一个月到新加坡，在新加坡大学讲学，有一位香港女朋友，常常从香港飞来陪伴他，连班也顾不得上了，两人正在热恋中！有这等事？我诧异道，因为前不久才听闻李欧梵背痛，躺在地板上起不来，一下子却带着女朋友到马六甲幽会去了。我当然对这位能使李欧梵奋然而起（gal-vanized）的女朋友万分好奇。那年年底十二月我和李欧梵都到了台北，他打电话给我，告诉我说女朋友也来了，想见见他的老同学。我半夜三更便赶到他的旅馆，终于见到了李玉莹。我们找了一家咖啡馆坐下聊了一下天。玉莹秀外慧中，娇小玲珑，是位极可亲的女性，她坐在李欧梵身边，落落大方，极其舒坦，好像两人本来就是天生一对，应该互相依靠在一起。李欧梵完全变了一个人，一下子年轻了十几二十岁，上次见到他的暮气病容一扫而光，脸上遮掩不住的兴奋得意，简直像个恋爱中的小伙子。爱情的力量如此不可思议，竟然有回春功、还魂丹的神效。玉莹与我一见如故，我送他们回旅馆时，她直接问我对她的观感，我说道："我这位老同学一生都在寻找一位红颜知己，我想他已经找到了。"那时我对他们两人的恋爱过程还一无所知，那只是我仅凭直觉作此断语。我想我的直觉对了，李欧梵终于在李玉莹身上感情有了着落。玉莹的确是欧梵一生追寻的红颜知己。

李欧梵与李玉莹结为夫妇其间过程其实非常曲折，极富传奇色彩，是《半生缘》加上《倾城之恋》。一九八十年代李欧梵执教于芝加哥大学，李玉莹也在那里，那时李玉莹已结了婚，先生邓文正在芝大攻读博士，李欧梵与他们一家结成好友，因欧梵早年也曾在芝大念过书，大家便以师兄弟、师兄妹戏称。玉莹精于厨艺，是烹调高手，而又生性好客，家中经常高朋满座。欧梵半辈子单身，艳羡玉莹的靓汤之余，恐怕也想分享玉莹的家庭温暖，竟在邓家搭食五年。李欧梵是正人君子，据他自白，当时对朋友妻是半点邪念也未敢动的。后来玉莹一家回转香港，欧梵自己也已成婚，两家人中断了一段时期。多年后，欧梵与玉莹香港重逢，玉莹与先生缘分早尽，而欧梵自己亦经家变，这一对饱经沧桑的世间男女，各自众里寻他千百度，才蓦然觉醒原来眼前即是梦中人。这一下，"半生缘"便爆发出"倾城之恋"来了。张爱玲原来的故事范柳原和白流苏，两人"谈"恋爱精打细算，实在算不上浪漫。李欧梵曾戏笔把这则故事继续写下去，《范柳原忏情录》把范柳原写成了一个自怨自艾的孤老头，但一旦他自己恋爱起来，山崩海裂，却是十足"倾城"之恋。

李欧梵和李玉莹把他们两人这一段奇缘合撰成一本书《过平常日子》，体例有意摹仿沈三白的《浮生六记》，也是六卷。李欧梵常常在文章中提到这本书，尤其对芸娘好感，大概中国传统女性中，《浮生六记》里的芸娘算是李欧梵的理想了。李玉莹的聪慧贤淑善体人意与芸娘近似，所以欧梵有时昵称她为莹娘。李欧梵念西洋文学，精通西方音乐，品味极为西化，早年他追求的理想对象恐怕跟陆小曼、林徽因那些"五四"以来的新女性差不多。陆小曼跳交际舞、唱昆曲很在行，但是煲靓汤恐怕不行，那还得莹娘亲自下厨调制。欧梵终于了悟，"过平常日子"，喝碗莹娘亲手煲的靓汤，那才是人生真正的幸福。

《过平常日子》的第一卷"两地寄情"是欧梵与玉莹初恋时的两地情书，浪漫炽热直追《爱眉小札》。我们年轻时总有一个相当霸道的断论，以为中老年人已经没有也不需要浪漫式的爱情了，这完全是年轻人的误诊。李欧梵对李玉莹爆发恋情时，已年近六十，他自称是"后中年"（late middle age），我觉得这个算法极好，把哀乐中年无限延长，避免提早进入"老境"的尴尬。在这些信札中，欧梵与玉莹互吐衷曲，完全真情毕露，到达忘我忘情，也忘记了岁月的地步，只剩下一片天真。后来几卷记录他们夫妻鹣鲽情深、画眉之乐也是如此，你侬我侬，忒煞多情，完全把社会习俗抛到九霄云外。两人如此"纵情"，我想就是因为欧梵与玉莹知道自己已不年轻，爱情婚姻的幸福要经过这么多折磨拖延到"后中年"才姗姗来迟，所以他们珍惜眼前每一刻迟来的幸福，恨不得将过去失落的岁月在一天内统统弥补起来。了解欧梵玉莹夫妇这份曾经沧海除却巫山的情怀，读他们这部"浮生六记"才会感到"其情可悯"。他们不惜将自己的私情公之于世，我想他们是心怀悲愿的：

愿天下有情人都成了眷属
是前生注定事莫错过姻缘

这是《老残游记》的结语，恐怕也是欧梵玉莹对人生的体悟，对天下有情人的祝福，因为他们自己就是榜样。

然而人生幸福，往往也会遭天妒。欧梵与玉莹结婚才半年，两人正沉醉在新婚的美满中，玉莹的宿疾忧郁症（Depression）突然发作，而且持续半年之久。《过平常日子》最后一章"抑郁记愁"就是详细记载欧梵与玉莹夫妻共度患难奋力抗郁的艰辛过程。这一章写得最感人。

忧郁症普及世界，医学界至今还未能完全说得清楚其病因，亦没有特效药可根治，是一种生理心理连锁反应，极其复杂棘手的疾病,而且其来去无踪,病发时病人如着心魔,完全不由自主,其痛苦如下地狱,重者走上自杀之途。玉莹勇敢面对自己创痛,不仅把得病经过巨细无遗记载下来,而且把她努力克服病魔的来龙去脉、所用的方法、所服的药单也写出来,她存菩萨心,希望其他患者也能汲取她的经验教训。玉莹忧郁症的病史可不轻,十年内四度发作,而且最严重那一年曾四次轻生,幸亏上天保佑,存活下来,她凭着毅力韧性,每次总能把病魔逼退。在剑桥哈佛病发这次,十分严重,吃药看心理医生,饱经折腾效用不大,夫妻两人经常急得相对哭泣。欧梵眼看着爱妻受尽煎熬而束手无策自是痛彻肺腑。当然,经过这场患难与共的考验,两人也就更加相依为命了。但我觉得玉莹这次发病并非无故,恐怕还牵动着更深一层因缘,影响到她和欧梵的后半生。

暑假欧梵与玉莹回到了香港,既然西医药石罔效,玉莹经友人介绍便去看了一位张姓中医,谁知玉莹与这位女医生竟有医缘,服药几天,她的病霍然而愈,而且还经女医生的引导,进了佛门。玉莹本是基督徒,一向与佛无缘,然而时机到了,她才忽然彻悟:"人生无常,亲情可贵,珍惜眼前人,凡事用平常心对待,不要执着。"如此一来,玉莹便从忧郁苦海中豁然解脱,与欧梵同参证果。欧梵与玉莹结婚时余英时先生赠诗一首,开头两句嵌着欧梵的名字:"欧风美雨经几年,一笑拈花出梵天。"余先生独具慧眼,早已看出欧梵应是佛门弟子,他的命名已经注定。人的命运真是不可预测,我记得在台大一年级上国文课,叶庆炳先生点名点到李欧梵半开玩笑说道:"你的名字很特别,是欧洲菩萨的意思。"大家一笑而过,没想到却应到将来。每天晚上睡觉之前玉莹会打开医生送她的小录音盒,一遍又一遍持诵着"南无阿弥陀佛",欧梵夫妇听之入睡,百念俱消。是因玉莹之故,欧梵终于听到了"梵音",他也终于有所领悟,玉莹与他今生结夫妻缘原来是来引渡他,共赴彼岸。现在他们请来了一尊观音像,放在客厅的高台上,"有了观音的保佑,玉莹和我在不知不觉中修炼出一片菩萨心肠"。欧梵最后在《一起看海的日子》中如此虔诚地写道。

李义山的诗沉郁哀艳独步晚唐,"夕阳无限好,只是近黄昏"遂成千古绝唱,但良辰美景如此无可挽回,不免悲怆。他入幕桂林时写下另外两句名诗:"天意怜幽草,人间重晚晴。"到底温婉得多。今仅以义山诗祝福欧梵玉莹:白首偕老,举案齐眉。人间晚晴,天意怜怜。

二〇〇二年七月二日《联合报》

花莲风土人物志
高全之的《王祯和的小说世界》

一九九〇年九月中旬，我在北京听到从台湾传过去王祯和逝世的消息，当时心中不禁一震。虽然知道王祯和多年疾病缠身，但是突来的噩耗，一下子还是难以接受。王祯和跟我是六十年代一齐写小说的文友，是台大外文系的学弟，又曾经参加过《现代文学》。同侪凋零，令人惊心。我知道他这些年来，一直奋勇地在抵抗癌症的侵袭，尤其令人钦佩的是，他在病中，创作欲却特别旺盛，写出一本一本的小说来，文学创作，似乎变成了他的武器，挑战病魔，揶揄死神。可能他相信，只有艺术不朽，能够超越死亡与时间。然而这样一个强韧的创作生命，竟也不支倒下。王祯和盛年殒折，是台湾文学重大的损失。

王祯和跟我私下往来并不多，可是我们却曾结下一段弥足珍贵的文学因缘。王祯和在台大二年级时候写成的第一篇小说,是他亲自交到我手上替他发表的。我看了《鬼·北风·人》,当时便警觉到,这篇小说是一个新的声音,一个新的文学感性。《鬼·北风·人》登在《现代文学》第七期,那是一九六一年三月,王祯和才二十岁,写出了他出手不凡的第一篇创作。那一期我们用了顾福生的画做插图。我替王祯和的小说选了一幅题名为《我要活下去》的素描。画中是一个没有头的人体,双手却倔强的合抱在胸前。这幅画颇能点题,有点像小说中秦贵福的姿态。杂志出刊,我们在文学院的走廊墙壁上贴了一张大海报,把《我要活下去》也画了上去,以王祯和的小说为主题。一个年轻作家第一篇小说刊出,一定是很兴奋的。王祯和在回忆《现代文学》的一篇文章《二十七年前》中这样写道:

> 当时文学院贴出海报宣传。我低着头从海报下走过去,又忍不住回过头来,看看别人看的表情。正巧母亲从花莲上台北,我就领着她去看海报。那时候真年轻,写出小说那种得意欢喜,现在就不太一样了。

后来接着王祯和又在《现代文学》上发表了《快乐的人》、《永远不再》(后改题为《夏日》),这两篇小说也各有特色,已经看得出来,王祯和是一个在小说艺术上,不断创新求精的作家。我们毕业后去服兵役，王祯和跟他同班的两位学弟郑恒雄、杜国清便正式参加《现代文学》，接手帮忙社务了。因为杂志社没有钱，校对要自己动手，王祯和他们还得坐公共汽车到印刷厂去看校样。杂志推销也得自己来，王祯和曾努力销出《现代文学》三十多本，也算贡献不小。《现代文学》是王祯和文学生涯的起点，他的几篇成熟后的杰作，却是后来在尉天骢等人创办的《文学季刊》上发表的。

一九七〇年，阴错阳差，我又开办了"晨钟出版社"，那时候自许甚高，专门出版严肃文学作品。小说当然是重要部门，我去找王祯和商量，要替他出小说选集，他欣然同意。这便是"晨钟"一九七〇年十月出版的《寂寞红》，集子选了五篇小说：《那一年冬天》、《永远不再》、《月蚀》、《寂寞红》、《来春姨悲秋》。是尉天骢写的序，封底摘录了姚一苇先生的评论。猩红色的封面却是我选的。选集出版，反应很好。于是一九七五年九月，"晨钟"又替王祯和出版第二本小说集《三春记》，也收入了五篇小说，还附有他一个剧本《春姨》。集子封面是由郭震唐设计的，上面画了一个滑稽人物拉开裤子看自己，大概是《三春记》中那位雄风不振的区先生吧。可惜这本小说集出版没有多久，"晨钟"便关门了。原来开出版社也是在做生意，赔钱的生意是做不长的。那时我不懂这些，一味只想出好书。为了写这篇文章，我又从堆积如山的旧书里找到了晨钟版的《寂寞红》与《三春记》，这两本书现在看看，还是很可爱，可是算一算却是二十多年前的旧事了，书在人亡，真是令人不胜今昔。

一九七九年，《中国时报》第三届小说奖，我正好做评审委员，时报设有推荐奖，当时王祯和的小说《香格里拉》正在、人间副刊登出。《香格里拉》是一篇极动人描写母子情深的小说。王祯和十分推崇小津安二郎的电影，他这篇小说，颇有小津安二郎平实自然的风格。我极力推荐《香格里拉》，后来这篇小说终于得到首奖。可是那时我们已经听闻王祯和患了鼻咽癌，大家都不免暗暗为他着急。

评论王祯和的文章，向来不乏。王祯和逝世时，《联合文学》还为他举行了一个作品研讨会，收容了不少篇的评论。这些文章从各种角度来探讨诠释王祯和的小说，但迄今还没有一本全方位研究王祯和小说的专著问世。王祯和是一位有开创性的小说家，他最好的几篇小说《来春姨悲秋》、《嫁妆一牛车》、《香格里拉》、《老鼠捧茶请人客》，我相信可以传世，他的作品在台湾小说史以及中国小说史上，也应该占有一席之地。王祯和逝世已经六年，可以盖棺论定了。高全之这本《王祯和的小说世界》是研究王祯和全部作品的第一本专书，来得恰逢其时。

二十年前，高全之便出版了《当代中国小说论评》一书，里面收集了他从学生时代便开始撰写的一系列论文，论及欧阳子、黄春明、七等生、水晶、林怀民等人的作品，他对六十年代崛起的一批作家是相当熟悉的，因此他研究王祯和的这本专著便有了六十年代台湾文艺思潮作为参照。高全之在大学主修数学，后来从事电脑工作，但文学，或者说小说，却是他一生精神所托。我有一个感想，往往一些本行是医、理、工而又爱好文艺的读者，他们有科学分析的训练，态度客观，不容易为一些流行的文学理论所左右，他们对文学作品的欣赏及了解，反而更加直接，而常常能提出一些发人深省的新鲜见解。近年来世界上各种新兴的文学理论大行其道，一些理论家挟着语言学、人类学、心理学、社会、政治、经济各种学科中一些新奇理论，入侵文学领域。于是一阵"解构"、"颠覆"，把文学一座七宝楼台，拆得不成片段。论来论去，好像都是与文学本质不是很相关的议题，文学的艺术性，这么重要的一个题目，却偏偏给忽略了。我对文学，倒是一直抱持着一个相当古老的看法，文学作品总应该走在文学理论的前面，没有作品，又哪里来的理论呢？高全之这本专论，并没有依附任何特定的理论，他是秉着极为虔诚谦抑的态度，去研究王祯和的作品的。他凭着冷静的分析头脑、敏锐的文学感性，以及中年人对人生的深刻体验，精心细读王祯和的作品，多年酝酿，终于得出了一些阅读心得及独创见解来。

高全之的《王祯和的小说世界》里，有宏观鸟瞰式的整体总论，有单篇深入的精微分析，他侧重王祯和在小说艺术上苦心孤诣的实验与开创。但他也从不忽略王祯和小说对社会的关切，他论到王祯和如何写生命卑微，人生命运，他比较王祯和与黄春明小说对娼妓的态度。他也举出王祯和小说人物一项重要的论题：母亲形象。他的这些论点，许多前人也曾提过，但高全之却往往能推陈出新，独具慧眼。有时他甚至独排众议，另创一格。

《王祯和的小说世界》第一篇长达四十三页的总论开宗明义，标题为《王祯和的小说艺术》，这便有正本清源的作用。从王祯和留下来少数的序言、访问、演讲稿，以及我对他创作的了解，王祯和创作最大的追求，便是小说艺术上的精益求精，不断的创新求变。高全之解说了王祯和小说几个重要的主题关切之后，又提出王祯和小说的叙事观点及他的小说语言来仔细分析讨论——这也是大家都论过的题目。但论到王祯和的小说，就不得不突出这两项要目来，因为复杂多变的叙事观点以及丰富多元的生动语言，正是王祯和小说的一大特色，可论的地方还是很多。王祯和对小说的叙事观点一开始便有浓厚的兴趣，他每写一篇小说，在叙事观点上，几乎都有创新的实验。一个小说家写一篇小说的时候，首先碰到的难题便是如何选择叙事观点，叙事观点一旦选定，一锤定音，整篇小说便定了调。王祯和自己承认对亨利·詹姆斯（Henry James）提创的单一观点曾经潜心研究过，他的多篇小说也以单一观点叙事为主。詹姆斯是西方现代小说的一代宗师，他的小说以心理分析见长。王祯和的小说采用单一观点时，优点是能马上带领读者切入小说角色的内心，他又大量采用内心独白，有时甚至拔高到意识流动，因此小说角色内心的波澜起伏，种种隐秘思念，都一一披露出来，于是来春姨内心的挫折悲怆、万发的尴尬无奈、老祖母的焦急哀怜，我们都深切感到，因为王祯和借着他的小说角色，徐缓不急，娓娓道来，一腔心事，都诉诸读者。我们读王祯和的小说，都会明确地听到一个特殊的"声音"，这个"声音"是作者的，也是作者托借小说人物的，这个"声音"极具魅力，能够抓住我们读者，跟着它，崎崎岖岖，从头走到底。

但王祯和又不完全满足于单一观点的叙事方法，他不甘受拘，同一篇小说中，他又另外创造一个叙事者，时常跳出来，指指点点，讲评一番。中国传统小说如"三言""二拍"，作者常常忍不住，要跑出来向"看官"箴世规劝几句。英国十九世纪的小说，作者也喜欢直接向"Dear Reader"说长道短，但王祯和这个作者化身的叙事者，却转化成喜剧角色，有点像京剧开场，插科打诨的丑角，嬉笑怒骂，却暗含针砭。姚一苇先生是第一个发觉《嫁妆一牛车》是一篇杰作的评论家，他论这篇小说时，对王祯和这个喜欢嘲弄的叙事者论之甚详。但我们不禁要问，为什么王祯和要在他的小说中推出这样一个突梯滑稽的叙述者来搅局呢？王祯和自己说过："好作品不能太感情用事，用喜剧形式来表达作者的意念应该是最理想的方式。"我们还是拿《嫁妆一牛车》作例来说明他这个理念，本质上这是一篇极其辛酸的故事，王祯和写这篇小说时，曾经"边看边掉泪"，但他却深知写小说不能随便流泪的，小说的第一大忌便是滥情感伤。但像万发典妻这样悲苦的故事，一个处理不小心，就很容易会滑入感伤的滥调中。因此，这个突梯滑稽叙事者的设计，便是王祯和的一种策略，以这个叙事者嘲弄戏谑的口吻腔调，来冲淡调和这个本质上充满悲苦的故事。又因为王祯和在这篇小说中，把两种叙事观点——由万发的角度的单一观点及嘲弄者的观点——交互运用得十分灵活圆熟，使得万发与嘲弄者两人一唱一和，一搭一档，丝丝入扣，整篇语调一气呵成，表面上嘻嘻哈哈，骨子里满怀悲凉。王祯和成功地把万发塑造成了阿Q式可笑复可悲的荒谬喜剧人物。《嫁妆一牛车》当然还有其他成功因素，但王祯和在这篇小说中，观点运用得当，却是首要条件。但王祯和观点运用的实验，并非每次都成功的。高全之指出了《素兰要出嫁》中，辛嫂发觉女儿素兰被丈夫锁在小木屋里，那个嘲弄叙事者，突然"Oh, My God!"也用了上来，而且接着一篇大鼓词式的打油诗，把素兰形容一顿。读者至此，有点不知所措起来，因为辛嫂不是像万发一样的滑稽人物，突然对她取笑一番，不免感到唐突。

王祯和曾为文学下界定："把正确的字放在正确的地方。"[1]这个定义对了解王祯和的小说艺术有极大帮助。王祯和显然认定，文学乃是文字艺术，难怪他对于小说的语言文字投下最大的工夫及心血去琢磨研究，创造出他认为最合适的一种语言来写他的小说。"寻找真实的声音来呈现故事"，一直是他努力的目标。因此，小说的语调，是他经营得最用心的项目。常常他写一篇小说，为了找合适的语调，会找好几个月。他认为"语调不对，就像歌星唱歌没有套谱，荒腔走板，不堪入耳"[2]。他写《三春记》，开始时遭到困难，因为一写再写，总感觉语调不准确。后来他读了《醒世姻缘》，"豁然开朗"，才把《三春记》的语调调准。《醒世姻缘》这本明末小说，曾受到胡适的高度评价。这本大量采用山东方言的小说，胡适认为语言极为生动活泼，是一部上乘喜剧。其中"快节奏的俏皮语调"，给王祯和很大启发。

王祯和的小说多写花莲的风土人物，既然他在小说中执意寻找"真实的声音"与"准确的语调"，当然台湾方言的运用，便是他创造小说语言的重要课题了，这也是王祯和小说常被议论到的项目。王祯和之前当然也有台湾作家将台湾方言用到小说中，王祯和之后，台湾小说中大量运用闽南语更为普遍。但王祯和在小说语言的经营上，始终能独树一帜，另创一格。事实上中国传统小说的语言得力于方言甚多，除了《醒世姻缘》外，《水浒传》与《金瓶梅》也有不少山东土话，《红楼梦》都是京腔，《儒林外史》有南京话，方言用得最彻底的大概是《海上花列传》，对话全部是吴语，对话写得极精彩，可惜只有会吴语的人才看得懂。在小说中运用方言，真是一门大学问，运用之妙，存乎一心。用得好，小说处处传神，活色生香，用得不好，一片噪音，反成累赘。我们仔细研究王祯和的小说，会发觉他写得最成功的那几篇中，对闽南语的运用是经过仔细考量，精心研磨的，用得十分恰当又相当有节制。他并不是生硬地将大量俚语插到小说中去，而是下功夫将台湾话特殊的语法、节奏，巧妙地融入他的小说语言中。例如像《来春姨悲秋》及《香格里拉》，令人难解的台湾俚语并不多用，《来春姨悲秋》王祯和只下了一个注，《香格里拉》也只有一两处小注，可是这两篇写花莲妇人的故事却是地道的台湾味，风韵天成。王祯和的小说，自有其独具一格的台湾风情。拿流行歌来打个比方，王祯和喜欢流行歌曲，也常常在小说中引用。老牌闽南语歌手洪一峰唱的《旧情绵绵》、《悲情的城市》这几首台湾老歌，韵味十足，别的闽南语歌星都唱不过他，即使他的歌王儿子洪荣宏唱起这些老歌来，也要逊他三分。王祯和的小说，也有洪一峰唱的这些台湾老歌醇厚浓挚的乡土感情，悲酸凄哑中，又透着绵绵不断的温馨。王祯和在他的小说中，将闽南语诗化、抒情化了，而他不避俚俗，将台湾方言中的诙谐幽默大量引入，使得他的小说语言又充满喜剧色彩。

在《嫁妆一牛车》这篇小说前面，王祯和引了亨利·詹姆斯的小说《仕女图》（*The Portrait of Lady*）中的一段话来作楔子，而且还引了英文原文。《嫁妆一牛车》是公认的王祯和小说中乡土色彩最浓厚的代表作,而他却偏偏引用西方现代小说一代宗师的话来作楔子,其中透露的消息,令人玩味。《仕女图》是詹姆斯中期的重要作品,他所创导的单一叙事观点,便是从这本小说开始运用纯熟的。"乡土"与"现代",这两个常常引起争论的议题,在王祯和的小说里都占有重要的地位,值得进一步讨论。

在一篇访问记中,王祯和对被称为"乡土作家"并不苟同,他对当时台湾流行的"乡土"一词,有这样的看法[3]:

> 在异国生活,对他们来说,台湾的一景一物都可以称之为"乡土"的景物,由他们说出的"乡土",其中的感情是土生土长或是生活在台湾的中国人所不能体会得到的。所以我觉得,这两个字由他们口中说出才是恰当的,我们实在没有必要人云亦云。

大凡一个有独创性的作家大概都不喜欢被归类于任何派别,因为任何标签对作家都是一种限制。王祯和大概也不喜欢被限制于当时台湾流行的"乡土文学"特定的定义中吧。当然王祯和是热爱他的故乡花莲的,他十八岁以前没有离开过他的故乡,花莲的一景一物,人物故事,都深深根植于他的记忆中,变成了他日后文学创作的泉源。花莲对王祯和而言,恐怕早已超越了地理范围,而变成了他创作心灵所寄托的"原乡",他文学生命的"香格里拉"了。王祯和又说过:"一个作家应该写他最熟悉的东西,只有这样,他的作品才会有生命、有感情,才会使读者有亲切感,产生共鸣感。"[4]王祯和写到花莲人的故事,尤其是他所谓"小人物"的故事,他灌注了最大的同情心,也因此写得最动人。

又因为王祯和到台北上大学念的是外文系,所以他在一个作家很重要的成长期间,便广泛接触到西洋文学,他对西方现代主义的小说、戏剧(尤其是奥尼尔及田纳西·威廉姆斯),以及电影,都有浓厚的兴趣及研究精神。而他的创作态度又相当开放而喜欢实验,因此他又大量采用了西方现代小说、戏剧、电影的技巧手法,来丰富他的小说的表现方式——这就造就了王祯和小说有容乃大的独特风格。一方面他小说内涵深植于花莲的风土人物,而表现方式却又是多姿多彩各种现代手法。王祯和的小说可以说是既"乡土"又"现代","乡土"为体,"现代"为用,他最成功的几篇,"体"、"用"已达到合而为一。

台湾文学界一直有一个看法,认为"乡土"与"现代"是对立的,互相排斥,不能相容。王祯和的小说对这种看法恰恰提出了反证。二十世纪中国现代小说的开山鼻祖是鲁迅,鲁迅的小说写的多为他故乡绍兴的风土人物,是道道地地的绍兴乡土,但他却又是当时中国最现代的作家。鲁迅熟读西方文学,尤其是俄国小说,他是第一个把契诃夫一脉相传的西方现代短篇小说的形式，成功地引介到中国小说里来的作家。在鲁迅的小说中，"乡土"与"现代"也是完全契合的。我们今天读《彷徨》、《呐喊》，仍感到历久弥新，我想不仅是其中的乡土人物、社会意义，更可能是因为这些小说的现代精神及艺术成就。美国最伟大的小说家迄今恐怕还得算是福克纳（William Faulkner，他也是王祯和最心仪的西方小说家之一）。福克纳写的全是他家乡密西西比的乡土故事，但他的小说技巧及文字风格却有划时代的独创性，完全是现代主义的。福克纳的小说根植乡土而又能超越乡土，达到普遍性宗教的悲悯情怀，他的小说之所以能产生这样大的震撼力量，就是因为他创造出一套繁复的小说文字技巧，极有效地表达出他作品深刻的内涵来。西方现代主义最前卫的作家乔伊斯（James Joyce），青年时期离开故乡都柏林，终其生居留法国，没有再回爱尔兰，但他的小说所写的全是"都柏林人"，是十足的爱尔兰乡土，他那本现代主义的巨著《尤利西斯》（*Ulysses*），全篇用意识流写成，一天的故事写了七百多页，点点滴滴，全是都柏林的风土人物，这本小说如果没有深厚的爱尔兰乡土作为根基，是难以立脚的。在这些中西文学大师的作品里，"乡土"与"现代"不仅不相悖，还相辅相成。王祯和的作品亦如是。如果将"乡土"的意义提升扩大为一个民族文化的基本根源，那么，一个有民族特色的作家，也必然是"乡土"的。如果"现代"解释成为创新求变的时代精神,那么,不甘受拘于僵化的传统习俗的作家,也必然会向往"现代"了。

高全之在他这篇总论的结尾,对于王祯和不惑于一些流行的文学理论,执着于"写自己最熟悉的事,寻找真实的自己的声音",这种独立的创作精神,大加赞扬,作为一个优秀的小说家,他认为王祯和"不仅是台湾地区中华文化的骄傲","也是整个中华文化——跨越台湾以外更广更宽地区的中华文化的骄傲"。

高全之用了三章的篇幅专论王祯和几篇单篇小说。《寂寞红》及《两地相思》,比较少有人论及,尤其《两地相思》这个中篇是王祯和尚未完成的一篇遗作,由郑树森整理后,发表于《联合文学》第一〇三期。高全之花了相当大的工夫精读这两篇小说后,对作者的创作意图、小说的特殊结构,以及这两篇小说中人物与王祯和其他小说中人物的血缘关系,都有精微的分析与追溯。《嫁妆一牛车》这篇王祯和的代表作历来被讨论得最多,似乎该讲的话都说尽了。但高全之在《道德诡辩的营建及其超越》这一章中,却提出了《嫁妆一牛车》的另一种读法。自从姚一苇先生发表《论王祯和〈嫁妆一牛车〉》以来,历来论者都以故事主角万发为主轴,来诠释这篇小说的各层意义。高全之却换一个角度,从故事另外两个配角阿好及简底的立场,来了解这出共妻的悲喜剧。王祯和对他笔下的人物——尤其是花莲下层社会的"小人物",相当宽容。他写人物,"并没有刻意去褒贬他们,每个人都有对的地方,但也有不对的地方"。所以他写的就是这样有对也有错的"中间人"。他在《现代文学》第七期上发表的第一篇小说《鬼·北风·人》前面引了易卜生的一句话:

"One must go on living, and it makes one selfish."
"人须得活下去,这就使人变得自私。"

后来结集出远景版时,王祯和却把易卜生这句引言拿掉了。其实易卜生这句话,对理解王祯和小说人物的处境,有相当大的帮助。王祯和的许多小说人物,都在赤贫的生命线上挣扎求存,在求生存的这个大前提下,这些小人物身上这样那样性格及行为上的缺点,似乎都是可以原谅的了。秦贵福(《鬼·北风·人》)、含笑(《快乐的人》)、阿乞伯(《那一年冬天》),甚至来春姨(《来春姨悲秋》),他们为了要活下去,都变得自私,他们的处境也因此更为辛酸。《嫁妆一牛车》求生存的挣扎,最为赤裸野蛮,王祯和对万发固然满怀悲悯(他边写边哭),对阿好及简底他似乎也有不忍之心。高全之颇能揣摩作者的用心,他替阿好及简底都做了相当令人信服的辩护。他指出阿好与简底并非像潘金莲与西门庆一对"奸夫淫妇"十恶不赦,虽然万发妄自菲薄想效法三寸丁武大郎捉奸。阿好红杏出墙出于经济压迫生计无着,也由于生理需要——万发夫纲不振，雄风不举。阿好其貌不扬，而居然还有一个小她十几岁、荷包里又有几文的男人对她发生恋情，站在女性立场，阿好何乐不为。但阿好毕竟对万发还念旧情，万发下狱后，她并没有抛弃他，等他出狱后还替他赚来一架牛车。简底虽然分享了万发的妻子，但他也替万发养活了儿子阿五。简底维持了万发一家的生计，替他代行了丈夫父亲的职责。简底最大的缺点便是一身的狐臭，但男人的体臭也可能是雄性的表征，难怪万发处处感到简底狐臭的威胁。《嫁妆一牛车》这篇小说，王祯和对人物设计相当周全，主角配角间，比重分量，不偏不倚，这是这篇小说成功的另外一大因素，万发的悲剧并非由于坏人作祟，而是出于环境的压迫、时运的不济，以及主角万发本身性格的缺陷导致而成。

研究一位作家，追溯他创作上所受的影响，当然亦是重要的一个部门。王祯和兴趣广泛，由曹禺的剧本到章翠凤的大鼓，他都有浓厚兴趣。但是在他重要的创作形成期间，张爱玲对他的影响，是不容低估的。这可以分两方面说，其一是张爱玲作品对他的影响，其二是她个人对他的影响。高全之为此专辟一章论述这两位作家一段罕有的文学因缘。

一九六一年初秋，张爱玲访台，她到远东的目的是赴香港写电影剧本，台湾之行是顺道。不过据司马新《张爱玲与赖雅》的记载，张爱玲到台湾也想为她计划中的小说《少帅》搜集一些资料。那次王祯和与张爱玲见了面，而且因为张爱玲看了王祯和的第一篇小说《鬼·北风·人》，十分激赏，而兴起花莲之游，并由王祯和招待，在王家小住。这一段交往，对王祯和恐怕是终生难忘的珍贵经验。王祯和与张爱玲在台北第一次会面，我也在场。那是美国在台新闻处处长李察·麦卡锡（Richard McCarthy）做东宴请张爱玲，麦卡锡找了一群《现代文学》的年轻作家作陪，有欧阳子、陈若曦、王文兴、戴天还有王祯和，此外殷张兰熙女士也在座。午宴设在西门町的"石家饭店"，那是一家苏州菜馆，在当时算是有名的江浙馆子了。台北还是秋老虎的大热天，饭馆里开足了冷气。我坐在张爱玲的右手边，我印象最深的是，她还携带了一件紫色绸面的棉袄，大概台湾饭馆里呼呼的冷气她有点吃不消。那天张爱玲话不多，但跟我们说话时很亲切，大概看见我们这一群对写作兴致勃勃的年轻学生觉得很有意思。她的国语带有京腔的，很好听，大概跟小时在北方住过有关。张爱玲是近视眼，眼睛看起来有点朦胧，可是她一专注的时候，眼里一道锐光，好像把什么东西都穿透过去了似的。我记得她那天在席上讲过，她看了王祯和的小说，对花莲产生好奇，想去看看。张爱玲虽然在大陆成名甚早，但她的小说当时在台湾还没有开始流行，读者不多，王祯和是少数中的一个，他未遇见张爱玲前，应该已经熟读了她的作品。已有很多人指出来，他的第一篇小说《鬼·北风·人》文字风格上已经受了张爱玲的影响。一个初写作的年轻作家，第一篇小说就受到自己心仪的前辈作家肯定欣赏，那一番鼓励，是无法估计的。不管张爱玲基于什么原因欣赏《鬼·北风·人》——花莲的风土人情，文风与她近似，我想她也必然从王祯和的第一篇小说中看到了他的才气。据王祯和回忆，张爱玲那次到花莲游玩得很开心，住在他家与他家人相处也颇融洽。多年来，王祯和对张爱玲一直怀着一份敬爱，大概他也感激张爱玲对他初出道时的一番知遇吧。

在《张爱玲与王祯和》这一章里，高全之举出了许多张、王之间文学上息息相通的例子。譬如说，王祯和的几篇小说的题名可能就是受了张爱玲的启发。张爱玲的《桂花蒸 阿小悲秋》，这篇小说名字别出心裁。中国文学传统自从"宋玉悲秋"以来，"悲秋"一直是文人骚客感时伤怀的崇高情绪，可是张爱玲却来个上海娘姨悲秋，翻新翻得很俏。王祯和在《来春姨悲秋》里，让花莲的欧巴桑也悲起秋来，与张爱玲的上海老妈子悲秋有异曲同工之妙，而且"春"与"秋"对得很好，十分点题。我个人偏爱王祯和这篇小说，怜老恤贫的同情心是王祯和小说中最可贵的特质，来春姨与阿登叔这对相濡以沫的苦命老人，他们的黄昏之恋写得实在动人。张爱玲在一篇散文《忘不了的画》中，谈到高更（Gauguin）的一幅名画：《永远不再》。画里躺着一个裸体女人（张爱玲把她写成是夏威夷女人，应该是大溪地的土著），裸女颇健壮，富原始气息。张爱玲便替她编了一则哀艳的故事，"想必她曾结结实实恋爱过,现在呢?'永远不再'了。"王祯和在《现代文学》第九期发表了一篇一个山地女人怀念她过去一段破碎爱情的故事,题名就叫做《永远不再》,而且内容、人物,尤其是气氛也与张爱玲替高更的画所编的故事类似。王祯和这篇《永远不再》,很可能灵感得自张爱玲。王祯和对这篇小说的态度也值得研究。他头两次结集出版的时候,金字塔版《嫁妆一牛车》及晨钟版《寂寞红》都没有选这篇,等到晨钟版《三春记》才把这篇小说收入,却把名字改成了《夏日》,其实《永远不再》十分切题,改成《夏日》倒反而浮泛了。大概他后来又舍不得《永远不再》这个篇名,用在另外一篇讲两兄弟的故事上,题目与内容其实并不很合。王祯和曾提到张爱玲对第一篇《永远不再》有所批评,他可能很在乎张爱玲的意见,所以对这篇小说产生了矛盾心理。我记得有一次曾向他提起《永远不再》,王祯和挥了一挥手,几乎有点不屑地说道:"哎,那篇东西——"事实上,我认为《永远不再》(《夏日》)在王祯和写作的发展过程上,有相当重要的地位,这是他第二篇小说,却是他第一次大量采用意识流技巧描写女性心理。虽然还嫌生硬,但有些片段对女性内心世界刻画得很好。事实上这篇小说恐怕也受另外一位作家影响。《现代文学》第七期,介绍了美国南方小说家凯瑟琳·安·波特(Katherine Anne Porter),其中并翻译了她的短篇小说《弃妇吟》(*The Jilting of Granny Weatherall*),这篇小说技巧很特别，整篇故事随着一位弥留期间老妇人半清醒半昏迷的意识流动，追述她年轻时被爱人抛弃，一生中最痛苦的经验。波特在这篇小说中，意识流的运用可谓炉火纯青，王祯和自己承认很喜欢波特的小说，这一篇他一定读过，因为他自己的第一篇小说就发表在同期上。《永远不再》可以说是王祯和的《弃妇吟》，波特纯熟的意识流技巧，可能曾给王祯和相当大的启发，若干年后，他写《老鼠捧茶请人客》，全篇用的都是意识流了，而且写的正是一位弥留老妇灵魂出窍的故事。王祯和在这篇故事里，终于能够全盘掌握他在《永远不再》里还没有达到的境界。

张爱玲与其他小说家几乎没有什么往来，由她主动去结识的，王祯和算是绝无仅有，这也是两个人的缘分。

高全之在《王祯和的小说世界》里，也曾花了不少篇幅探讨王祯和的几部讽刺喜剧小说：《美人图》、《玫瑰玫瑰我爱你》。他很努力地去寻找这些小说的社会意义，也曲意替这些小说辩护。我们读王祯和这些讽刺喜剧，首先一定觉得他的文字语言辛辣调皮，读来过瘾，对他讽刺挖苦台湾一些乌烟瘴气的社会现象也会拍手称快，但作为文学作品，我总觉得这些并不是王祯和的上乘之作。最好的讽刺小说大都能做到谑而不虐，《儒林外史》是一个成功例子，钱锺书的《围城》又是另外一例，鲁迅把阿Q无论写得如何不堪，但我们仍觉得阿Q可喜可爱。王祯和可能太过深恶痛绝他小说里那些獐头鼠目的人物了,骂起他们来,下笔不免失于尖刻。王祯和还是描写他故乡花莲那些"小人物"时,最动情、最动心,也写得最动人,他把一腔的爱心都灌注在来春姨、阿登叔、万发、阿缎、老祖母身上了,即使不很可爱的秦贵福、阿乞伯、含笑,甚至阿好和秦世昌,王祯和都能待以哀矜。是在描写这些"小人物"的悲欢离合上,我们看到了一个小说家广大同情的胸怀。

花莲子弟王祯和,以他的文学天才,替他故乡写下了一部永恒的风土人物志,我相信以后研究王祯和作品的专书还会陆续出现,但高全之这部《王祯和的小说世界》资料搜集周全,范围涵盖甚广,还有不少独到的见解,值得作为重要参考。

一九九六年一月《联合报》

注

1.《在乡土上掘根》——远景五版代序,胡为美。《嫁妆一牛车》,洪范版,一九九三年,页284。
2.《永恒的寻求》,《人生歌王》代序,联合文学出版社,一九八七年。
3. 同1,页283。
4. 同1,页283。

殉情于艺术的人

素描顾福生

一九九三年夏天我在台北又见到顾福生。福生从美国回来探亲。算一算自他由旧金山搬到波特兰（Portland），竟有五六年没有见过面了。老朋友住在美国，未必常能相聚，住远了，倒是老死不相往来的多。但台北到底是我们的老窝，东绕西绕，不约而同又一齐飞了回来。那天下午我们相约在诚品书店喝了咖啡，出来走到敦化南路仁爱路的圆环，正值台北下班的交通尖峰时刻，人群车辆，都绕着圆环像走马灯似的在漩涡里打转。灼人的八月热潮、污浊得黏人的都市空气，却氤氲在台北最华丽的一圈高楼大厦群中，而夕阳，在一团混沌中把那些华厦的玻璃壁窗渲照得如此绚烂斑斑。我与福生大概一下被这幅后现代的台北街景震慑住了。反正叫不到车，我们两人干脆在敦化南路街边石阶上坐了下来，无视于行人熙攘，车声喧嚣，我们兀自天南地北地谈笑起来。

福生大我三岁，已将近六十，可是谈笑间，一切岁月的侵蚀、人世的斑驳统统消逝了。眼前的顾福生还是我三十多年前初识的顾福生——一个永怀赤子之心、怀抱艺术、奋不顾身的作画者。艺术是顾福生的全部生命，艺术占满了顾福生整个的世界，他的心中，已无方寸之地可以容纳其他。三十多年来，顾福生对艺术狂热执着的追求，并没有因任何挫折而稍有迟疑。终其生，他为艺术殉了情。

顾福生的画室，很少为别人启开。六十年代初，我刚认识顾福生，他带引我到他的第一间画室里。那是他在台北泰安街的家中，在后院独立一间的小屋里，是福生的卧房，也是他作画的地方。那是艺术家一个隐蔽的小天地。在那个小天地里，顾福生创造了他一系列的半抽象人体画。我记得那间房间里陈列满了一幅幅青苍色调，各种变形的人体。那么多的人，总和起来，却是一个孤独。那是顾福生的"青色时期"。顾福生的画，全是他内心世界的投射，外界的现实世界，他似乎全然漠视。所以他的人，并没有个人的属性，而大部分是没有头，或是面目模糊的。顾福生的人体，毋宁是他内心一种冲动、一个抽象意念的表现。那就是人生而孤独，赤条条来去无牵挂，人的孤独，是宇宙性的。但少年的顾福生未必有这些清楚的概念，那时他对人生还充满了憧憬。他告诉我他要离开家到外面去，到法国到巴黎，远行到另外一个世界去追求他的艺术，我们初识那一年是值得怀念的日子，我刚创办《现代文学》,开始写作,对追求艺术的理想,狂热则一,因而感到彼此相知,这份相知之心,持续至今。

一九六四年,我在纽约又见到顾福生。福生已经从巴黎转到纽约来了。他又带我到他的画室去。他住在曼哈顿百老汇与九十九街上。那是一间有五间房宽大的老公寓,屋主Ralph是一个六十上下的美国人,下了班回家就弹浪漫时期的钢琴曲子,据说他年轻时一直想当音乐家,Ralph喜欢东方人,人很慈祥。顾福生的纽约画室里,又摆满了他的新作。顾福生作画的速度很快,每个时期产量也颇惊人。他这个时期的画,还是以人体为主。其实他所有的画都是以人为中心的。不过这些人体已摆脱了早期的拘泥与凝重,人平地飞起,多姿多彩起来。又因画的背景都是抽象或超脱现实的,顾福生的绘画世界,更是海阔天空了。人在混沌初开的宇宙中,任意翻滚奔腾飞扬翱翔。而且人体往往由一而分化为数众,于是便增加了画面的复杂性及流动感。顾福生的画由早期静态的悒郁变成了动态的焦虑。

一九六四年夏天,我在纽约哥伦比亚大学上夏季班,哥大离福生住处不远。下了课,我会去找福生。有时候我们到中央公园去散步晒太阳。他跟我谈起在法国的生活,倒有点像普契尼的《波希米亚人》。现实生活挫折从未能动摇福生对他艺术的信念,他对他自己画风的发展方向,倒愈加坚定不移了。

七十年代中，顾福生搬到了西岸旧金山，而我自己也到西岸来教书，于是又有了碰面的机会。福生在旧金山南区与一位开出版社的朋友合租了幢两层楼的小洋房。那年我去他们那里过耶诞，一进屋，便看到全屋子墙壁上都挂满了顾福生的画，大都是他的近作。福生迫不及待把我带到阁楼上一间小房间，里面贮藏了他许多幅尚未装框的画，有油画、有水彩、有素描，都是我未曾见过的，恐怕有几百幅。福生兴奋地把他的画一一给我看，而且一直问我喜不喜欢。我知道顾福生的画是不轻易示人的。他大概觉得我还了解一些他的艺术，所以要听我的意见。别人的画我不一定懂，可是几个好朋友的画，我倒还有一点心得。因为了解人，所以也亲近他们的画。

福生大概对人生愈来愈宽容了，所以他的视野也就从此开阔，人与自然、人与自己，也就有了妥协的可能。一幅百合花，每一朵花苞竟卷着一个赤婴，这是一幅天人合一的百子图。于是也就有了幽默，一幅大号蛋糕，突然从中央竖出一双人腿来。

顾福生的世界永远是超现实的，永远在打破理性的限制后，让幻想与梦境任意驰骋。那天晚上，我睡在那阁楼的房间里，看着那些画面上飞在天空中的人体、站在卧室中的斑马、浮在人头上的大黑驴，我不禁赞叹，艺术家是有本事重造我们视觉世界的。

这些年来，顾福生从来没有停止过创作，而且画风一直在进展改变。这次台北市立美术馆举行的顾福生作品回顾展，涵盖顾福生三十多年创作生涯的一个总回顾，一百多幅作品代表了他各个阶段的风格演变，让我们对顾福生的艺术有了一个历史视野的全面了解。这将是一次重要的画展。

当年顾福生与一群新锐画家创办了"五月画会"，对当时台湾的现代画坛产生了深刻的影响力，而这位台湾现代画的先驱，对艺术的追求与狂热，三十余年没有丝毫遁灭。福生这份艺术家的执着与勇气，是我所最钦佩的。

一九九三年《中国时报》

走过光阴,归于平淡
奚淞的禅画

现今的台北是一个心浮气躁、红尘滚滚的城市,有形无形的扰攘,层出不穷。久待一阵,便令人感到惴惴莫名。于是我便会驱车直往新店,暂离台北的纠纷,去寻找那半日的安宁,因为奚淞的画室就在新店小碧潭一带,一道寻常巷陌里。

一楼画室前后有两所小院落,满植花草树木。奚淞善理花木,前后院一片苍碧,地上的忍冬草、墙上的常春藤,鲜润欲滴。前院老杨桃一株,亭亭翠盖,虬干蜿蜒伸出墙外,秋来结实累累,墙头好像悬挂了一树迎客的小灯笼。后院有桂树一棵,金蕊点点,桂子飘香。前后院各置岩石水缸,蓄养金鱼,水藻间一尾尾亮红的朱纹锦游来游去,悠闲、无惧,水面闪着树叶缝隙透洒下来的天光云影。画室取名"福星堂",刻在前院一块老石碑上。一踏进福星堂,登感一阵清凉,如醍醐灌顶，身上的尘埃，心上的烦虑，一洗而尽，好似步入古刹禅院，猛然一声磬音，万念俱寂，世俗的牵挂，暂且忘得干干净净。福星堂是奚淞作画的地方，也是他修行的所在。

画室颇宽敞，靠近前院是一排落地玻璃窗，临窗一角支着画架，晨昏之间，窗外的光便这样悠悠地走了进来，又这样悠悠地淡出而去，于是在这个日月出没光阴交替之际，奚淞的那些画作便这样一幅幅地诞生了。画室的墙壁上，都挂着他各时期的作品，每幅画似乎都在隐喻着人生一则故事，隐含着生命的几句偈语。

画室靠后院也是一排玻璃门窗，窗下铺陈了一围席地而坐的茶座，奚淞在这里静坐禅修，有朋友来了，大家入座一同品茗。一进画室，左边供桌上供着一尊佛陀头像，这是一尊古佛。茶座对面的墙上却悬挂着一副对联：

天地同流眼底群生皆赤子
千古一梦人间几度续黄粱

是奚淞亲笔写的一手好行书，录自丝路张掖古佛寺里的诗抄。

在福星堂的茶座上，我跟奚淞促膝而坐，奚淞沏上普洱茶，端出鲜果，茶香果香，我们说古道今，言笑间，不知不觉便度过了一个圆满的下午，直至黄昏。

我与奚淞结缘甚早,一同走过将近四十年的光阴。我比他年长,开始的时候,是我走在前面,但很快奚淞便赶了上来。这些年,他远远超越我,早就走到那无止境处,人生修为,已达"涅槃"境界。奚淞在修行的道路上一步一步往前迈进,是他对人生、人世、生命、宇宙,点点滴滴的体会与感应后智慧之累积,使他了悟佛陀教诲缘起缘灭生命无常的真谛,因而对眼底群生不禁常怀大悲心,修菩萨行。奚淞常常引用《金刚经》末尾偈语:

一切有为法

如梦幻泡影

如露亦如电

应作如是观

这是《金刚经》的警句,而奚淞对生命无常的大悲心,也统统化进了他的画里。

其实奚淞自小便有菩萨心肠,当他才是四岁孩提时候,一天,亲戚背着他上街。那是个艳阳天,本来奚淞快快乐乐的,可是他一眼瞥见路边电线杆旁蹲着一个穿着木屐不知谁家的孩子,正在那里声嘶力竭放声痛哭,哭得异常伤心,奚淞突然挣开他的亲戚,跑过去,蹲在那个孩子的面前,陪着他也大哭起来。小小奚淞,竟然已经无法忍受人世的哀痛,要以自己的眼泪来安抚众生受创的心灵了。日后朋友间甚至初识者,有人有伤心事,奚淞总在一旁,默默地给予安慰,让人感到温暖,助人渡过难关。

我初识的少年奚淞,有时多愁善感,偶尔狂放不羁,然而他那颗永远不沾尘埃的赤子之心,却一直是他面对人生疾苦常兴悲天悯人情怀的由来。早年奚淞远赴巴黎学艺,在那儿最触动他的,不是花都的锦绣繁华,竟然是巴黎地铁站内那群漂泊无依残肢断足的流浪乐师,他把他们都描入了他的画里,变成一系列极为动人的《众生相》。我们似乎听到那些流浪乐师手风琴吹奏出来凄凉的心声,其中一丝人间温暖是作画者加进去的。

奚淞的人生经历过几次大转折,画境与心境都有了惊人的变化进展。一是亲人的丧离,尤其是母亲病故,奚淞的心灵受到天崩地裂的震撼:

> 学佛的我开始了解到:在一切因缘的生灭变化中,亲人之死原是一种恩宠和慈悲示现,使有机会痛切地直视无常本质,并从中渐渐得到对生命疑虑的释然解脱罢。

很多年后,奚淞写下了这段话,这是他因亲人的死亡而对无常生命有了深刻参悟后的省思。母亲生病期间,奚淞开始了他的白描观音水墨画，那三十三幅观世音《自在容颜》，是一组早已超越艺术领域，达到宗教上大慈大悲度一切苦厄、至高无上的象征了。奚淞的观音画像不知曾经抚慰过多少人一颗惶惶忐忑的心。有一个时期，我自己经历了人生十分艰辛的情境，奚淞前后惠赠我两幅他手画的观音像，这两幅画像一直挂在我家玄关的壁上，常常一进家门，我就感到一片安详。

其次是一九九三年奚淞偕画家阿昌共赴印度、尼泊尔寻找原始佛迹。那次"印度之旅"是奚淞一次心灵上的皈依之旅：他去过佛陀成道处的菩提迦耶，第一次传道的鹿野苑，以及佛陀八十岁涅槃的拘尸那罗等地，也曾抵达佛陀的诞生地尼泊尔南境蓝毗尼遗址。

> 每至一处，我都俯拾起一些泥土，放进小盒里收存，当作"佛迹之旅"的纪念。摩挲、细审掌中细土，仿佛可以为我勾回两千五百年前，古圣人踽踽游化于北印度的风貌。想想这泥土，可能正是佛陀当年曾经赤足踏过的啊！自此，佛陀在我心中，有了可亲可近、作为老师的体温。

佛传中记载：受尽父王呵护享荣华富贵的悉达多太子，一日出城，惊见于遭受老、病、死苦的人们，于是发心出家，为世人寻求解脱之道，最后终于得成正觉于菩提树下，悟道成佛。奚淞在追寻佛迹的旅途中，必然也深深体验到悉达多太子悟道的心路历程吧。事实上对人世苦痛极端敏感而不忍的奚淞，在步步生莲的修行道上，他那彳亍独行的身影，都常常让我想起悉达多太子的故事来。奚淞寻找佛迹之旅于是让他成就了气势磅礴的《大树之歌》，以油画吟诵出佛陀一生的事迹，每幅画似乎都是奚淞虔诚礼佛的"心境"、"心声"。我没看过有人以油画画佛陀传的，这组特殊的画作，很可能是佛教画史上的创举。

这个时期，奚淞对生命宇宙有了更深一层彻悟后，也是他绘画创作的丰盛期，在《大树之歌》前后，奚淞又展开了另一组画作《光阴系列》，以及由《光阴系列》衍生出来的《平淡家族》。《光阴系列》的头十幅取名为《光阴十帖》，已被台北市立美术馆收藏。我把这一系列静物油画称为奚淞的禅画，我想奚淞本人也会允许的吧。这些静物画其实都是奚淞禅修的记录，对奚淞来说，作画即是修行，经过观世音《自在容颜》以及佛陀传《大树之歌》，现在奚淞在《光阴系列》中所表现的却是"道在平常"：一盆花、一杯水、一组瓶瓶罐罐都暗藏玄机。禅直指人心，把一切事物都还原到根本。奚淞画静物，心灵上得到莫大的安宁与喜悦，"万物静观皆自得"，由静观而触动天机："无论一草一木，一花一叶，自有一份天道无私的美呈现。"奚淞的静物有一个特色，初看时，真是真到了十分，一盆花可以捧得下来，一杯水可以端起来喝下去，奚淞的写实功夫细致得惊人。但再仔细看，意在画外，那些"雨荼"、"幽兰"、"扶桑"似乎又在暗示着生命一些根本的现象。大概就如这一系列画作的命名，在阐述"光阴的故事"吧。在奚淞作画的一角，天光从窗台进来，映到白墙上，从容移过，清晨奚淞在此静坐，看着墙上光阴的起灭，不禁兴起生命无常迁演的感怀，于是光阴无穷的变幻便形成他这些禅画隐含的主调了。

茶花

奚淞的静物有好些是花卉，茶花亦有数幅。茶花盆景搁在一张质朴的老木桌上，背景是墙，墙上映着窗外斜射进来的光影，光影似乎在不知不觉中悄悄移动，枝上几朵红茶开到极艳极盛，如此肆意绽放的美丽花颜，不禁令人为之担忧，光阴再往前移一步，那些艳极的花朵恐怕就会倏然辞枝陨落了。百花中盛开的茶花特别娇贵，可是一旦凋谢，并非逐瓣零落，而是整朵决然坠地，辞别生命，如此断绝。

李商隐有一首七绝颇为奚淞喜爱：

荷叶生时春恨生，荷叶枯时秋恨成。

深知身在情长在，怅望江头江水声。

李义山一往情深,对于人世枯荣生命无常之无可挽回常怀千古怅恨。李后主有一首词《乌夜啼》写的也是同一"恨事":

> 林花谢了春红,太匆匆。无奈朝来寒雨晚来风。
> 胭脂泪,留人醉,几时重。自是人生长恨水长东。

王国维以为后主之词以血书者,"俨有释迦、基督担荷人类罪恶之意"。后主能以一己之悲,写出世人之痛,所以王国维将之类比圣者。奚淞对人世生命用情之深,绝不输于诗人词人,这是他艺术家的特质,诗人词人陷溺于情而难以自拔,修行者奚淞寻找的却是解脱妄执之道,我想纵使茶花骤然凋落,只剩绿叶满枝,奚淞可能也会把那些绿叶画得依旧生意盎然的吧。我特别喜欢奚淞那几盆茶花,用了一盆作《台北人》英译本的封面,十分点题。

法华、花与慈悲

《法华》:背景仍是一片空墙,拙朴的木桌上搁置的是一透明的胆形玻璃瓶,瓶中满盛清水,斜插一弯桂枝,桂花盛开已过,桌面上缀着几点落英,还有一片枯叶,桂枝下,坐着一尊小泥佛。空墙是天,木桌是地,天地同流,花开花落,宇宙间因缘聚合的无常生命不断轮回,唯有我佛慈悲,在默默普度众生。《法华》的须弥世界,自有一片禅机。

《花与慈悲》：奚淞还有一间画室"微笑堂"在七楼住所，临窗下望，看得到小碧潭的捷运终站，一大片钢管水泥的建筑物。从前这一带是新店溪边的水田，绿稻油油，上有白鹭鸶倚天翱翔，下有野姜花散发清香，秋来芒草开遍，银丝成波，那是奚淞常去散步冥想的地方，我们都说那是台北最后一块净土。谁知这块净土，几年间，被推土机整片翻转，变成了人来人往、喧嚣不歇的捷运站。

微笑堂比较敞亮，光的变化，更加清晰。《光阴系列》后期有不少作品在此完成。《花与慈悲》共有两幅，之一之二。第一幅窗角的木板上坐着一尊观音雕像，是宋朝木雕。观世音俯临窗外曾经沧海桑田的人间巷落，自在容颜无限悲悯，似在垂怜芸芸众生。像前有一供盘，供着带叶红茶花一枝，花色璨然，是否为菩萨慈悲所化，带给人间如许美丽与温馨？这是奚淞最动人的画作之一。

心境、平淡家族

《心境》：窗角木桌上一只粗陶碗盛着净水，空墙上窗外映入的鸟影冉冉飞过。这幅画反映了奚淞修行的心境：静如止水，勤如飞鸟，自由自在，心无挂碍。"纵浪大化中，不喜亦不惧"——这应该是奚淞心向往之的境界了吧。这幅画看了令人感到安宁，安宁后又有一股喜悦。奚淞的禅画从来不是枯寂的。

《平淡家族》：这一组画一共八幅，画的是最为平常的物件：水晶玻璃瓶、吹制水瓶、泰北巴蓬寺落果、韩国老茶碗、碧潭废弃船缆、米醋瓶、印度银盒。这组画的画风又是一转，与《光阴系列》的工笔写实，有了基本的差异，《平淡家族》倾向于还貌取神，色彩淡了好几度，澄明透澈，几乎只剩下光与影的交错了。这八幅画放在一起，即刻有了一种特殊的效果，好像一组笙箫管笛，此起彼应，悠悠地扬起一阕古远的《清平调》来。又如同德彪西的月光与海潮，旋律是如此舒缓、娴静。福星堂中门楣上贴着一张红纸条，上书"光明静好"四字，是奚淞亡友姚孟嘉观赏奚淞的画后赠送给他的，奚淞认为深得其心。"光明静好"正是《平淡家族》组画的本色，也是奚淞走过光阴、归于平淡的心境吧。

奚淞以油画入禅，西方的手法，东方的意境，把古老的宗教与现代人的心灵合而为一，画出一系列具有惊人创意，并深富哲理的作品来。其下笔之细致，色调掌握之高妙，光影变化之丰富，艺术上的成就已是余事了。奚淞很少开个展，平常作画只让朋友观赏。这次难得，二〇〇八年六月底，作为台北文化古迹的紫藤庐维修一年后重新开张，将展出奚淞的《光阴系列》、《平淡家族》多幅画作。紫藤庐一向有深厚的人文艺术传统，奚淞的禅画在那里展出，十分恰当，去紫藤庐的人当会感受到奚淞禅画带给人那份深刻的谧静。

在我心中，奚淞一直是那个善感不羁的少年，见到他两鬓竟也冒出星星的时候，才蓦然惊觉他常提醒我"如梦幻泡影，如露亦如电"生命本质的偈言。近四十载光阴，弹指即过，而人间早已几度黄粱。离开福星堂已是薄暮，奚淞总是殷殷陪我到大马路上去乘车，我们走过巷弄，走向那车水马龙的中央路。在熙熙攘攘的人生道上，能有好友互相扶持共度一段，也是幸福。

二〇〇八年六月二十六至二十七日《联合报》

去寻找那棵菩提树
奚淞的佛画

奚淞的一生似乎一直都在追寻着两件事，他的绘画艺术，以及他的佛法修行。他画画其实是在反映他对佛法深刻体验后的心境，而他满怀赤诚之心的礼佛修禅，正是激励他孜孜作画的灵感泉源。在他的人生道路上，绘画与修行其实是一体二面，殊途而同归，同时在指引他去寻找他心中那棵菩提树——智慧之树。

要了解奚淞的绘画艺术，须先明了他与毛笔的关系，奚淞曾说：

毛笔是中国之心。

一管毛笔，具体呈现了中国人的心灵特质。以此为工具，表现出无尽的心象世界。

可见中国毛笔是奚淞心手相连最能表现他绘画意境的工具。事实上奚淞是习西画开始的，曾经留学法国巴黎，遍游欧洲，西方艺术的辉煌成就必也曾给予奚淞视觉的震撼，但他心灵上的皈依，仍然要回归到远古中国及东方的宗教与艺术。这，要从他与毛笔的特殊因缘开始。像许多中国人一样，奚淞也醉心于书法。书法是我们这个民族独一无二的精神文明之最高表现。中国艺术概要地说就是一种"线条艺术"，从我们的象形文字到水墨画，从青铜器到宋元明瓷的造型，从建筑的飞檐拱桥到笙箫管笛的袅袅乐声，昆曲水袖翻飞的优雅舞蹈——拼凑成一个千变万化、精美绝伦的线条宇宙。我想世界上没有其他民族比我们对于线条的变化及掌握更敏感的了，这就是因为我们有书法作为掌握线条的基础训练。

临摹《集字圣教序》之《心经》引入佛门

比较特殊的是奚淞认真研习书法是从他抄经开始。奚淞起始抄经所临的书帖是《集字圣教序》碑帖，此帖末段附有《心经》，这便是日后奚淞勤勉描摹的范本。《圣教序》原碑厕身于西安碑林，究其渊源，乃因唐代玄奘法师西域取经归来，太宗为其新译经典作序，东宫太子高宗并为撰文，这两篇文章加上玄奘法师新译《心经》，由一位法号怀仁的僧人，收集当时遗存民间王羲之的书法，拼缀而成，精刻于石碑，这便是名震天下的《圣教序》碑帖的由来，王羲之的神品因而传世。奚淞所临摹的便是被当时公认为最美的字体集成的《心经》。奚淞自述他是偶然发现《圣教序》碑帖所附之《心经》

而开始抄经,因而步上修行之途的。我不这样认为,我觉得恐怕在唐代怀仁法师集字成碑的当下,已冥冥中埋伏下一段因缘:千百年后一位佛弟子因抄这帖《心经》而被引进佛门。后来奚淞果然有机会到了西安,找到这块古碑,当他在斑剥残颓的石碑上诵念《心经》中的字句时,他心中的感动恐怕非比寻常。《心经》是第一本启蒙奚淞向佛的宝笈。

奚淞多年抄经当然也就练就了他一手好书法,深得王体行书劲秀神韵,奠定他日后运用毛笔掌握线条画水墨画的深厚基础。抄经对奚淞来说更是一种日常修行功课,他抄《心经》也抄《金刚经》、《阿含经》,但是《心经》那两百六十字,字字珠玑,联缀成一串悠悠念珠,奚淞日日默诵,旦夕临摹之时,渐渐潜移默化,这部《大般若经》的精华终究化成了奚淞心中的一颗智珠,引领他走向观世音,修菩萨行。

《心经》起首便是:

　　观自在菩萨行深般若波罗蜜多时照见五蕴皆空度一切苦厄……

《心经》,也可以说是一篇《观音颂》,赞颂观世音菩萨的智慧与慈悲。奚淞自述他抄《心经》,每次抄读起首语句,就感受到一种超乎语言的感动。在奚淞一生中,观世音恐怕是对他感应最深结缘最厚的一位菩萨了。观世音"照见五蕴皆空"的智慧,以及"度一切苦厄"的慈悲大愿,也是引领奚淞走向修菩萨行的两盏明灯。奚淞自小便有菩萨心肠,他还是四岁的幼儿时,在路上听见另一个孩子痛哭的声音,循声找去,发觉是一个与他同龄的童子,一个人在路边伤心悲泣,奚淞不忍,竟也蹲下来陪着孩子同声一哭。观世音菩萨本身命名便有"循声救苦"之意,从《普门品》经文中显示,观世音救苦的方式:"应为何身得度者,即现何身而为说法。"对方为君王,即化身为君王,对方为乞丐,即化身为乞丐,以众生平等的大悲心,化解人间一切苦厄。小小奚淞在闻哭声而动善念的顷刻,其实已在遵照观世音"循声救苦"的悲愿,踏上修菩萨行的道路了。日后这位虔诚的佛弟子受到观世音菩萨的感召,竟恭绘出五六十幅观世音慈悲容颜的白描水墨画来。我不记得中国有哪一位画家,能以最朴素的白描手法,将观世音菩萨诠释得如此圆满,展示得如此丰富多面,而又呈现得如此深刻感人。奚淞恭绘观音,如有神助,似乎观世音菩萨要借这位佛弟子之手,以显示出祂对苦难人世大慈大悲的面面观。奚淞这些观音画,早已超越艺术,升华为宗教慈悲的象征了。

以画白描观音度过无常痛苦的人生风浪

奚淞画观音,其实是经过他人生中一段极艰苦的心路历程而起念的。上个世纪八十年代中,奚淞的母亲突然病重不起,奚淞与母亲感情深厚,母子连心,母亲长期的病痛而最后亡故,对奚淞当时心灵上的震撼,有如天崩地裂。他第一次被逼直视老、病、死苦,人生无常这道人类生命中的大难题,一时间奚淞彷徨惊悚,陷入了极端痛苦无助中,循声救苦的菩萨终于给予他显示:奚淞画下了他第一幅白描观音,悬挂在医院卧病中母亲的病房墙上,希望母亲看到观世音慈悲容颜,而获得平静慰藉。多年后对亲人的亡故,奚淞如此省思:

> 学佛的我开始了解到:在一切因缘的生灭变化中,亲人之死原是一种恩宠和慈悲示现,使有机会痛切地直视无常本质,并从中渐渐得到对生命疑虑的释然解脱罢。

母亲逝世后,奚淞开始恭绘观世音菩萨画像,每月一幅,历时两年九个月,一九八八年元月开始轮展在台北雄狮美术画廊,完成了他那一系列著名的《三十三观音菩萨》白描水墨画,同时出版了他每月一篇记录他画观音的心得而辑成的《三十三堂札记》。奚淞恭绘《三十三观音菩萨》在某种意义上也是在表露他对母亲无穷无尽的思念吧。三十三幅观音每幅不同,但慈悲容颜总饱含着母性的无限温柔,似在默默垂怜眼底赤子众生。因母亲的病痛,奚淞在医院里也常目击到其他病人在那生死场中辗转受苦的惨状,本来就有菩萨心肠的奚淞，怜惜母亲，也就及于同在无常生命中经历老、病、死苦的世人。他的这些观音画像，在另一种意义上，是他勘破生死无常之后，对人世的一片慈悲心的具体展现。我们静立在奚淞的观世音菩萨像面前，心中总会感到一份深沉而又无以名状的感动。我想这就是宗教超越的力量吧。

奚淞的观音造型虽然出自他内心的感触，但他也曾下过功夫遍阅民间各种雕塑、石刻的观音像。他到四川大足县，便发现了北山摩崖石刻一二五号龛窟里有一尊"数珠手观音"，石刻已近千年，而菩萨容貌神秘优美依旧，"观音侧身迎风，天衣缨带飘举"，奚淞如此形容，而这尊唐宋间的摩崖石刻便变成了他自己那幅《数念珠观音》的原型。奚淞也参考前人的观音画作，如赵孟頫。有一次他发现了一幅他最心仪敬仰的弘一大师李叔同的简笔观音，如获至宝，赶紧买下。奚淞的观音造型大致沿延中国佛教艺术的传统，但令人吃惊的是，奚淞的白描观音每幅都由千百根纤细的毛笔线条组成，这些线条，如春蚕吐丝，宛转缠绵，无尽止、无停顿，周而复始在轮回中，没有一丝错乱，没有一笔呆滞，每一根线条，都如同一脉活水，千回百转，川流不息。是在对线条最精准的掌握上，我们看到了奚淞超人的笔下功夫，一管毛笔在他手里，已发挥得出神入化。奚淞的白描观音把中国的线条艺术，提升到另一层精确精美的最高境界。奚淞说他恭绘观音时形同斋戒沐浴，心中要完全进到入定状态，全神贯注，不容一丝杂念，才能平稳而一笔不苟，他白描观音用的是"铁线描"笔法，这种笔法看似简朴，但要求严苛，一失手，全画俱毁。奚淞多年恭绘观世音菩萨像，也是在进行自我要求更加严谨的修行，因此奚淞的观音画像才能达到神形双绝，既是艺术极品，亦是宗教至高无上的慈善象征。

遍踏佛土寻找可亲可敬作为老师体温的佛陀

由于恭绘观世音菩萨对"慈悲与智慧"有了深刻的体认，奚淞在他的修行道路上，下一步，很自然地便皈向佛陀，去探究二千五百年前，佛陀教诲的本怀了。一九九二年，奚淞与好友画家黄铭昌到印度作了一次追寻佛迹的旅行，他们沿佛陀一生游行教化的途径，走访祂得成正觉的菩提迦耶，初转法轮的鹿野苑，大般涅槃的拘尸那罗，他们也曾经造访过佛陀出生地尼泊尔的蓝毗尼园，佛陀一生的足迹，奚淞恂恂跟随了一遍。这次的印度寻找佛迹之旅，对奚淞的修行及绘画都有重大的影响。唐代高僧玄奘到西天取经，从天竺国（印度）回来，翻译佛经，改变了中国佛教的面貌。吴承恩把这段历史故事写成小说《西游记》，唐僧须经历九九八十一劫才能抵达西天，取得真经，终成正果。奚淞的印度之旅也可以说是他自己的《西游记》。二十世纪的佛弟子奚淞到西天印度去寻找佛迹，他内心恐怕也须经历八十一劫才能大彻大悟吧。奚淞对印度的感受如此写道：

旅游印度，立即可以体验到社会中种种尖锐的对立：穷与富、美与丑、诚实与欺骗、生存与死亡。有时光走过一条街，生、老、病、死，全都赤裸裸地暴露无遗。

由此，在印度奚淞时常想到佛传中，悉达多太子"四门出游"的故事。悉达多太子，四门出游，目击人世老、病、死苦，于是离家出走，为世人寻找解脱之道。奚淞常常复述这则故事。事实上，在印度，他自己也经历了"四门出游"，他对悉达多太子的"大出离"有了更深刻的了悟及感应，他踏着当年佛陀曾经赤足走过的泥土，感到"佛陀在我心中，有了可亲可近、作为老师的体温"，他对佛陀的皈依之情，也更浓厚了。他到菩提迦耶终于寻找到传说中佛陀成正觉的那棵菩提树，他趺坐在那棵智慧树下，去体认佛陀教诲世人解脱贪嗔痴烦恼之道。

由"说法印"到《大树之歌》佛传系列油画

印度之旅归来，奚淞把"西天取经"的感动都寄托在他那幅《释迦说法图》的白描佛像上，这是奚淞白描阶段的总结，是奚淞白描艺术登峰造极的杰作。图中佛陀摆着说法印的手势，奚淞在阿姜塔石窟见到这个手势而得到启发，"说法印"就是佛陀教导世人解开心结，去除烦恼的手印。印度之旅归来，奚淞自己也找到了心灵上的解脱。

接着奚淞的绘画及修行便晋升到另一个阶段，他开始用油画画佛陀传系列：《大树之歌》。由佛陀出生《走向蓝毗尼园的摩耶夫人》到佛陀最后在北印度拘尸那罗圆寂《大般涅槃》，中间插以悉达多太子清晨薄雾在阿奴摩河畔举刀断发舍下一切世间繁华的《大出离》，佛陀放弃严苛苦行，下山走向人世，"佛法在世间，不离世间觉"的《释迦下山》，菩提树下佛陀"经过一夜禅坐，已彻悟缘生、缘灭，身心世界的真象"终于《得成正觉》。"他的慧观若天宇间明星历历，垂照大化，无所不遍"——这便是这张佛画的境界。这一组佛传油画共十五幅，描述了佛陀一生，侧重于佛陀求道布法片刻 那了悟点化的心路历程，呈现佛陀的"内观"、"心景"，这也是奚淞本人印度之旅"西天取经"自己在心灵经历一番彻悟"得成正觉"后，对佛陀、佛法更进一层的诠释。

佛传系列中有两幅十分感人的画作：《安般品》之一，《安般品》之二，奚淞在《阿含经》中读到这两则故事。一天早晨佛陀与祂的独生子罗睺罗在托钵乞食的路途上，突然停下来教诲罗睺罗"无常"的本义：色身无常、色蕴无常。另一则是一日午后，罗睺罗正在一棵芒果树下静坐，佛陀走来，向祂的独子慎重地教导了"慈、悲、喜、舍——四无量心"的法门。在佛陀的诸多教诲中，奚淞可能认为"无常"及"四无量心"是最重要的两门课题吧，因为生命中受、想、行、识一切变化无常，世人更应常持慈、悲、喜、舍——四无量心。奚淞把他体验到的佛法中重要讯息以"佛陀教子"的两幅图画，生动地传递给世人。

奚淞这一组佛传油画可能又是他的创新，好像还没有哪位中国画家用油画画成这样完整系列的佛传作品。在二十世纪末及二十一世纪初，佛弟子奚淞因完成白描观音及佛传油画的系列，把中国佛教绘画艺术又往前推动了一步。

从《光阴系列》静物画进入日常生活里的禅修

奚淞画完佛画后，再开展了另一系列的静物油画，可以说这是奚淞"禅画"的开端。奚淞一气画了为数甚多的静物，称之为《光阴系列》，画上光影的变迁，也象征着光阴的变幻无常。一杯水、一盆花，莫不禅意盎然。其中有茶花、兰花、桂花、扶桑、七里香一盆盆娇妍，盆盆却隐含花开花落的玄机。奚淞这些花花草草，带给他自己以及人间一份光明静好的喜悦。"道在平常"，这就是奚淞这些静物画透露的消息。

奚淞甚少开个人画展，多年来奚淞的画作多半只展示于友好之间，与朋友共享他作画修行的心得。常常在岁初春临，新年开始，奚淞会勾画佛像、书写春联，遍赠朋友，给予祝福。如果好友有难，奚淞甚至会赠送亲绘观世音菩萨像，为之祈求平安。奚淞的佛画是他自己慈悲心的展现。他在雄狮美术画廊展出的三十三幅白描观音画像，全部义卖捐给了慈善机构，帮助弱小。

二〇一〇年三月二十三日至五月，在香港大学美术博物馆，以及二〇一一年三月起在台北市立美术馆，奚淞将举行两场罕见的画展，展出他自上世纪八十年代中至今的作品，其中包括白描观音、油画佛传，以及静物三大系列，其间并有他手抄经文的书法、各时期的版画——这些可以说都是他这二十多年来礼佛修行心路历程的记录。奚淞愿意将他对宇宙人生的体认了悟公之于世，是希望世上有缘人也能在他的画作引领下，一同去寻找那棵菩提树。奚淞的这些佛画，是他对世间众生合什的祝福：

  愿一切世间众生 无论柔弱或强壮
  体型微小中等或巨大 可见或不可见
  居住近处或远方 已出生或尚未出生
  愿他们都能远离苦恼
  愿他们都得到平安快乐
      ——录自奚淞手抄《慈经》

二〇一〇年二月二十六日《联合报》

画中有诗
谢春德的摄影艺术

谢春德是一个诗人,他的摄影可以说是一组赞颂自然、描述人文的抒情诗。去年有一个机会,我观赏到谢春德拍摄的系列台湾风情画:雨后的美浓、黄昏的澎湖庙宇、溪头的月夜。一张张画面,互相辉映,彼此回响,奏出了一阕震撼人心的乡土组曲,那是一次美感经验的大享受。谢春德以诗人的敏感与关怀,对他的作品灌入了真挚深厚的情感,他的世界是一个有情世界。

客观上来说,台湾的风景不一定那么美,但是没有关系,谢春德是一个主观艺术家,在他的图画中,他对台湾的一草一木、一块顽石、一道清流,都怀有无限喜悦、无限虔诚。进入他的有情世界,我们也不禁跟着他时喜,时悲,肃然起敬。

谢春德的摄影艺术以韵胜,他的境界,于诗则近乎宋人的"疏影横斜水清浅,暗香浮动月黄昏",经久耐看,余味无穷。

于画则近乎英国画家透纳（Turner）的风景，夕雾茫茫，一片祥和，它很少以动态的戏剧效果，哗众取宠，他的画面经常是沉稳的、内敛的，安静中透着无限消息。以他的《澎湖庙宇》为例：时间是傍晚，基调是紫色，庙宇飞檐插空，画中央是一条空巷，伸往那无尽处，在这日月乾坤、昏晓分隔的一刹那，时间骤然停顿，瞬息万变的大千世界，化成永恒。这是一幅沉厚有力而又意义深远的作品，我觉得可以"永恒"二字为题。谢春德最动人的作品往往是黄昏和傍晚，是不是他对美的事物，也怀有诗人"夕阳无限好"的眷恋和珍惜，要用摄影来作成永恒的记录呢？

今年春天，谢春德旅游欧美，放眼世界后，他的视野更加拓宽，他经过加州，给我看了几幅他在欧洲的杰作。欧洲风光，变化多端，但谢春德大部分仍旧以他惯有的抒情手法，捕捉欧洲的种种风貌，但是有一幅，即与众不同，那是一张巴黎近郊雨后的原野，上面是一望无际的天穹，云海滚滚，下面是空无一物的草原，天苍苍，野茫茫，全幅画是一片寂天寞地的无我之境，令人凛然生畏，兴起"念天地之悠悠"的悲感，和谢春德温婉的作风大不相类，这大概是他作品中的异数，是他在欧洲受到冲击后的突变吧！

台湾的摄影艺术已成气候，我们为谢春德这一辈年轻摄影家喝彩，也为台湾这项后来居上的艺术鼓掌。

一九八一年《中国时报》

冠礼
尔雅出版社二十年

古代男子二十称弱冠之年,要行加冠礼。《礼记·冠义》:"古者冠礼,筮日筮宾,所以敬冠事。"可见古时这项成年仪式是极隆重的。当隐地告诉我他的心肝宝贝"尔雅"今年竟然已达弱冠,我不禁矍然一惊,就好像久不见面的朋友劈头告诉你他的儿子已是大二生了,实在令人难以置信,那个小孩子没多久以前不是明明还在念国中吗?人对时间的流逝,心理上压根儿要抵制,所以时常发生错觉。"尔雅"创业书王鼎钧的《开放的人生》当年畅销的盛况还历历在目,好像只是昨天的事,一晃,怎么可能,"尔雅"已经创立二十年了。大概王鼎钧那本书名取得好,"尔雅"一登场就是一个碰头彩,一开放就开放到如今,仍旧是"尔雅"的畅销书。沾过出版一点边的人都知道,在台湾出版文学书籍是一番多么坚苦卓绝而又劳民伤财的事业,能够撑上三五年已算高寿。眼前我们看到的这几家历史悠久的文学出版社,其实都是一将功成万骨枯的幸存者,而许多当年响当当的出版招牌,随着时间洪流,早也就一一灰飞烟灭了。

隐地与我同庚,都是在七七战火中出世的,可谓生于忧患。我们那一代的文化工作者还继承了一些"五四"浪漫余绪,对于中国式的文艺复兴怀有过分的热忱以及太多不切实际的憧憬。开始是写文章,抒发己见,次则聚合三五文友,有志一同,创办同人杂志,后来大概觉得杂志格局太小,影响有限,干脆办起文学出版社来。我自己办过文学杂志,也开过文学出版社,当然最后钱赔光了,也就都关了门。可是隐地却撑了下来。我知道,这是件多么不容易的事,因为我亲眼看他如何开始投身出版事业的。

这又得从头说起,推回到台湾出版界的天宝年间去了。开台湾文学出版社风气之先,还得首推"文星"。六十年代初,"文星"老板萧孟能策划出版的那套"文星丛刊",如一阵清风,吹进了台湾当时正在蠢蠢欲动的知识界。"文星丛刊"那一套精美朴素的袖珍本,是当年台湾知识分子以及学生们的精神食粮,萧孟能有心将"文星丛刊"比照日本"岩波文库",一直出下去,谁知当局一声令下,"文星"便被查封了。

"文星丛刊"最后一批书是欧阳子、王文兴及我自己的三本小说集。我们初次结集出版,刚兴冲冲接到"文星"的书,接着"文星"便关门了,那是一九六七年。用政治力量可以随便关闭一家有理想又为知识界所推崇的出版社（其实还包括《文星杂志》及"文星书店"），今天看来是件不可思议的事，当年台湾的政治对文艺就可以那样霸道。

"文星"一倒，台湾的文艺出版界便进入了五代十国、群雄并起的局面了。"文星丛刊"成功的例子，的确鼓动了不少雄心勃勃有志于出版的冒险家。当时有两位曾在"文星"任职的年轻人林秉钦和郭震唐，他们二人凑了几个股东就开起"仙人掌"出版社来了，完全效法"文星"那一套，出版"仙人掌文库"，连版本设计也是模仿"文星丛刊"的。林秉钦是印尼侨生，台大毕业，人很能干，善言辞。他找上我要替我出版小说集，我很容易就被他说动了，因为林秉钦还有大志，他要替我经营发行《现代文学》，大概也想学"文星"，希望有一本杂志在手。我正苦于《现文》发行不良，杂志堆积在台大外文系办公室，只好任学生随手拿去看。有出版社一手包办，我求之不得，什么都答应了，于是拿出几万块钱也就入了股。《现文》在"仙人掌"出了三期，余光中主编，果然改头换面，气象一新，版面、设计、印刷，样样都佳，但是三期出完，"仙人掌"也就倒了，因为扩张太快，周转不灵，那是一九七〇年。

那年夏天我回到台湾正在焦头烂额处理"仙人掌"倒闭的善后事项，有一天隐地来找我谈事情，那是我第一次真正跟隐地见面接触。隐地在一九六七年编了一本《这一代的小说》，选过我一篇小说，那只算是神交。那天隐地神色凝重，告诉我原来他也是"仙人掌"的股东之一，入股一万元，希望我去替他向林秉钦讨回来。隐地退役不久，那一万块大概是他辛辛苦苦积蓄起来的，当时文化人手上的一万块台币，真好像天那么大，我自己为了《现文》那几万块也急得像热锅上的蚂蚁。我看隐地说得郑重，便去向林秉钦说："隐地的钱，你一定要还给人家。"隐地的股份拿回去了，我的却拿不回来，林秉钦便将"仙人掌文库"的版权及存书交了给我做补偿，我拖回一卡车的书怎么办？干脆自己办出版社吧！于是我跟弟弟先敬便创办了"晨钟"出版社，出版了一百多本文学书籍，"晨钟"也就暗哑无声了。

所以说，隐地对于出版事业，老早就跃跃欲试了的。算起来，"仙人掌"应是他第一次尝试出版，而且我们还一起懵懵懂懂做了同一家出版社的股东。我不知道隐地从"仙人掌经验"学到了什么，但隐地是一个有心人——我想到隐地，就想用有心人去形容他——隐地一直有心要出版好书，有心要编好选集，那几年他一定在默默准备，有朝一日，自己播种，开创出版事业。"尔雅"是一九七五年创立的，所以其间也酝酿了五年。

好像是一九七八年的夏天，隐地请我们到他北投家里去吃饭，是隐地的母亲柯老太太亲自下厨做的苏州菜。隐地帮着张罗，忙得一头汗，可是脸却是露着一股遮掩不住的喜悦，因为他的出版社正在抽枝发芽，渐渐成为一棵茁壮的幼木了。那是我头一次见到"尔雅"，因为出版社就设在隐地北投的家中。

一家出版社能够生存下来，大概总要靠几本镇山之宝支撑的，当然"尔雅"也出版了不少叫好又叫座的书。但大家谈起来，总称赞隐地有魄力、有毅力，出版了那么多的诗选及小说选，这些选集不一定能卖钱，但却值得出版。有些作家自己有文集，作品还会留下来，但有些作家没有结集出版，作品很可能就散失掉了。试看看"三言"、"二拍"、《唐诗三百首》这几本名选集对中国小说及诗歌的流传曾经产生多大影响。谁知道，也许有一天，"尔雅"这些诗选、小说选都会变成研究台湾文学的珍贵材料呢。我有一位大陆学者朋友，专门研究台湾小说，我就送了一套"尔雅"年度小说选给他，跟他说，看完这套选集，台湾这三十年来短篇小说的发展，也就有了一个粗略的概念了。"尔雅"居然有勇气还出版了为数可观的现代诗集，因为难卖，现代诗很多出版社碰都不敢碰的。隐地自己喜欢现代诗，所以才会如此礼遇这位文学国度中的没落贵族。难怪隐地自己五十六岁也写起诗来了，而且写得兴致勃勃，成为一个"快乐的写诗人"。

这些年来每次回台湾都会约隐地出来聊天。跟隐地见面很开心，因为总有稿费可拿，而且隐地对于台北文化现象观察入微，我从他那里会得到不少台北消息。看了他那本《翻转的年代》,就知道隐地是如何能够随着台北的后现代时期翻转自如了。隐地向我感叹:这几年文学书没落了,文学出版社不容易撑。近年来台湾人心浮躁,定不下心来阅读文学书籍。据说第一次世界大战后,欧洲人对诗又突然狂热起来。大概人类心灵受了创伤,就会向文学寻找安慰。等到台湾人心有了创痛,自然又会有人争着服用文学这帖安神剂的。隐地倒也豁达,他说既然文学书的市场摸不准,那就不要管它,有好书,出版就是。

去年阴历年前,我第一次探访厦门街的"尔雅"出版社。许多年前北投那棵幼木已经长成亭亭华盖一株三层楼的文学树了。隐地带我去参观他地下室的书库,里面堆满了新的书旧的书,一阵书香(油印味)迎面扑来,我感到再熟悉不过。从前我到晨钟书库闻到的就是这个气味。出版的喜怒哀乐、悲欢离合统统集在书库里。一批新书送出去就好像把自己的儿女打扮得体体面面花枝招展推上人生舞台,等到退书回来,一本本灰头土脸衣衫不整的狼狈模样,真使人有锥心之痛惨不忍睹。这种痛楚,我办晨钟时尝过不少。

厦门街"尔雅"出版社进门前院的一角,摆设着一群盆栽,一盆盆碧玉层层,秀色可餐。一眼就知道,在台北这样污浊的空气及恶劣的环境下,这些花木不知须经多少细心呵护才能出落得如此枝叶光鲜,生机盎然。我在加州家里,屋内屋外,也种了几十盆花树,每天浇水、施肥、剪枝、除虫,经常忙得顾此失彼,一个疏忽,马上枝枯叶萎,香消红褪。栽培一盆花,已经不是一件容易的事,何况隐地种出这么大一棵文学树来。二十年的耕耘,辛苦恐怕非比寻常。希望这棵长青树,弱冠之后,更上一层楼。

一九九五年十月二日《联合报》

隐地附注

- 林秉钦和郭震唐当年办"仙人掌出版社"的同时,另外也登记了一家"金字塔出版社",和我一同入股的还有作家黄海。金字塔第一批书三册:王祯和的《嫁妆一牛车》,舒畅《轨迹之外》,王令娴《球》,出书的日期为一九六九年五月五日。

- 先勇兄投入的"几万块"换回的是一卡车的"仙人掌文库",这件事,要等到二十五年后读先勇的这篇文章才知道。我的一万元,因他的帮助拿了回来(否则,可能没有今天的尔雅出版社),他的"失落"呢?完全没有听他在我面前抱怨过,这样一个宽厚待人的作家,我要怎么说出自己心中的感激呢?

克难岁月
隐地的"少年追想曲"

隐地在一篇文章中感叹，近二十年来，台湾人过惯了丰裕生活，把从前物质匮乏的穷苦日子忘得一干二净，现在台湾的新人类 e 世代恐怕连"克难"这两个字的真正含义，都不甚了了。说真话，要不是最近读到隐地的文章，我也很久没有在台湾的报章杂志上看到"克难"这个词儿了，台湾人大概真的把当年那段克难岁月早已淡忘。

在隐地和我这一代的成长时期，台湾社会的确还处在一切因陋就简的"克难时代"。这个"克难时代"大约从一九四九年国民政府迁台算起，跨过整个五十年代。"克难"一词除了意味经济上的贫乏，还有更深一层的政治意义，那时刻国民党在大陆新败之余，两百多万军民仓皇渡海，政府在台湾面临的内外形势，是何等严峻。当时台湾的物质生活困苦，要大家勒紧肚皮又要维持士气于不坠，怎么办？叫几声振奋人心的口号倒也还能收一时之效,"反共抗俄"、"反攻大陆",在五十年代是喊得很认真的。"克难"也变成了那个时候一句口头禅,大家都有一种共识:"国难当前",一切从简,眼前困境克难克难也就撑过去了。当然,克难也有克服万难的积极意义,所以还有励志作用。当时台北有一条街就叫克难街。台湾出产的香烟也有克难牌,跟新乐园不相上下,据说军队里的老士官爱抽这种烟。克难街从前就在南机场那儿,在我的印象中,是一条相当破败的街道,所以才叫"克难"。隐地最近有一篇文章写他的少年流浪记《搬搬搬,搬进了防空洞》,最后栖身的那个防空洞,就在克难街口。台湾的克难日子早就过去了,所以克难街也就改了名称,一分为二:国兴路与万青街。现在青年公园就在那里。

舒服日子容易过得糊涂,倒是苦日子往往刻骨铭心,难以忘怀。最近隐地在"人间副刊"及"联副"上发表了一系列文章,追忆他青少年时期那段克难岁月,这些文章一出,令人大吃一惊,原来隐地还有这等沉重的心事,竟埋藏了四十多年才吐露出来。隐地当然是个资深又资深的老作家,算算他连编带写的书,迄今已有三十余种。他写过小说、散文、格言各种文体,而且到了五十六岁突然老树开花,写起诗来,一连出版了三本诗集,台湾诗坛为之侧目。隐地写得最多的其实是散文,"人情练达即文章"用在隐地这些散文上最合适,他的"人性三书"、《翻转的年代》,还有两本"咖啡"

书:《爱喝咖啡的人》、《荡着秋千喝咖啡》,都是隐地看透世情、摸透人性之后写出的文章。这些文章有一个特点,无论写人情冷暖、世态炎凉,或是白云苍狗、世事无常,作者多半冷眼旁观,隔着一段距离来讲评人世间种种光怪陆离的现象,而且作者的态度又是出奇的包容,荒谬人生,见惯不怪,有调侃,有嘲讽,但绝无重话伤人。因此隐地的散文给人一贯的印象是温文尔雅,云淡风轻,他自己曾经说过:"散文,最要紧的就是平顺。"平顺,就是隐地的散文风格,但隐地最近发表的这一连串告白式的文章,与他过去的风格有了显著的不同,就如同由这些文章结集成书的名字《涨潮日》一样,暗潮汹涌,起伏不平,因为作者在写他自己彷徨少年时的一段痛史,少年的创伤是如此之深且剧,客观平顺的散文,已无法承载这些埋藏了四十多年伤痛的重担了。

隐地少年的创痛,直接来自他的父母,间接来自政府迁台贫穷匮乏的大环境。写自己的父母本来就难,亲子间的情感纠葛,岂是三言两语说得清的?如果父母根本就是自己痛苦的缔造者,那下笔就更难了。尤其是中国人,多少总受儒家思想的制约,写到自己父母,不免隐恶扬善,不像有些美国人,写起回忆录来翻脸无情,把父母写得禽兽不如,也许真有其事,到底不足为训。隐地父亲事业失败,终身潦倒,母亲不耐贫穷,离家出走,少年隐地,摆荡在父母之间,经常衣食无着,三餐不继,甚至漂泊流浪,居无定所,青涩年纪早已饱尝人生辛酸委屈，对父母的怨怼，当然不止车载斗量了，所以要等四十余年，经过了解、理解、谅解的艰难过程，终于与人生取得最后和解，才开始把他心中的积怨与隐痛化成感人文字。对作家隐地来说，这恐怕也是一道必需的疗伤手术。

家家有本难念的经，隐地家这本经加倍难读。先说隐地父亲，本来是温州乡下的农家子弟，因得父母宠爱，卖田让他完成大学教育，当时农村有人上大学就好像古代中科举一般，是件天大的事，何况隐地父亲念的是燕京、之江两所贵族名校，又念的是英文系，在当时，以这种高人一等的学历，无论入哪一行，都应该前程似锦的。隐地父亲在北京杭州这些地方见过世面，当然不甘蛰居在温州乡下。虽然家里帮他娶亲，还生了两个男孩，他还是抛弃妻儿，只身到上海求发展去了。在上海,遇见了隐地母亲，一个嫁到上海的苏州姑娘，生过一个女儿，丈夫去世后，留在上海讨生活。于是年轻的隐地父母便在一起一同编织着"上海梦"，三十年代，上海是无数中国青年的冒险天堂。奇怪的是隐地父亲精通英文，却没能在十里洋场发达起来，而且民国三十五年却跑到台湾在一女中做了教书先生。刚到台湾那四五年，隐地一家住在台北宁波西街一女中的宿舍里，那是全家生活的高峰，因为隐地父亲拿到上海种玉堂大药房的代理权，售卖种玉丸，据说吃了这种丸药，容易受孕，因此生意兴隆。可是共产党一进上海,种玉丸也就断了来源,从此全家便往下坡直落。隐地父亲不安于教职,一心想做生意赚钱养家,可是做一行赔一行,最后连教书工作也丢了,被一女中赶出了宿舍。经济窘迫,促使家庭分裂,于是隐地跟着他父亲开始了他的坎坷少年路。隐地的父亲对他说过人生像潮水,有涨有退。可是父亲的涨潮日等了一辈子也没有来临,六十九岁,抑郁以终。写一个彻底失败的父亲,隐地写得相当坦率,有时坦率得令人不忍,但大致上他这些自传性的回忆文章,都能做到"哀而不伤,怨而无诽",这不是件容易的事,这就要靠一手文字功夫以及一颗宽容的心了。

隐地父亲年轻时曾是个衣架子,瘦高身材,穿着笔挺的西装很登样,所以隐地母亲常常对他说:"你父亲穿起西装来,真是有派头!"可是又紧接一句,"西装穿得笔挺,我怎么会想到他两袋空空!"在隐地的记忆中,他这样描写父亲:

> 是的,我记忆里的父亲总也是一袭西装。可他一生就只有西装。父亲活一辈子,没有自己的房屋,没有长期存款,当然更没有股票,他去世时,唯一留给我的,也只有一套西装。(《上海故事》)

一套西装,写尽了父亲潦倒一生。事实上在隐地笔下,父亲是个老实人,还有点烂好人,日本友人赠送的一幢楼房会被亲戚骗去卖掉,隐地母亲把所有积蓄换成金条缝在棉被里,让他父亲带去香港跑单帮,朋友开口,居然轻易被诓走,这样没有计算的人,怎能做生意?这就注定了父亲一生的失败。

隐地写到他母亲,也是爱恨交集的。母亲的倔强个性,不肯向环境低头认输,好面子爱打扮,一手好厨艺——这些都是隐地佩服母亲的地方。在父亲那边常常挨饿,到了母亲那里,母亲总会设法让他填饱肚子,即使家中缺粮,母亲也有办法带着饥肠辘辘的隐地到处去打抽丰,同安街郁妈妈家,福州街杨妈妈家,还有厦门街的陈家好婆,隐地这样写道:

> 说起厦门街九十九巷陈家好婆,更是我从小不停去吃饭的地方,陈家好婆家里有钱,又没孩子,也没亲人,只要有人到她家,跟她说话,她就会送钱给你,每次吃完饭,陈家好婆一定会塞钱给妈,妈妈一接到陈家好婆的钱,她的眼泪就会掉下来。遇到过年,我最喜欢到陈家好婆家拜年,她的压岁钱,可以让我吃好多顿饭。(《饿》)

这段表面轻松的文字,蕴含了好强好面子的母亲无限辛酸。事实上隐地母亲本身就是一位烹调高手,隐地称赞他母亲烧出来的江浙菜,台北饭馆无一能及。我也尝过隐地母亲的手艺，她那道嫩蚕豆羹绝不输于台北叙香园的招牌菜。如果隐地父亲事业成功，家境富裕，他母亲也许就顺理成章做一个能干称职的好主妇了。然而"贫贱夫妻百事哀"，中国家庭的悲剧，大都起源于油盐柴米。

隐地的哥哥从香港带了一件皮夹克送给他，那时候，男孩子穿皮夹克是件很骚包的事，隐地喜欢穿了皮夹克去逛西门町，可是那件皮夹克却常常无翼而飞：

> 关于我的皮夹克，也充满传奇，它无数次进入当铺，可见在贫穷的年代，它甚有价值，有一次，我周末放假，回到家立刻把军服脱掉，想穿上它去西门町蹓跶，发现皮夹克又不见了，我当然知道它去了哪里，一股自暴自弃的恨意升起，我骑了脚踏车飞奔而出，愤怒使我失去了理智，脚踏车撞在牯岭街口、南海路的一户红色大门上，冬夜，我却全身冒汗，跌得皮青脚肿，金星直冒。（《少年追想曲》）

一件皮夹克写出了母亲的穷途末路，经常要拿儿子的衣服去典当，母亲必然已陷入绝境了。

环境不好，母亲的情绪也变得暴躁不稳。隐地十三岁的时候，母亲睡午觉，隐地翻书包将一只铅笔盒掉落地上，母亲惊醒从床上跳起来，一只瓶子便掷向了儿子，接着一顿狠打，木屐、砖头也飞向他来。十三岁的隐地狂奔逃家，逃到明星戏院混至天黑才敢回去。疼爱他的母亲，痛打他的母亲，都是同一个人。后来母亲离家出走，跟了王伯伯，母子间的裂痕就更难弥合了。

隐地的诗与他散文的风格也有许多相似的地方，隐地开始写诗时，早已饱经人生风霜，已无强说愁的少年浪漫情怀。他诗中处处透露着老眼阅世，臧否人生的睿智与幽默，诗写得轻松愉快，所以广为读者所喜，可是有一首诗《玫瑰花饼》却不是这样的，无意间，隐地又一次真情毕露：

出门的路
回家的路
一条简单的路

原先欢喜地出门
为了要买想吃的玫瑰花饼
让生命增添一些甜滋味
怎么在回家的路上
走过牯岭街——
一条年少时候始终走着的路
无端地悲从心生

黑发的脚步

　　走成白发的蹒跚

　　我还能来回走多少路？

　　仍然是出门的路

　　回家的路

　　一条简单的路

　　这首小诗相当动人，幽幽地渗着一股人生悲凉。为什么走过牯岭街无端端悲从中来？因为牯岭街一带正是隐地少年时流浪徜徉的地方，被母亲追打逃家出走，就是跑到牯岭街上。已过中年的隐地，蓦然回首，无意间触动了少年时的伤痛，有感而发，写下《玫瑰花饼》，这首诗的风格，与《少年追想曲》一系列的散文，基调是相符的。无论诗文，隐地写到少年彷徨时，总是情不自禁。

　　狄更斯年幼家贫，父亲不务实际，全家经常借贷度日，后来狄更斯父亲因欠债坐进了监牢，十二岁的狄更斯一个人在伦敦流浪，自己赚钱谋生。狄更斯幼年便阅尽伦敦的形形色色，所以日后他小说中的伦敦才写得如此多姿多彩。隐地少年时在台北搬家的次数恐怕少有人及，自从被一女中从宁波西街的宿舍赶了出来，隐地一家人便像失去了舵的船，四处漂泊，从东门町搬到西门町，从延平区搬到南机场的防空洞里，台北好像哪个角落他都住过了，难怪隐地对于老台北的地理环境了如指掌,五十年代的台北,在他的文章里就显得非常具体实在。隐地写自己"成长的故事",也就连带把那个克难时代以及那个时代的台北风情勾画了出来,而且点染得栩栩如生。那时候的西门町是"我们"的西门町,是我们去万国戏院、国际大戏院一连赶几场电影的时代,詹姆斯·狄恩主演的《天伦梦觉》,触痛了多少当时台北的少年心。葛兰在"总统府"对面的三军球场跳曼波,震动了整个台北城,几千个年轻观众跟着喝彩吹口哨,跟现在的新新人类一样 high。克难时代也有穷开心的时候。

看完了隐地这些"少年追想曲",不能不佩服他在那样颠沛流离四分五裂的环境中,居然还能逆来顺受向上茁长,日后开创出"尔雅"的辉煌局面来。他这些文章,对于一些正在贫困中挣扎的青年,可以当作励志读物。

二〇〇〇年八月《中国时报》

摄影是他的诗

因美生情，以情入境（柯锡杰）

初识柯锡杰是在一九八二年，那年春天我正在台北筹备舞台剧《游园惊梦》的演出，舞台设计可能用得上牡丹花的幻灯片，柯锡杰愿意助我们一臂之力，到日本京都去拍摄牡丹，可惜时机稍晚，花事已过，没有拍成，我常引以为憾。如果京都的牡丹由柯锡杰拍出来，一定美艳惊人。我观赏过柯锡杰的一些风景名作，地中海上空那一片无边无垠的亮蓝，冷洌宁静的背后，总有一团无形火在熊熊燃烧，那团火焰就是柯锡杰对唯美追求的激情所化。柯锡杰走过世界海角天涯，似乎就为了捕捉宇宙间千万变化最美的刹那，将之定格，摄入镜头，化为永恒。柯锡杰视野广、胸襟宽，即使小品一幅，亦具大家风范。

遇见柯锡杰的时候，他已是满头白发，可是一头丰盛如丝的白发下面，却覆盖着一张没有时间印痕的童子脸，鹤发童颜，这就是永存赤子之心的摄影家柯锡杰最鲜明的标志。那时他刚认识他的舞蹈家妻子樊洁兮，我看他与樊洁兮在一块儿时，竟兴奋得像个恋爱中的青少年。至情至性，恐怕就是柯锡杰成为一位摄影大师的首要条件。如果柯锡杰的风景偶尔还带有一抹寂天寞地的苍凉，他的人物都是一幅幅充满人间温暖的众生相。

就如同他的风景，柯锡杰拍摄人物，也试图在凝固瞬息万变的容颜最美的一刻，人面何时最美，我想应该是真情毕露的瞬间。柯锡杰早期拍摄过一张感人至深的杰作：《盲母》。一位行乞的盲妇怀中搂住一个头生癞疮的婴儿，盲妇的笑容是那般的自足、温柔，她双手捧着亲生骨肉，似乎感激上天的恩赐，她那双盲眼竟传出了内心无限喜悦的光芒。

当然，柯锡杰还拍摄过各号"人物"，宗教家、企业主，到文化人，各行各业，但重要的是，柯锡杰的镜头却能抽离他们的社会身份，将他们真人的情感流露一把抓住，那，也就是他人物最美的时刻。印顺法师是台湾佛教界的尊师，是台湾各派佛教领袖仰止的高僧。可是从柯锡杰镜头显现出来的，却是一位身披黄色袈裟的九旬老人，老人慈悲的笑容，包容了人间的一切。最近我看到大爱电视台播放的《印顺法师传》，印顺法师提到他最初受戒于普陀山，六十三年后重返旧地，出家人本应看破红尘，四大皆空，而老法师却禁不住泫然泪下，柯锡杰的印顺法师是一位会掉泪的人间菩萨。

台积电是台湾高科技企业的龙头，领导人张忠谋出现在报章杂志上的影像，背后似乎像衬着台积电半导体王国的一面版图。可是柯锡杰却拍出了张忠谋与他新婚夫人张淑芬一幅动人的晚晴图。张忠谋不再是意气风发的实业家，而是一位白发灿然的丈夫，对他的美丽妻子流露出款款深情。画家席德进晚年罹患肝癌，病至奄奄一息，柯锡杰为了要帮席德进最后一刻生命留下影像的记录，竟不惜硬逼他从地板上霍然站起，拍下了他满脸桀骜不驯的怒容，那恰恰就是席德进最真实的一刻，一个永不服输，甚至不肯向死亡低头的孤傲艺术家。

柯锡杰用影像替台湾撰史，他的人物影集，等于一本台湾的人物合传，以一幅幅美丽的容颜，拼凑成一册多姿多彩的文化发展史。

二〇〇三年十月十一日《联合报》

邻舍的南瓜

评荆棘的小说

　　五十年代的时候，台北市的松江路还未经开拓，路中央是一道崎岖的乱石泥径，长满了茅草；两旁铺了柏油的小路也十分狭窄，有汽车迎面驰来，骑脚踏车靠边闪让，不小心就会冲滑到泥坑里去。松江路靠近南京东路的那一带，一排排盖了不少木造平房，木板都漆上了军服的草绿色，看起来倒像是一大片军营。那些房子是公家盖的，大概那时松江路荒地多，所以选中了那一带。不过的确也有许多军眷住在那里，都是空军。有一回，一位老太太颤巍巍扶着她的小孙子到我们家来借用军用电话。老太太满面惶急，原来她的飞行员儿子值勤晚归，老母亲等得惊慌起来。省政府的官员住在那里的也不少，但也不完全是公家宿舍，例如我们家在松江路的房子就是自己买下来的。那时聂华苓也住在不远那么一栋绿色木板屋里，倒是忘了问她住屋是公家还是私人的，若是公家不知是什么单位。总而言之，住在那一带的居民，不管什么来路，大概都属于跟着政府仓皇撤退台湾的外省人居多。那些外省人那时候心里都宁愿相信有一天会"反攻、反攻、反攻大陆去"，总希望那些草草成就的木造屋只是暂时落脚的所在，将就一下，挺过去再说。没料到大家一住下去就是十几二十年，一直到六十年代末，松江路开成大马路，那些军营似的绿色木板房子才一栋栋被打掉铲平，改建成今日的高楼大厦。我们家那栋木板屋，也要等到一九六六年父亲过世后才卖出去。

我们住在松江路一二七号，因为家里人多，把连在后面的一栋也买了下来，两屋打通，成了很奇怪的一幢狭长房舍。我们的右邻是一家空军校官，周家孩子多，常常墙头上倏地冒出三四个小萝卜头来，一张张小脸充满了好奇的笑容，好像随时随地想来探看我们家有什么事发生似的。前几年我巧遇周家老二，原来已经是华航的正驾驶了。我们的左邻松江路一二五号住的便是朱家，那就是荆棘的家。当然那时我不知道朱家小女后来又会变成了作家荆棘，而且她的第一篇小说竟是发表在我办的杂志《现代文学》上的。这个谜要等到二十多年后才解开：原来荆棘就是朱立立，当年我在松江路的老邻居。荆棘投稿没有写地址，《现代文学》给不起稿费，文章刊出，照例是要送两本杂志给作者的。我们在《现文》登了一则启事，请荆棘赐示地址。大概荆棘不好意思暴露身份，也可能青年作家有她的自负，不愿意跟我们攀关系，她没有理会我们的"寻人广告"，所以我也就始终无从得知，隔壁朱家小女，也曾是《现代文学》的撰稿人。

荆棘的父亲也在政府做官，两家家长彼此应该认识的，大概不同系统，所以没有什么往来。做了十几年邻居，中间一道墙把两家隔得开开的。但两家的用人过往却甚密，互通有无。朱家的一些点点滴滴，偶尔也会传些过来。比如说，我们知道朱家母亲早逝，继母入门后，朱家儿女的日子不是很好过。托尔斯泰在《安娜·卡列尼娜》的开场名句："幸福的家庭，家家一样；不幸福的家庭，各有所难。"其实中国人说得更干脆："家家有本难念的经！"在那个年代，尤其来台的外省人，刚遭巨变，连根拔起，难念的经，每家恐怕还不止一本。我们家就有好几本，恐怕早也由我们的厨子小王传到隔壁朱家去了。

一直要到很多年后，八十年代，我看了荆棘出版的第一本文集《荆棘里的南瓜》，尤其是其中带有自传性的几篇，《南瓜》、《饥饿的森林》、《凝固的渴》，我才了悟到为什么从前在松江路隔壁那个终日穿着白衣黑裙的朱家小女，从来看不见她脸上的欢颜。这三篇文章都是写对亲情的追念与渴求。荆棘十二岁丧母，十二年后终于写出这篇《南瓜》，悼念她来自农村一生忧劳而又极端温柔的母亲。《南瓜》大概象征了荆棘生命中获得的母爱吧。从荆棘中生长出来，南瓜生命虽然暂短，却带给家人如许的温馨与喜悦。《南瓜》因为情真，所以写得意切，《文星杂志》上发表后，又在《读者文摘》重新刊出，是荆棘的成名作。荆棘大学选读了园艺，最后竟在美国新墨西哥州开垦出一片二十多英亩的农场来，遍植各种瓜果叶蔬，当然也有南瓜。是不是荆棘禀受了她来自农村母亲的遗传，最后还是归农庄稼？我们真不能低估了父母亲在我们身上所刻下不可磨灭的烙印。有位心理学家写过一本书《原始的呼号》(*Primal Cry*)，他让他做实验的心理病人大声呼叫"爸爸"、"妈妈"，叫着叫着，病人会发狂一般，心理退化到原始阶段，对父母亲种种的愤怒、渴求、惧畏、孺慕——这些最基本而又强大无比的情感，随着"爸爸"、"妈妈"原始性（primal）的呼叫声，宣泄出来。《饥饿的森林》、《凝固的渴》，是荆棘的"原始的呼号"，文中少女对父爱的饥渴，真有原始森林那般庞大。情感早已僵化了的父亲，对女儿无助的呼求，竟无法回应。而继母将一些名牌的生日蛋糕锁在书房里，任其腐烂，饲喂红头绿蝇，也不肯拿出来与儿女共享。亲情的饥渴，使心理的创伤转化成为生理的痛楚了。

令人惊奇的是，荆棘，正如她的笔名所示，在松江路那般荒瘠的环境里，竟还能抽发茁长，最后落根在新墨西哥州的沙漠里，挺伸成一棵傲岸坚实的仙人掌。荆棘进入台大园艺系，毕业后到美国留学，改习心理，最后成为颇有成就的心理学教授,又随着从事教育行政的先生到世界偏远的地区,巴基斯坦以及非洲的斯威士兰,去帮助那些贫穷落后国家,教育他们的孩子。这样一个坚韧的生命,她的泉源在哪里?一个源头恐怕还是传自她那来自农村母亲的禀性,对土地自然有一种出自天性的亲近。荆棘喜欢写农作物,她的第二本文集《异乡的微笑》里,便写了许多瓜瓜果果,"哈密瓜"、"红枣"、"枸杞",荆棘写这些瓜果时,特别动情,所以写得生机盎然。荆棘居住的新墨西哥州,出产一种鲜美多汁的甜瓜,本来以为是从日本传过来的,后来溯源而上,在香港发现同样瓜种,原来竟是吐鲁番的名产新疆哈密瓜。当荆棘到巴基斯坦时,便将巴基斯坦与新疆交界地所产的哈密瓜种子带回新墨西哥,在她的农场上种植出一片哈密瓜田来,并将种子分给当地瓜农,于是远渡重洋的新疆哈密瓜,便在新大陆的沙地里瓜瓞绵绵地散布开来。荆棘又在她农场种植了红枣、枸杞,这些原产于中国的瓜果,对去国日久的荆棘恐怕也具有疗治乡愁的作用。有一天在瓜市里,荆棘向一个美国顾客谆谆解说哈密瓜的来源,提起重洋对岸那片古老的土地,荆棘突然按捺不住流下了异国人无法理解的游子泪。

新疆吐鲁番出产的哈密瓜,的确不愧是人间美味,瓜瓤丰腴,味甜如蜜。抗战胜利后,我们居住南京,每年父亲在新疆的回教朋友都要送来几大篓哈密瓜。晚饭后父亲召集我们开"生果会议",一桌子摆得黄澄澄的,一刀下去,满室生香。

有一种哈密瓜竟有醇酒的芬芳,所以又名"醉瓜",对此极品,怎不教人睹物生情。

另一种支持荆棘成长的生命力量,我想必须归功于她自小对文学的热爱了。荆棘在少女时代便开始写稿投稿,虽屡被退稿,却并不气馁,直到她的小说《等之圆舞曲》登上《现代文学》后,才正式跨入文学园地。她自称那段日子是她"一段《现代文学》如醉欲狂的日子"。住在隔壁巷子的三毛,第一篇小说在《现代文学》刊出的时候,捧着杂志,跑上玄关,大喊大叫,发了狂一般。那个时代,台湾社会封闭,政治思想定于一尊,文学,对于许多心灵都不甘受禁锢的知识青年,不啻是肃杀严冬里的一脉薰风,是关得黑漆漆的密室里,破壁而开的一面天窗。文学,在那个年代,的确具有解放心灵的力量与作用的。六十年代是个文化思潮风起云涌的历史转捩点,战后成长的一代青年都在向传统文化挑战。六十年代的台湾知识青年,表面安分守己,实际上也早已感染了世界性的文化震荡,思想及心理也在悄悄蜕变,在挣扎反叛父权社会给予他们的指定路线。三毛与荆棘,各从松江路出发,经历欧洲、美国,最后不约而同又降落在非洲大陆的沙漠里。这恐怕不能看作一种偶合,这是当时一些不肯受拘的台湾青年,挣脱思想牢笼,飞向海阔天空,去追寻自我实现的一段艰辛而又充满冒险刺激的精神行旅。虽然各人遭遇不同,三毛飞绕了一大圈,终于飞回台湾折翼而亡,而荆棘却在新墨西哥落脚，与美国先生共同建立起他们的梦中堡垒——"沙堡"。

荆棘飞离台湾后，有很长一段时间，似乎把她在松江路阴郁的过去全部抛弃了。停笔十八年，一个偶然的机会，她身上潜伏着文学创作的欲望，触电一般，突然惊醒，于是她重新执笔，一连串写出了《荆棘里的南瓜》及《异乡的微笑》两本散文，并且完成一部小说集《虫及其他》。又一次，是文学把她斩断了的过去生命衔接起来。荆棘这几本集子的文章有一个特点，散文与小说，往往是很难分界，有几篇是小说化的散文，也有一些却是散文化的小说。读荆棘的文章有一种亲切感，一直觉得作者在向你娓娓吐露她深藏的心事。《虫》便是一篇散文体的寓言故事。作者与先生到巴基斯坦，从当地运回新墨西哥一批质地坚实、纹路细微的木块，用来镶砌他们自己动手筑成的住屋"沙堡"的墙壁，谁知木块里有蛀虫，也一并封到墙壁里去，于是日复一日，年复一年，蛀虫奋力啃龁木头，发出吱吱的哀音，但木块太过坚实，蛀虫至死未能破壁而出，见到天日。卡夫卡的《蜕变》描写一个人一觉醒来发觉自己竟变成了一只大甲虫，无论他如何挣扎，始终也未能解脱"虫的存在"。是不是人也跟虫一样，有谁能够任意蜕变，突破自己赖以生存的时空大限呢？《继承者》是集子里分量比较重的一篇小说，荆棘又回到她一直最关切的主题：亲子之间，种种的复杂与矛盾。李琴的父亲是国民党的元老，年轻时留学德国，与一位有恩于他的中德混血少女成了婚。李琴的母亲高贵优雅，对丈夫是无限量的谅解与无条件的牺牲。幼年的李琴，父亲是她心中至高无上的完美偶像。当李琴发觉道貌岸然的父亲竟私下与一个粗俗无知的军眷女佣有染，并且为此抛弃了她高雅的德国母亲，李琴的世界由此崩溃，抱憾终身，一直要到父亲在台湾弥留的时刻，才得到外国归来的女儿的谅解。荆棘在这篇小说中，终于与过去妥协、和解，由少女时代"原始的呼号"，转换成一阕中年人哀悼生命的挽歌。

松江路荆棘里冒出来的南瓜，种子漂洋过海，在美国新墨西哥州的沙砾地，终于结成丰硕的果实来。

一九九六年十一月《联合报》

凤凰花开

古蒙仁的写作轨迹

《现代文学》在七十年代中停刊三年半,一九七七年复刊后又发行二十二期,终于于一九八四年结束。后期的《现代文学》也出现了一批当时还很年轻却才气纵横的作家:廖伟竣（即后来的宋泽莱）、张大春、黄凡、吴念真、陈雨航、古蒙仁。当然,这些名字日后在台湾文学的版图上都各据一方,但他们早期在《现代文学》上发表的小说已颇为可观。

一九七九年,《现代文学》复刊号第六、七两期连载了古蒙仁的中篇小说《雨季中的凤凰花》,当时我读到这篇写得极为清新自然、真情流露的"乡土小说",就非常喜欢,同年我担任《中国时报》的小说奖评审便极力推荐,《雨季中的凤凰花》获得了"小说推荐奖",我很为古蒙仁高兴,那时古蒙仁二十八岁。之前古蒙仁已写过不少篇短篇小说并出版过一本小说集《狩猎图》,这些早期小说多以年轻人的爱情萌动及校园生活为题材，有相当细致的心理描写，但《雨季中的凤凰花》才真正展示了古蒙仁的写实能力，这部中篇小说的奇特处在于，所写的是最平凡不过的一些人与事，然而六万多字的篇幅读起来却能引人入胜，不感沉闷，让人觉得南台湾乡下确曾有过树仔叔这样一个养鳗人家。故事非常简单：父亲树仔叔因车祸住进医院，小儿子健智应召入伍当兵，养鳗家庭登时陷入困境，关键时刻离家出走的大儿子健雄却浪子回头，一家团圆。这种事情大概在台湾乡下经常发生，这样一则父慈子孝兄友弟恭的老套故事，实在不容易写成好小说。七十年代末，台湾文坛曾涌现大批以乡土为题材的作品，其间不乏提出尖锐的社会问题及抗议色彩的小说，与之相较，《雨季中的凤凰花》就显得非常平淡朴实。可是过了二十多年，重读这篇作品，其中隐隐的一股感染力，仍然存在。台湾的农村早已变得面目全非，养殖业已经衰落，可是小说中呈现的家庭伦理恐怕改变很少。这就触及了一个文学的基本问题，以永恒的人性作为题材的作品，大概比较经得起时间的考验。

古蒙仁自己承认曾经受陈映真及黄春明的影响，陈映真早期小说富有诗意而略带忧郁的抒情文字风格，是影响古蒙仁写作的一个基调，而黄春明小说中的朴素亲情，大概对古蒙仁也有很大的启发。《雨季中的凤凰花》可说是描写台湾农村家庭的一首田园诗。其间真挚感人的文字情，其实可以征之于古蒙仁一些自传性的回忆文章。日本演员三船敏郎曾是古蒙仁崇拜的偶像,那是因为他父亲对三船情有独钟,而且他父亲与"魁梧壮硕"、"威仪凛然"的三船又有几分神似,这就引发了古蒙仁对三船敏郎一种移情的倾慕:

> 对我而言,三船的魅力,还带有一种父兄的精神召唤和情感的投射等复杂的情愫。在我似懂非懂的心灵里,他是无所不能,无所不在的,只要他出现,我就有被庇护的安全感。就像在寒冬的长夜里,父亲若外出未归,我一定无法入睡。总要听到他骑着脚踏车的轮转声在门前嘎然煞住,推进门来,我才能如释重负,安然入梦。因此三船在我心目中,宛然是父亲的化身,我对他也有一份难以言喻的孺慕之情。
> ——《仗剑少年行》

古蒙仁写到对父亲的孺慕,坦率得毫无掩饰。父亲逝世,古蒙仁哀痛逾恒,感到"昊天罔极,地老天荒,星月摧折,顿失所倚"(《溪山秋色》),这些恐怕都不是夸大之辞,而是古蒙仁丧父失怙的肺腑之言。为人子,对父亲的爱慕写得坦然固不容易,而为人父,写对儿子的疼怜其实也颇难下笔,但古蒙仁做父亲后,写到两个宝贝儿子,笑逐颜开,自诩为"天使爸爸",听到儿子在家里弹琴,"仿若天籁,确是人间极品"

(《弹指少年路》)。自我陶醉,竟至如此,他说他要将从父亲那儿得到的爱加到儿子身上。

古蒙仁是云林虎尾人,母亲出身农家,对三纲五纪、天理人伦这套传统观念,终生奉守不渝,而且恃以教诲子女。古蒙仁显然受母教的影响甚深,虽然他后来因求学工作久居台北,又到美国留学,但中国传统的人伦秩序他显然一直笃信,《雨季中的凤凰花》中的父慈子孝,应该是古蒙仁真诚的感受。肯定传统人伦,艺术上也有成功的可能。我在台南住过一年,印象最深刻的就是到处的凤凰木上,开满了炽艳的红花,那些闪闪如火焰的花朵,我觉得最能代表南台湾从土地上冒出来的一股生命力。

其实古蒙仁的写作是以报导文学著名,他的几部报导文学《黑色的部落》、《失去的水平线》、《台湾社会档案》、《台湾城乡小调》是奠定他在文学界地位的作品。七十年代中,高信疆接编《中国时报》人间副刊,大力提倡报导文学,并设有报导文学奖,古蒙仁经常是这项文学奖的得主,他的早期报导文学作品大多登载于人间副刊。我记得最初接触到古蒙仁的文章便是在人间副刊的海外版上,一九七七年发表了他的《破碎了的黄金梦》,写九份、金瓜石矿业的兴衰,矿工生活的艰苦。我从来没有去过金瓜石,但我对金瓜石却一直有一个深刻不移的印象,那就是他那篇《破碎了的黄金梦》营造出来的。文章篇幅很长,点点滴滴的细节描述,仍然是小说的写法，尤其着重气氛的酿造，一种哀号的语调，烘托出金瓜石今昔的沧桑。这就是古蒙仁报导文学的一大特色，他擅长描写台湾社会的变迁，变迁中人世间一些无可挽回的无奈与人生的悲欢。台湾是个多变的社会，有些是人事的淘汰运转，但也有不少是大自然的反扑破坏，两方面古蒙仁都有着墨。他写过几篇《铁道挽歌》记录台湾老火车头及铁道员的沧桑史，他也一再凭吊草岭湖的幻灭与再生，描写台湾这个海岛遭受自然力量无情的冲击，写得令人惊心动魄。古蒙仁写得最好的几篇报导文学既是事实的记载也是优美的文学。古蒙仁曾长期任职《时报周刊》，大概由于职业的需要及个人兴趣，上山下海，跑遍了台湾每个角落，写下大量的报导文章，发表在《时报周刊》上，这些文章集起来，也就是一部台湾从七十年代跨入八十年代的社会变迁史。

七十年代末报导文学在台湾兴起当然有其社会背景，台湾经济正式起飞，社会新旧交替加剧，而新一代的作家对于台湾社会的现实展现了前所未有的强烈兴趣，有不少作家投身于这一行新兴的写作，古蒙仁显然是其中的佼佼者。我想一位优秀的报导文学作者除了敏锐的社会观察及一手好文字之外，恐怕还需具有广大的同情心。因为社会上有太多的不幸，太多的不平，如果没有宽广的人道胸怀，难以包容。古蒙仁当然也报导过不少"被损伤者被侮辱者"：永安煤矿灾变的亡魂、台北大桥下无路可走的老工人、被日本公司诓到沙特阿拉伯做苦工的"原住民"、群莺乱飞的北投妓女、少年辅育院内"失群的羔羊",大致都能做到哀矜勿喜;没有走向偏激,反而容易感动读者。《银河孤星》是写两位老导演的凄凉晚景。杨世庆和宗由在早期的国语片里都曾拥有一片天地。杨世庆导过《浪淘浪》、《意难忘》,钟情、柯俊雄、张美瑶都曾是他的手下演员。可是晚年却贫病交加,一个人住在外双溪山洼中的一幢小木屋里,被观众彻底地遗忘掉。五十年代宗由的电影也曾红极一时,《苦女寻亲记》里张小燕得到最佳童星奖。可是银色生涯不过戏梦一场,宗由暮年潦倒,中风瘫痪后,连往日的朋友也断了往来。

> 他们都有一双热情的、颤抖的、哆嗦不止的手;那双手都曾对中国电影有过贡献,都曾付出他们最热烈的感情;可是他们都无力了、瘫痪了。中国的电影,你又能给这些老人什么呢?

古蒙仁访问过这两位过气的老导演后,如此结束。这是一篇写得很厚道的文章。

经过多年报导文学的写作,古蒙仁练就了一手漂亮的散文,最近一篇《人间孤岛》素描"诗僧"周梦蝶就是上乘佳作。周梦蝶的诗境人生早已超凡入禅,要替这位孤独国主造像,并非易事。一九九七年"国家文化艺术基金会""文艺奖"

中的文学奖颁给了周梦蝶，古蒙仁到淡水去访问他。说到古蒙仁结识这位前辈诗人，这段因缘还由我而起。这又要追溯到台湾文坛的天宝年间去了，大约是七十年代末，有一次我邀请古蒙仁还有其他几位经常替《现代文学》撰稿的年轻作家到武昌街的"明星咖啡馆"去吃饭，那时的"明星"是我们的文艺沙龙，周梦蝶的书摊就摆在"明星"楼下门口，我顺便把他也邀了上来。从此，古蒙仁便有缘踏进了周梦蝶的孤独国中。事隔十五年，一个风雨交加的台风天，古蒙仁在一个依山而建的简陋公寓里，又参见了这位诗僧：

淡水河浩淼的烟波，就横亘在窗外。与对岸的观音山两相映照，山水毓秀，尽在眼前，令人心胸大开，能坐拥这片青山绿水，难怪诗人不为形体所役，而纵身天地造化之间，悠游在佛经与诗学的国度里。千帆过尽，来去无碍。从薄午到黄昏，我们看"温妮"在窗外肆虐，风也潇潇，雨也潇潇，漫天的风雨摇撼着多少人世的坎坷和缺憾。听诗人娓娓诉说他后半生的际遇，小小斗室里，却是一片宁静和温暖。久别重逢，晚来天欲雪，能再饮一杯否？

这几段文字写得情景交融，"风雨如晦，鸡鸣不已"的。二十年前在另外一个台风天，我和古蒙仁还有摄影家谢春德三个人坐了一辆计程车，在风雨飘摇中驶过台北街头，驶上六张犁的墓园。古蒙仁正在为《时报周刊》撰写一系列"作家身影"的文章，他要我带领他重新寻找我少年时在台北走过的痕迹。首先我们去了南京东路与松江路口的"六福客栈"，那是我在大学时代居住的旧址，当然，当年四周都是绿油油的稻田。我向古蒙仁诉说了松江路沧海桑田的蜕变，他听得津津有味，都记了下来。谢春德在一旁却忙着用摄影机捕捉瞬息万变的台北景观。谢春德的作品，我由衷地喜爱，他拍人物，直入人心，而台湾的风景在他的镜头下，都是温煦的。在暮霭重重中，我们开上回教公墓，去到我父母亲的墓前。古蒙仁这样记载：

"南山何其悲，鬼雨洒空草。"从六张犁公墓的小径上了山，暮雨，洒遍累累碑冢，使得那灵异境界，更充满了孤绝、愁惨的气氛。

二十年前，我们伫立在六张犁公墓的阴阳界上，古蒙仁与谢春德替一九八〇年台北急速流逝的一刻定了格，一个用文字，一个用摄影。如今重读古蒙仁这篇文章，仍然感到满天暮雨潇潇，谢春德那几幅凄美如诗的雨景，至今我仍珍藏着。

二〇〇一年十一月二十八日《联合报》

知音何处
康芸薇心中的山山水水

大概是六十年代末吧，那一年夏天我从美国加州回到台北，同时也把我的一位美国学生艾朗诺（Ronald Egan）带到台湾来进修中文课程。那时我在加州大学圣芭芭拉校区初任教师，教书起劲，对学生热心，尤其发现一二个有潜力的好学生，就恨不得一把将他拉拔起来。艾朗诺对中国语文、中国文化特别敏感，那年暑假我在台湾替他找了三位台大中文系的年轻助教汪其楣、李元贞、陈真玲每周轮流替他上课。汪其楣教现代小说，选了康芸薇的《冷冷的月》、《两记耳光》作教材。艾朗诺大为激赏，我颇感意外。康芸薇小说的好处在于绵里藏针隐而不露，表面平凡，擅长写一些公务员、小市民的日常生活，但字里行间却处处透露出作者对人性人情敏锐的观察，她这种平淡的文风，含蓄的内容，不容易讨好一般读者。看康芸薇的小说须得耐住性子，细细地读，慢慢地念，才体会得出其中的妙处。艾朗诺才念了两年中文，居然看懂了康芸薇小说中的玄机，也算他独具慧眼，成为康芸薇一位年轻的洋知音。后来艾朗诺果然学有所成，在美国汉学界享誉颇高，他最近把钱锺书的《管锥篇》也译成了英文，那是一项了不起的成就。

艾朗诺希望能见到他仰慕的作家，我便托汪其楣把康芸薇约了出来，到蓝天咖啡厅见面，那大概是一九六八年，那是我第一次见到康芸薇。她那时已是初"成名"的作家。六十年代，最为文化界所推重的出版社当数文星，被列入文星丛书的作家就算"成名"了。康芸薇刚在文星出版了她第一本小说集《这样好的星期天》，我记得好像是深紫色的封面，袖珍本的文星丛书，迄今仍有可读性。艾朗诺见到他心仪的作家当然异常兴奋，康芸薇那天也是高兴的，她给我的印象是一个极"温柔敦厚"的人，她是河南人，不知是否因此天生就有一份中原的厚实。后来她在仙人掌出版社又出了她第二本小说集《两记耳光》，可是不久仙人掌却因财务问题倒掉了，而且阴错阳差，仙人掌的许多书由我接收过来创办了晨钟出版社，康芸薇的小说集也包括在内，并改名《十八岁的愚昧》。所以，我也曾做过康芸薇的出版者。

康芸薇的小说写得不多，可是篇篇扎实，淡而有味。她写来写去不过是男女夫妻间的一些琐琐碎碎，小风波、小挫折，但因为写得真实，并无当时一些女作家的浪漫虚幻，如今看来，却实实在在记录下那个年代一些小市民的生活形态。她笔下的人物，多为避难渡海来台的外省人，她这群外省人，非军非政，只是一些普普通通为了重建生活、在异乡艰辛扎根的小公务员。公务员的生涯大概是单调平淡的，尤其是在那个克难时代，日出日入，为五斗米折腰，年轻时纵有凌云壮志，很快也就消磨殆尽了。康芸薇最擅长描写这些小公务员的辛酸：一对公务员夫妻，丈夫为了升级，央求妻子向权贵亲戚引进，妻子眼见自己的丈夫在亲戚面前奴颜婢膝，突然产生了复杂心理，为丈夫难过，但又不免鄙夷。这种合情合理的心理变化，康芸薇写得极好。康芸薇的小说曾经得到一些识者的激赏，水晶、隐地、朱西宁都曾为文称赞，但知音不多。尤其近年来台湾读者品味变化极大，标新立异的创作容易得到青睐，比较沉稳平实的作品，反而受到冷落。康芸薇这两本优秀的小说，也就不幸地被埋没了。

康芸薇的文学领域另一部分是她的散文。如果说康芸薇在写小说时，因对人性的洞察深刻，人的尴尬处境，也会照实描述，而写散文时，她"温柔敦厚"的特性就表露无遗了，她笔下的真实人生，都是暖洋洋的，即使写到悲哀处，也是"哀而不伤"，半点尖刻都没有。她的散文写的全是她的亲友轶事：祖母、丈夫、儿女、同学、朋友。而这些人当中，祖母及丈夫又是她写作散文的两大泉源。

康芸薇是依靠祖母长大的，一生与祖母相依为命。抗日期间，她的父母把她留在河南乡下，与祖母同住，她的童年便在祖母的呵护下成长，抗战胜利后，到南京与父母重聚，反而感到陌生了。她与父母缘浅，暂短相处便与祖母叔父来台，从此永隔，祖母便成为她一生中最亲近的人。康芸薇的文章中有多篇写到奶奶，充满爱意，充满敬意。康家在河南属于乡绅地主阶级，她祖母在家中是少奶奶，过好日子的。在康芸薇眼中笔下，奶奶美丽、慈祥，有大家风范，为人处世对她有深刻的影响，奶奶教她：

"你待我一尺，我待你一丈，你待我一丈，我待你天上。"

"人长天也长，让他一步又何妨！"

老太太这些充满睿智的教诲，的确有中原人士的广阔心胸。来到台湾，祖母的处境当然一落千丈，在大陆从来没有下过厨房的老太太，居然托人在兵工厂用废弹壳打造了一只大铁砂锅，在煤球炉上熬稀饭飨宴乡亲，而且一边熬一边念念有词：

"想要稀饭熬得好，要搅三百六十搅。"

老太太甚得人望，领袖邻里。初渡海的外省人，离乡背井，来到台湾，几乎都有一段奋斗史，其中不少在大陆上曾经风光过，但因环境逼迫，两袖一捞，从头干起。康芸薇的祖母，便是其中一个。康芸薇把奶奶写得有声有色，替她心中"永恒的母亲"留下一幅令人难忘的肖像。康芸薇的叔叔抱怨奶奶没有及时变卖大陆上的产业，在台湾只好过穷生活，老太太反驳道：

"那有啥办法！蒋委员长那么个好男人，把江山都丢了，我那点家产算什么？"

康芸薇的散文风格，一如她的小说，不以辞取胜，而以情感人，写到她的几个宝贝儿女，固然深情款款，但在她最近的一本散文集《我带你游山玩水》中，最重要的一个人物是她的丈夫方达之先生，康芸薇与方达之结缡三十年，伉俪情深，方达之毕业于台大，有理想，有抱负，但却规规矩矩做了一辈子公务员，壮志未酬，于一九九〇年病逝。丈夫在世时，写到他的文章不多，大概有点不好意思多说自己的先生，丈夫过世后，康芸薇写他的文章，篇篇感人。《我带你游山玩水》虽然不全是写方先生，但丈夫的身影却无所不在。这本集子，可以说是康芸薇为她先生方达之竖立起的一面纪念碑：纪念他们俩在一起幸福的日子，纪念丈夫走后哀伤的岁月。方达之在世时，康芸薇的文章总是充满了熙日和风，经过大悲后，即使写欢笑，也不免凄凉。

康芸薇三个儿女个个孝顺，全是"妈妈党"，丈夫去世后，儿女们更加体贴，送礼物、陪妈妈旅行，但儿女的孝心却无法取代丈夫的情谊，丧夫的哀痛与失落，只有自知。小儿子继来大概是最受疼爱的幺儿了，一次继来把家中用得早已坏旧的餐具扔掉，康芸薇号啕大哭，儿子恐怕无法理会母亲的心情，他丢弃的，不是家中的破旧，而是母亲最珍惜的记忆，年轻人往前看，要摔掉过去的累赘，但对于暮年丧偶的母亲，与丈夫共同度过的过去，也就是她生命最美妙的部分，如何丢弃，怎能丢弃？伤逝，是这本集子最动人心弦的基调。

康芸薇另外有一本散文集，题名《觅知音》，大概作家希望有更多的知音读者吧。这次我把康芸薇几部作品重新细读一遍，发觉康芸薇曾写过这么多篇好小说及感人的散文，竟然还有"但伤知音稀"的感叹，可见文章解人难得。

二〇〇四年十月七日《中央日报》

关爱

写给阿青的一封信

阿青：

　　我写这封信给你想跟你谈谈一些问题，这些问题可能正在困惑着你。我不能说对每个问题都有现成的答案，我只能凭借我个人对人生的观察及体验，给你一些提示，帮助你去寻找你自己认为可行的途径，踏上人生的旅程。

　　我知道，你已经经历了你一生中心灵受到最大震撼的那一刻，那一刻你突然面对了真正的自己，发觉你原来背负着与大多数人不同的命运；那一刻你可能会感到你是世界上最孤独的人，那突如其来的彷徨无主，那莫名的恐惧与忧伤，恐怕不是你那青涩敏感的十七八岁年纪所能负荷及理解的。当青春期如狂风暴雨般侵袭到你的身体及心灵时，你跟其他正在成长中的青少年一样，你渴望另一个人的爱恋及抚慰，而你发觉你爱慕的对象，竟如你同一性别，你一时的惊惶失措,恐怕不是短期内所能平伏的。你无法告诉你父母,也不愿意告诉你的兄弟,就连你最亲近的朋友也许你都不肯让他知道。因为你从小就听过,从许多人们的口中,对这种爱情的轻蔑与嘲笑,于是你将这份"不敢说出口的爱"深藏心底,不让人知——这份沉甸甸压在你心上的重担,就是你感到孤绝的来源,因为没有人可以与你分担你心中的隐痛,你得自己背负着命运的十字架,踽踽独行下去。可是我要告诉你,阿青,其实在你之前,也会在你之后,世界上还有不少人,与你命运相同,他们也像你一样,在人生的崎岖旅途上,步履维艰地挣扎过。有的失败了,走上自我毁灭之途,据统计,同性恋者的自杀率及酗酒倾向比一般人高,因为他们承受不了社会的压力,无法解除内心沉重的负担。旧金山是美国同性恋者比率最高的城市,但也是自杀率最高的城市之一,已经有上千人,大部分还是年轻人,从金门桥上,坠海而亡。有的一辈子都在逃避,不敢面对自己,过着双重生活。但也有不在少数的人,经过几番艰辛的挣扎,终于接受了上天赋予他们特殊的命运,更有的还化悲愤为力量,创造出一番事业来。我读过俄国大音乐家柴可夫斯基的传记、日记,以及他写给他弟弟的信——他的弟弟也是一个同性恋者。我一直深爱他的音乐,但更为他一生感情的折磨所感动。柴可夫斯基开始也不能接受他是同性恋者这个事实,他三十岁的时候跟一个崇拜他的女弟子结了婚,那是一个失败的婚姻,柴可夫斯基一度精神崩溃，跳河企图自杀。事实上他一生最钟爱的人是他姊姊的儿子鲍勃，鲍勃少年时，柴可夫斯基已经与他发生了深厚的感情，二人既有父子之情，又兼师生之谊，日后更变成一对相依为命的情侣。柴可夫斯基在日记上写道：我是如此地深爱着他，真可怕。一刻不见鲍勃，他便感到"令人无法忍受的寂寞"。但是社会道德及伦理规范又常常使他内疚自责，他把满腔的幽怨及哀伤都写入了他的"悲怆交响曲"中，那是他最后的杰作，也是他的压卷之作，这首不朽的乐章便是他献给鲍勃的。柴可夫斯基死后不久，鲍勃便自杀身亡了，因为他不能忍受失去了他舅舅呵护爱怜的生活。我当然还可以引许多历史上的名人，从苏格拉底、亚历山大大帝、米开朗基罗到惠特曼来做例子，说明他们虽然天生异禀，但仍旧可以成为人类精神文明的缔造者。但毕竟他们只是少数中的少数。阿青，我希望你明白的是，当你发觉你的命运异于常人时，你只有去面对它、接受它。逃避、怨愤、自怜都无法解决你终生的难题。我并不是说接受了你的命运，以后你的路途便会变得平坦，相反的，我要你知道，你这一生的路都不会好走，因为这个社会不是为你少数人设计的，社会上的礼法、习俗、道德，都是为了大多数而立。因此、你日后遭受到的歧视、讪笑，甚至侮辱，都可预料得到，因为社会上一般人，对少数异己难免有排斥惧畏的倾向。但你接受了你不平常的命运，接受了你自己后，至少你维持了为人的基本尊严，因为你可以诚实、努力地去做人。只有在人这个基本的条件下，你可以抬起头来，与大家站在一条线上，人生而平等，这是几个世纪来人类追求的理想，也是近年来全世界同性恋人权运动追求的目标。那些参加运动的人，并不是向社会呼吁同情，更不是争取特权，他们只是向社会讨公道：还给他们人的基本尊严。上星期美国同性恋人口最多的城市纽约终于通过了反对歧视同性恋法，这项法律，纽约的同性恋者经过十五年的艰苦奋斗，终于在市议会中通过，此后纽约的同性恋者有了法律的保障，不必再畏惧受到居住、工作等的歧视了。

在人的生活情感中，我想同性恋、异性恋都是一样的，哪个人不希望一生中有一段天长地久的爱情，觅得一位终生不渝的伴侣？尤其在你这种敏感而易受伤的年纪。阿青，我了解你是多么希望有这样一位朋友，寂寞的时候抚慰你，沮丧的时候鼓励你，快乐的时候跟你一起分享。我听到不少同性恋青少年抱怨人心善变，持久的爱情无法觅得。本来，青少年的感情就如同晴雨表时阴乍晴，何况是"不敢说出口的爱"，在社会礼法重重的压制下，当然就更难开花结果了。异性情侣，有社会的支持、家庭的鼓励、法律的保障，他们结成夫妻后，生儿育女、建立家园，白头偕老的机会当然大得多——即使如此，天下怨偶还比比皆是，加州的离婚率竟达百分之五十。而同性情侣一无所恃，互相唯一可以依赖的，只有彼此的一颗心,而人心唯危,瞬息万变,一辈子长相厮守,要经过多大的考验及修为,才能参成正果。阿青,也许天长地久可以做如此解,你一生中只要有那么一刻,你全心投入去爱过一个人,那一刻也就是永恒。你一生中有那么一段路,有一个人与你互相扶持,共御风雨,那么那一段也就胜过终生了。有的孩子因为感情上受了伤,变得愤世嫉俗、玩世不恭起来,他们不尊重自己的感情,当然也就不会尊重别人的。最后他们伤人伤己,心灵变得枯竭早衰,把宝贵的青春任意挥霍掉。阿青,我希望你不会变得如此,即使你的感情受到挫折,你不要忘了,只要你动过心,爱过别人,你的人生就更深厚了一层,丰富了一层。人生最大的悲哀不是失恋,而是没能真正爱过一个人。我确切地知道,有些同性伴侣,终身厮守,过着幸福的生活。虽然他们的例子比较少,而且需要加倍的努力与毅力。阿青,我希望你永远保持住你那一颗赤子之心,寻寻觅觅,谁知道,也许有一天在茫茫人海中,突然会遇见你将来的那一位终身伴侣呢!

阿青,你对一些比你年少的孩子特别温柔照顾,我知道,那是因为你怀念你那位早夭的弟弟,你在他们身上找回了一些从前你跟弟弟在一起时那份相依为命的手足之情。你对某些中年男人特别仰慕,那是因为你想从他们那里求得你父亲未能给你的谅解与同情。你在想家,自从你被你父亲逐出家门后,你的漂泊感一定与日俱深了。其实不只是你一个人,阿青，大多数的同性恋者心灵上总有一种无家可归的漂泊感，因为在某种意义上，他们都是被父母放逐了的子女，因为很少父母会无条件接纳他们同性恋的子女的，他们发现了他们子女的性倾向后，开始一定恼怒、惊惶、羞耻，各种反应齐来：家里怎么会生出这个怪胎来？他们也许仍旧爱他们的子女，但一定会把子女同性恋的那部分摒除家门之外。而同性恋子女那一刻最需要的就是父母的谅解与接纳了。本来同性恋子女与父母之间爱恨交集的感情就比较强烈，一旦冲突表面化，尤其是父子间的裂痕会突然加深，父亲鄙视儿子，儿子怨恨父亲。这场家庭冷战，往往持久不能化解。其实同性恋者，尤其是同性恋者的青少年，他们也是非常需要家庭温暖的，有的青少年爱慕中年男人，因为他在寻找父爱，有的与同年龄者结伴，因为他在寻找兄弟之间的友爱，当然也有的中年男人爱上年轻孩子，那是因为他的父性使然，就像柴可夫斯基爱上鲍勃一般。家是人类最基本的社会组织，而亲子关系是人类最基本的关系。同性恋者最基本的组织，当然也是家庭，但他们父子兄弟的关系不是靠着血缘，而靠的是感情。

　　阿青，也许你现在还暂时不能回家，因为你父亲正在盛怒之际，隔一些时期，等他平静下来，也许他就会开始想念他的儿子。那时候，我觉得你应该回家去，安慰你的父亲，他这阵子所受的痛苦创伤绝不会在你之下，你应该设法求得他的谅解，这也许不容易做到、但你必须努力，因为你父亲的谅解等于一道赦令，对你日后的成长，实在太重要了。我相信你父亲终究会软下来，接纳你的，因为你到底是他曾经疼爱过，令他骄傲过的孩子。

祝你快乐、成功！

一九八六年四月二十日《人间》第七期

山之子
一个艾滋感染者出死入生的心路历程

美国的艾滋浩劫

一九八十年代初,美国东西两岸的几个大都市纽约、洛杉矶、旧金山,年轻的一代美国人,正在继续尽情享受一九七十年代以来各种社会运动带来的自由,包括性解放的自由,一种致人死命的陌生病毒,早已悄悄在两岸的大城登陆了。艾滋病旋风式的突击,美国人心理毫无准备,措手不及,一时全国惊惶。

我记得当时加州几家大报《旧金山纪事报》、《洛杉矶时报》经常刊登有关艾滋病的头版新闻。

洛杉矶是美国第一个发现艾滋病的城市,而旧金山很快便变成艾滋病人口密度最大的中心。

在美国,因为艾滋病毒最先侵袭的是男同性恋团体,而旧金山的同性恋人口最密集,自然成了重灾区。几年间,如同野火燎原，艾滋病蔓延到全美大城小镇，而且不分男女老幼、异性恋、同性恋，一律感染。

头几年，医学界对于艾滋的了解不够，还没有药物控制，它杀伤力特别强，成千上万的感染者，大部分是青壮年人口，一一病亡。在加州，我曾亲身目击到这一场惊心动魄的艾滋浩劫，迄今美国已有五十多万人因而丧生，感染者数百万。我认识的人中，也有几位不幸被艾滋病夺去生命。那几年，旧金山的街头，随地可以嗅得到死亡的气息。

恐慌过后，美国人终于镇定下来，开始面对艾滋侵袭的这个可怕事实，更有一些艾滋感染者勇敢地站出来现身说法，教育大众。因输血而感染的艾滋病学童赖恩·怀特（Ryan White），在电视上叙述了他本身患病的故事。他说并不怨恨当初歧视他、把他逐出校门的同学，他了解他们的感受，最后他说他已不害怕，"上帝替我安排好了一切"。他那清瘦的脸上绽出一抹令人心折的虔诚笑容来。

赖恩·怀特支撑了六年，十六岁身亡。所有的美国人都被这位患了艾滋病的少年深深地感动，他的勇气、他的宽容，使得这位年轻人有一股凛然不可侵犯的尊严。

赖恩·怀特是最早公开病情的艾滋患者之一，后来陆续又有为数甚多的人出来，描述他们不幸的遭遇及对抗艾滋的奋勇过程。其中又以作家保罗·莫奈（Paul Monette）那本《时不我与——艾滋回忆录》影响最大，这本书一九八九年出版，马上引起强烈回响，得到各界好评。

莫奈这本回忆录是记录他的爱人罗哲（Roger）罹患艾滋病，他与罗哲两人共同抵抗艾滋病魔长达十九个月的艰辛日子。莫奈无论描写罗哲被艾滋折磨至死的恐怖细节，或者他们两人生死与共的患难笃情，下笔赤诚，毫无保留，因而打动了千千万万读者的心。

是由于赖恩·怀特这样的艾滋病患勇敢的现身说法，《时不我与》这样的书打动人心，艾滋在美国逐渐被人性化。艾滋病患不仅是一个抽象数字，艾滋也不再是一种神秘不可解的恐怖符号。由于长年的宣导教育，美国人目前对待艾滋病毒采取的是一种务实的基本态度：艾滋是一项危险的传染病，现在还无药根治，大家都须预防它。

台湾的艾滋风暴——韩森的故事

一九八五年台湾媒体报导第一宗艾滋病，患者是一位外籍旅客，接着台湾本土的艾滋病患也在同年出现。我读到这些新闻时，心中便暗叫不好，艾滋风暴终于刮到台湾来了。当时台湾媒体对艾滋病的了解不够，与美国一九八十年代初一样，有许多不正确的报导，过分渲染，不顾患者隐私，造成病患及家属莫大的伤害。

长期以来，台湾新闻界很少对艾滋病及艾滋病患做深入报导，台湾社会对艾滋病患亦缺乏应有的人道关怀。直到一九九二年，我才在《中国时报》上读到一篇文章，有关一位叫韩森的年轻人，《一个艾滋病患走出死荫幽谷的感人见证》，这恐怕是台湾第一篇以同情的态度来描述艾滋病患勇敢抵抗病魔的报导，是《中国时报》记者张翠芬写的。

从那时起，我便注意到韩森这位年轻人。他的经历，使我想起了美国的赖恩·怀特，韩森也是虔诚的基督徒，像怀特一样，他早已把自己的命运交给上帝去安排了。直到最近，我读到廖娟秀写的《爱之生死》这本记载"韩森的艾滋岁月"的传记，我对韩森的故事才有了一个比较全貌的了解。更巧的是，由于接触到"希望工作坊"，终于认识了韩森本人，由他亲口告诉我这些年来出死入生的心路历程。

廖娟秀这本《爱之生死》成书于一九九五年，记载了韩森自一九八六年起，九个年头的艾滋岁月。这是台湾第一本也是迄今唯一的一本，详细记载了一个艾滋病患的内心世界的传记，因此，这是一本重要的记录，一个有参考价值的艾滋档案。

台湾现在感染艾滋病者已有二千六百多人，有的病患早已亡故。他们每个人都应当有一段惊心动魄的感人故事，但我们无由得知，因为还没有人替他们写出来。《爱之生死》这样的书可以帮助台湾读者了解艾滋病，了解艾滋病患的人性诉求，了解有助于艾滋预防，了解更会产生同情，消除惧畏与歧视。

廖娟秀曾参与"谊光组织"及"希望工作坊"长期担任艾滋义工，她与韩森是多年朋友，因此，这本书，她写得很亲切、很体贴，娓娓写来，描述一位十七岁不到的青年，不慎感染艾滋，从坠入绝望的深渊，再一步一步爬起来，最终寻找到生命的意义，自己变成了艾滋义工，反过来扶助其他同病者，一段极为艰辛的成长过程。

韩森是出生在新竹山区的泰雅族青年，韩森是他英文名字 Hanson 的译音。韩森记忆他在孩提时，父母到山上去工作，种植香菇，常把他带在身边，幼儿韩森坐在一旁，看着山光云影，心里就有一股说不出的喜悦。山，对于韩森一直有一种镇静去痛的安抚作用，多年后，他感染上艾滋，在极度惊惶中，他又只身逃回新竹山里，让山去疗抚他的创伤。

即使在台北生活，韩森感到投诉无门时，他也会骑着摩托车到阳明山上，一个人痛哭一场。似乎进到山中，这位山之子才会感到恢复最原始的自我，可以尽情抒发他在山下红尘中遭受到的种种创痛。

韩森十五岁来到台北，进入一所工专就读。一九八十年代中，台北正朝着国际化突飞猛进，少年韩森骤然置身于台北这个五光十色的大都会，既兴奋又迷惘，如果不是命运作弄，韩森可能就这样安稳地成长，无忧无虑，过完一生。可是一九八六年冬，韩森还不到十七岁，便染上了艾滋病。事后看来，韩森只不过是不幸在错误的时间、错误的地点，遇到一个不该遇见的人。

一九八六年,艾滋病刚刚登陆台湾,最先的地点大概就是台北,是由染上艾滋的外籍人士带进来的。青春萌动期的韩森,在对艾滋病毫无认识、心理全无准备的状态下,与一位外籍人士发生了同性恋性关系,染上了这种改变一生的可怕疾病。

亲人的支持

当韩森最初知悉他患了这种无药根治、受死亡威胁的传染病时,他的惊惶恐惧,一时不是他青涩的年纪所能承担的,而且他又感到极端愧疚和羞辱,因为艾滋病在当时的媒体渲染中,是一种蒙上污名、令人难以启齿的"恶疾",并把艾滋误解为同性恋者特有的疾病。十七岁不到的韩森,同时要承受艾滋病患及同性恋者这备受社会歧视的双重身份,压力排山倒海而来,韩森一度兴起自杀念头,从七层楼公寓纵身下去,了却病魔相缠的烦恼。这是许多艾滋病患最危险的时期,为了害怕曝光,羞对家人亲友,而萌短见。韩森最幸运的,是他的家人父母姊姊对他无条件的支持,父亲曾拉住他相跪对泣,对这个受绝症威胁的幼儿幼弟,父母姊姊只有怜惜与呵护。是亲情,让韩森捱过了第一波危机。这位泰雅族青年,对他的家庭却另有一番解释。

因为他们是"原住民",家庭原始的血缘关系,在危机中反而把他们紧紧团结在一起，超越了艾滋病带来的道德上的各种质疑，不像有些汉族家庭，维护家声更重于儿子的病痛。台湾有不少艾滋病患，因为不被家庭接纳，只好自我放逐，到处躲藏，过着暗无天日的悲惨生活。

上帝的感召

然而死亡的威胁常常还是巨大得难以承担的，韩森又二度陷入严重忧郁症的漩涡中，几乎无法自拔。他只身逃回新竹山中的老家，趴倒在他外婆的坟上，放声嚎哭。正当韩森在心理上、精神上完全孤绝走投无路的时刻，高高在上的一个声音在向他呼唤了。一九九〇年二月，韩森参加了一场在教会举行的医治布道大会，在祈祷时，他突然有了圣灵感应，他自己这样记载：

> 突然间，我感到浓厚的爱环绕在四周，一股很强的暖流从头到脚浇灌下去，我知道自己已被圣灵充满，是耶稣的爱临到我身上。我号啕大哭，呐喊着："耶稣，我走不下去了。"然后我听到一个声音："孩子，我爱你。"我的思绪回到过往，突然了解到在绝望中，内心总有一种叫自己活下去的声音，这个声音就是神的力量。我整整哭了半个小时。

韩森本来就是虔诚的基督徒，但感染艾滋病后，他曾经怨恨上帝，未能使他免于灾病，可是经过这次圣灵感应后，韩森确信上帝并没有遗弃他，而是在默默地垂怜着他痛苦挣扎中的卑微灵魂。是宗教信仰，又激起了韩森强烈的求生欲望。他搬到教会团契之家，接受短期训练，受训过程中，韩森又经历了一次奇迹似的宗教体验。一位外籍牧师来台湾传教，在一百多人的聚会中，牧师突然点名韩森，对他说："小兄弟，你的经验很特别，神要用你的经验，你不要再问上帝爱不爱你，上帝是爱你的。神对你有特别安排，它要你把有相同遭遇的人聚合起来，告诉他们，什么是真正的幸福，什么是真正的生命，什么是真正的永恒。"

整个聚会都做了录音，这段话，韩森也有一份拷贝，外籍牧师并不认识韩森，也不知道他患病的情形。这段预言似的示谕，使韩森大为震撼，他体悟到艾滋给他带来的痛苦与折磨，可能是神想让他担负起更沉重的使命，帮助同病者，照顾那些比他更虚弱的艾滋病人。韩森萌生了投身艾滋义工的念头。

韩森对生命的意义终于渐渐有了更深一层的体认，是一次又一次在照顾艾滋病患的过程中。与病友们一同经历生死，使他对死亡有了更深刻、更实在的接触与了解，因而也就对生命更加尊重、珍惜。

然而每当一位受他照顾过的病患往生的时刻，韩森都会为他们哀痛、为他们哭泣。他曾为他们祈祷,唱圣歌给他们听,替他们打气,希望奇迹出现。然而残酷的现实是,当时鸡尾酒治疗法还没有发明,艾滋带原者一旦发病,死亡接踵即至。而且末期病人的病状,有时令人胆战心寒。韩森都得勇敢面对。

有一次一位叫杨的病人从南部到台北来就诊,病人已很虚弱,韩森将他抱在怀里,看着他鼻孔一直不停地流血,状至恐怖。韩森不禁想:有一天他会不会也变成他怀中抱的病残躯体一样,不停地流血?

当他的一位好友,也是一位艾滋义工,被艾滋击倒亡故时,韩森惊痛得晕倒过去,他独自到阳明山上,放声恸哭,既伤亡友,亦是自伤。大概只有宗教的信念,上帝赋予他特殊的使命,要他与同病者生死与共,韩森才能在艾滋风暴中挺下来。在进进出出台大、仁爱、荣总这些医院,照顾比他更不幸的艾滋病人中,他终于证实了自己生命的价值。

当然,韩森还得照顾自己的身体,虽然他比其他发病的病患健康得多,但不是没有危机的,他也曾经几度住院,发烧不退。幸亏他有庄哲彦医师悉心治疗他,每次让他康复,再度投入艾滋工作。几年下来,韩森已经是一位经验丰富的艾滋工作者了。他参加过几个艾滋组织:谊光组织、中途之家、希望工作坊,现在担任希望工作坊的重要职务。

矛盾、挣扎、接受

艾滋病患除了健康受损外，其他的人性诉求并未泯灭，对亲情、友情、爱情的需要可能更加强烈。韩森感染上艾滋后，对他自身同性恋的性向曾产生极大的矛盾。社会对同性恋的歧视与偏见使他彷徨不安，而他所信仰的基督教会认定同性恋是一种"罪恶"，更令他自疚、自责。有一段日子，韩森也尝试压制他同性恋的冲动，他受过短期神职训练，跟了牧师到大陆去传教，以为从事神职可以"净化"他的欲念。然而韩森跟其他青年一样，对爱情的渴求这股本能自然的力量是无法抵挡的。几经挣扎，他终于认清并接受了自己：同性恋本来就是他人性中无法分离的一部分。

除了亲情、宗教信仰的支撑外，在韩森最孤独无助的日子里，是他的同性伴侣阿忠陪他走过了五年。阿忠明知韩森是艾滋感染者，还愿跟他共同生活，爱护他，安慰他，与他分担艾滋病带来的种种冲击与痛苦。韩森照顾一位叫茂盛的艾滋病患，茂盛躺在医院里愈来愈虚弱，韩森与阿忠一同为茂盛祈祷、为他唱圣歌。晚上两人抱在一起，为病势日沉的茂盛而哭泣，韩森在他的日记中这样记下：

> 不轻易哭的忠铭今晚也哭了，我想他大概想到以后的日子我因疾病将离开他的事实。但我们珍惜在一起的过程。

苦难把两个人的命运紧紧地拉在一起。保罗·莫奈在《时不我与》中，写到他与同性伴侣罗哲最后相依为命的日子，动人肺腑。

韩森今年三十一岁，从他十七岁不到染上艾滋病迄今已有十四年，他的存活期几乎是一个奇迹，他恐怕是台湾存活最长的艾滋感染者，一九九七年他曾大病一场，差点过不了关。他的T4细胞一度降到五十多——这是一个危险讯号，表示他的免疫系统已非常微弱，后来幸好何大一博士发明的鸡尾酒治疗法及时赶到，韩森又一次死里逃生。他现在的T4细胞已回升到五百多，几乎正常。除了鸡尾酒治疗法外，韩森也练气功，服用中药补助。现在韩森看起来很健康、充满活力。他这几年，生活过得极有意义，除了主掌"希望工作坊"，从事宣导艾滋防治外，他曾到马来西亚、加拿大，参加世界艾滋大会，到香港出席亚洲华人同志大会，现身说法，教育大众。

他现在对艾滋的看法是这样的：

> 艾滋对我来说像是一个隐藏在内心初生的小孩，刹那间连结了我的生命。我曾经恨它、逃避它，也曾因它质疑了世上的情爱，更质疑我活着要干什么。它让我伤心，也让我哭泣，更让我焦急地面对未来的种种。从十七岁到三十一岁的艾滋岁月，从

我年少轻狂到现在的成熟，我渐渐体会到生命的价值：就是我拥有了我生命的春、夏、秋、冬，以及我活着的尊严，没有一个人可以拿走它！

——《韩森的艾滋岁月》序

说得好，让我们祝福韩森，替他喝彩，为他加油，希望这位山之子，在人生旅途上，平平安安地继续长跑下去。

二〇〇〇年四月一日《康健》杂志

修菩萨行

杜聪与河南艾滋孤儿的故事

杜聪与我结缘将近二十年。一九九〇年我第一次跟杜聪会面是在洛杉矶我朋友的家中，他那时还在哈佛大学念硕士，主修东亚研究。他对民国史特别感兴趣，这里有家族的渊源：原来他外婆的祖母就是孙中山的姊姊。

杜聪远从波士顿到洛杉矶来会我是因为选读的中国文学课程需要写论文，他挑中了我的小说《孽子》，所以来访问原作者。他那时给我的印象是一个有礼貌、有教养、聪明温文的青年学子。他出生香港，中学便来到美国求学，可是他对中国文化，尤其是传统文化怀有一份由衷的尊敬与热爱。这一点使我们之间马上建立起对话，开始我们悠久的忘年之交。

后来杜聪到纽约从事金融工作去了，他在银行界做得很成功，年纪轻轻，高薪厚职。杜聪在纽约过的完全是美国中产阶级的生活，杜聪懂得生活，喜欢生活，也享受生活。他常去大都会歌剧院听歌剧，曼哈顿上最高级的美食餐厅，他都去过。他去欧洲旅行，好玩的地方如数家珍。如果他继续在纽约工作下去，大概他也就变成了一个典型的华尔街族，一架超级赚钱机器。但是上天赋予他的使命远不止此，杜聪要担负的，将是一项度千万人苦厄、巨大无比的人生重任。

一九九五年，一个偶然机会，杜聪调职香港，回到他自己的家乡，在香港他成立了智行基金——这个日后变成他从事慈善事业的基础。二十一世纪初，又一个偶然机会——事后看来，也许并不偶然，而是上天一步一步地安排——杜聪在北京遇到一个因输血而传染艾滋病的青年，医院追踪到污血的来源，竟是河南的农村。原来上世纪八十年代，河南农村因卖血而造成数万农民感染艾滋病的大灾祸、大悲剧。当地政府鼓励农民卖血，把血浆抽走后，竟然又把混在一起的血液注射回卖血者的身体内。卫生人员的无知，造成无数家庭父母死亡，剩下成千上万的孤儿，嗷嗷待哺，陷入绝境。观世音菩萨闻声救苦，在这个关键时刻——二〇〇一年，杜聪似乎也聆听到那些无助孤儿发出来求救的哀音，把他引到了河南那些艾滋村，从此踏上了修菩萨行的道路。

杜聪到了河南上蔡这些乡镇，他发觉他走进了人间地狱。河南本来就是中国最贫穷落后的省份之一，人口近亿，八十年代，农民卖血五块美金一袋，只想以他们自己的鲜血来换取较好的生活，没想到如此卑微可怜的愿望却换来家破人亡的灾难，像上蔡，全村的艾滋病户，竟占了六成。

杜聪走进一户人家，两位老祖父母带领着五六个孙儿过活，因为两房儿子媳妇通通因为卖血染上艾滋病亡故了。老夫妇本来自己生活已嫌艰难，一下子增加了一群孙儿，两个白发苍苍的老人，活活被生活的重担压垮。杜聪又进到另外一家，父母都染上艾滋，父亲先走，母亲病得奄奄一息，剩下一个初中辍学的女儿，即将变成举目无亲的孤女；弥留在床的病妇向杜聪哀求，希望在她身后杜聪能帮助她的孤女复学，给她的孩子一个未来。这些成千上万的孤儿，大部分都辍了学，可以想见，他们日后前途之黯淡，很可能沉沦到社会的低层，永无翻身之日。病妇托孤，让杜聪受到极大的震撼，他承诺下来，要帮她的孩子回归学校，得到一个向上的机会，那是杜聪对河南的艾滋孤儿所行的第一个善举。此后近十年间，杜聪的智行基金帮助了一万二千个孤儿复学，其中已有五百个考上大学。这些曾经坠入绝望深渊的孩子，由于杜聪一念善举，而改变了一生命运。

这十年来，杜聪全身投入扶助艾滋孤儿的事业，他辞去了银行高薪的职位，他已升到银行董事，奔走于香港与河南之间；无论寒冬炎夏，杜聪跟他的那些孤儿们在一起，共甘苦，粗食淡饭，甘之如饴，这与他在纽约的享乐生活天壤之别。是面对人类大悲剧、大苦痛时，启发了杜聪近乎宗教救赎、己溺己饥的情操。我相信，杜聪本来就有善根佛心，他全家信佛，辅救河南孤儿，杜聪立下终身相许的悲愿。

当然，杜聪面临的是艰巨无比的挑战。头几年，杜聪完全孤军奋战，一个人马不停蹄，全世界去募款，仅凭着他一颗善心去触动其他有心人的善意。然后他提着千辛万苦募来的款项，风尘仆仆赶到河南，还得低调行事，悄悄地把钱交到学校，替孤儿们缴学费复学。这种善举不能声张，因为政府掩盖艾滋灾祸真相，不准外人揭疤，记者、医生去关怀，都被赶走，杜聪也曾被跟踪监控。要不是他持有美国护照，恐怕早就被驱逐或抓了起来了，但他的善行终于感动了当地低层有良心的官员，得到他们的暗助，杜聪"救孤"的事业得以在默默中进行。

杜聪也会有感到挫败的时候，他告诉我，有一阵子，他一个人曾在夜里哭泣，因为他面对的灾难实在太大，向他求助的人太多，他感到个人力量太微薄，因而觉得沮丧无助。我安慰他：佛家说"救人一命胜造七级浮屠"，你早已不止救过一个人的性命了。我比喻给他听，中国的艾滋风暴如一场森林大火，四处蔓延，绝不是你一个人能扑灭的，但你如果能把眼前一些火头熄灭，已是功德无量。事实上，杜聪这些年来，扶助艾滋孤儿，成绩斐然。他得到联合国的资助，美国克林顿总统也曾到过河南会见他的孤儿，大小的慈善奖杜聪都得过了，然而我认为杜聪最大的贡献是给他的孤儿们带来了人生的希望。他的孤儿们都叫他"杜叔叔"，他们失去的亲情，从杜聪身上得到了补偿。前两年，杜聪邀请一连两批孤儿大学生到香港来参加马拉松赛跑。我见到这些年轻人，他们脸上已察觉不到当年灾难留下的阴影，我看到的是一股努力向上的自信与意志。他们的专业，有计算机、石化、医学、护士、外语，还有一位女孩在东南大学念电机工程。可以想见，乘着这波"中国崛起"，这些孤儿学生的前途是光明的。如果没有杜聪扶助孤儿计划，这些年轻人，恐怕仍在河南穷苦农村耕田为生，或者浪迹天涯当民工去了。假期，有的大学生回到家乡，参加杜聪的计划当义工，扶助其他仍在苦难中的孤儿。二〇〇八年四川大地震，杜聪率领一群孤儿学生到四川救灾。那些孤儿学生回来说，他们看到更大的灾难，帮助过其他比他们更不幸的难民，他们愈加懂得惜福感恩。我觉得这才是杜聪扶助孤儿计划了不起的地方，他不仅给予孤儿们金钱物质的帮助，更恢复了那些年轻人对人生的信念，启动了他们的善心，懂得感激回报。

杜聪近来跟我说，他的"家累"越来越重了，因为他手上有八千多的孩子等着他替他们缴学费，一年他需募款一百八十万美金才够开销。这当然不是一件容易的事。尤其这两三年世界经济不景气，募款更加困难。我看他飞来飞去，不分昼夜，常常累得坐在车上打瞌睡——杜聪这几年睡眠严重不足。但他的孩子们学费没有着落，他没法安眠。我参加过两次杜聪在香港举办的募款义卖晚会，会上我也帮他义卖，叫喊得声嘶力竭,希望替他多筹些捐款,只要筹到二万五千港币,便可帮一个大学生读书四年,也就很可能改变那个年轻人的一生。杜聪修菩萨行所要走的道路是崎岖而累人的,但是十年献身,杜聪在精神上却得到大丰收。"助人为快乐之本",我看杜聪跟那些孤儿合照时,总笑得那样快乐而满足。他在度那些孩子,携领一万二千个孤儿脱离苦厄,那些孩子也在度他,给他一个机会,完成人生最庄严的"救孤"悲愿,杜聪是上天派遣给那些孤儿们的"人间菩萨"。

二〇一一年十月《明报》

瘟疫中见真情

保罗·莫奈的艾滋追思录

保罗与罗杰是一对同性恋人。两人家世优渥，保罗出身东岸中产家庭，罗杰的父亲是犹太商人。两人有美国大学最杰出的学历，罗杰拥有哈佛法律博士，保罗毕业于耶鲁英文系。两人从事高薪职业，罗杰是执业律师，保罗写电影电视剧本。保罗与罗杰居住在洛杉矶好莱坞夕阳大道山坡上一幢华屋里，有景观、有游泳池，两人一同欧游，出入于各种慈善公益活动，过着美国同志圈令人羡慕的生活。保罗与罗杰相识时才二十八岁，罗杰三十二，在一起十余年，两人相知相惜，有共同爱好，文学与艺术，是一对理想的同志伴侣，两人尽情享受美好人生。

可是好景不长，因为那是二十世纪八十年代初，一九八一年，就在洛杉矶，高利亚医生（Dr. Gottlieb）发现他的几个年轻男病人突然免疫系统全面崩溃，患各种疾病而亡。那是艾滋病瘟疫侵入美国第一下警钟,此后如野火燎原,在东西岸大城,以至全国迅速蔓延,直至一九九五年,艾滋专家何大一发明鸡尾酒治疗法,艾滋病等于绝症,十数年间,上百万人感染,四十余万人死亡。艾滋最先侵入美国男同性恋群体,先入为主,所以最初数年,患病者多为男同志,罗杰便是其中之一。一九八五年罗杰染病,一年半后身亡,保罗·莫奈(Paul Monette)这本《时不我与》(*Borrowed Time*)便是记载他的爱人罗杰患病十八个多月,两人生死与共、抵抗艾滋的回忆录。此书于一九八八年出版,即刻引起巨大回响,获得"笔汇"非小说类文学奖。这是美国第一本个人经历艾滋风暴的纪实录,也成为艾滋文学的经典之作,出版二十年,其感人之震撼力量,迄今未减。

《时不我与》可分两个层面:首先这是一部记载艾滋病肆虐人体惊心动魄的档案。艾滋病是二十世纪人类所遭遇到一种全新的传染病,初登陆美国,美国人完全没有心理准备,一阵张惶失措,恐惧莫名。因为当时医学界对艾滋病的病因病源,传染途径一无所知,又因第一波患者多为同性恋者,美国社会一度误解艾滋病为同性恋群体特有疾病,遂引来美国保守人士对同性恋者恶意攻击,称艾滋病乃上帝对同性恋患者的"天谴",艾滋病受污名化,变成难以启口的社会禁忌,里根总统右派政府竟然长期对此侵害人类健康的疾病视若无睹,噤声不提。在如此荆棘满布、阻碍重重的社会背景下，保罗·莫奈这本《时不我与》的出现，可谓晴天一声霹雳，震破了当时的社会禁忌，把艾滋病如何将人凌迟至死的恐怖事实，赤裸裸地呈现出来。保罗·莫奈以极大的勇气，毫不保留地将他爱人罗杰自染病之初，十八个月来，逐步消耗，受尽折磨以至于死亡的点点滴滴，巨细无遗地记载下来，成为一部艾滋病例完整的记录。同时他又将周遭朋友，一一被艾滋击倒吞噬的残酷事实描写得历历如绘，因为艾滋病末期病人，免疫系统全面崩溃，各种伺机性疾病集于一身，有人全身肿瘤，有人腹泻不止，羸瘦不成人形，失明、神经错乱，接踵而来，最后大多数死于肺炎。《时不我与》是一部艾滋百科，读来撼人心魂。

美国同性恋者平权运动自一九六九年石墙酒吧事件揭竿而起，经过七十年代波澜壮阔，冲击到法令规章、社会习俗、学术研究、政治导向，各种层面，同时与黑人及妇女平权运动齐头并进，一时声势浩大。进入八十年代，正往高峰迈进，而许多同性恋者亦误认为解放运动天国在望，于是尽情放纵享乐，艾滋风暴突然来袭，对同性恋者平权运动不啻当头棒喝，重挫士气，让正在初尝解放自由的美国同性恋者，从狂热陶醉中清醒过来，重新思考自己的命运及处境。八十年代，艾滋浩劫在美国夺走数以万计的青壮年生命，制造出无数的悲剧结局。许多患者一夕间变成"贱民"，被社会家庭所弃，亲友纷纷走避，甚至连多年相伴的爱人也因恐惧离去，最后

——孤绝死亡。但艾滋病的突袭也在二十世纪末给人类带来最严峻的考验与挑战，在这场瘟疫肆行的时刻，人性本善的光辉亦会骤然升起，照亮黑暗。

保罗与罗杰的故事，正是这场瘟疫中见真情最动人的见证。《时不我与》不仅描写罗杰患病十八个月间，保罗如何衣不解带百般呵护，也详细描述两人的亲友对他们的支援与同情。罗杰的父母知道儿子罹患艾滋，只有疼惜，没有责怪。保罗本人的父母知情后，对两人亦十分体谅；尤其是保罗的弟弟罗伯，是个坐轮椅的残障，可是对哥哥遭受的痛楚，尽力安慰，不停地打气加油，深更半夜，罗伯常跟保罗通电话，给他出主意，手足之情，溢于言表。罗杰人缘好，朋友知道他有难，多表同情。保罗·莫奈写这部艾滋追思录，出于极端痛苦，句句肺腑之言，他如此开头："我不知道在我死之前能否写完这本书。"保罗自己也染上了艾滋，大概是罗杰传给他的，可是书中没有半句怨言。保罗·莫奈并没有被艾滋击倒，接着他又写了一本自传《成人之道：半生纪实》，是写他作为一个同性恋者艰辛的成长过程。这本书获得美国最高荣誉奖："国家书卷奖"。保罗·莫奈于一九九五年死于艾滋病，他亦因艾滋成为名作家。

何大一发明鸡尾酒治疗法后，艾滋病患者死亡率大降，但此种治疗法并不能根治艾滋，只能缓解，而艾滋对全人类健康的威胁，并未稍减，联合国最近发表的数字足以说明其严重性。全世界迄今已有七千万人患上艾滋病，其中四千万人已经死亡。患者大多数在非洲，但全球几乎已无净土。患者十分之一为同性恋者，其余为异性恋者，华人世界中，联合国宣布中国大陆已知有八十四万病例，但何大一严正警告：二〇一〇年，中国艾滋病患可能遽升到一千万。台湾卫生署宣布艾滋病例近两万人，据医学界计算，不知情的带原者应加十倍，即有二十万人，这已是一个十分惊人的数据。而台湾历届政府都未能真正正视这个威胁台湾人民健康的公共卫生问题，规划一套有效防治艾滋的办法来，教育宣导的努力是远远不够的。保罗·莫奈的《时不我与》是一部艾滋"醒世恒言"，美国八十年代那一场艾滋大灾难足以让我们借鉴警惕。

二〇〇八年七月二十八日《联合报》

附录

白先勇回家

林怀民

白先勇回来了。六月底回来的。他只是回来玩。文艺的公开聚会根本见不到他影子。耕莘文教院举办的暑期写作班请他讲两堂课,这位在美国教中国文学的讲师一再叫苦:"讲些什么呢?我从没用中文讲过课——非讲不可吗?"

余光中拍拍他的肩膀:"在台北,作家演讲是常事。你再待上三个月,电视、电台统统会找你来了!"但白先勇不会待那么久。九月初,他就要回加州大学圣芭芭拉分校上课去了。

《幼狮文艺》希望写一篇关于他的访问记。白先勇在电话中急着摇手:"我没什么好写的!你们找别人去吧。上期《现代文学》硬把我推出来,已经出尽洋相,好像唱戏的没化好妆就被推上台,这回还是饶了我吧……该说的,想说的,都在小说里说过了。我真的没什么好写的。"

打了几次电话,还是那句话:"没什么好写的。"不要人家写他,却反过来向人拉稿,要《幼狮文艺》主编瘂弦为他办的《现代文学》写篇诗评。推来拉去,白先勇终于在这期"上台"。内幕似乎是:瘂弦答应写稿,白先勇接受访问。

坐在嘉新大楼顶层的蓝天餐厅。大玻璃窗渗进八月的午日,窗外是栉比鳞次的大厦,楼下中山北路流淌着香烟盒大小的车群。《台北人》的作者喟叹道:"台北变了好多!"

白先勇说起话来,跟他小说里的文字一样,干净利落,清楚明白,用不着人费心去猜,斟酌字眼时,他就:"我想——"

"我想——我想我可以这么说,台北是个很奇怪很奇怪的都市,跟纽约、伦敦、巴黎、东京都不一样——不不,我不是说房子景物这些的。我想台北给我印象最深的是:生命力很充沛的一个地方。你看看,夏天这么长,这么热——真的好热!——而那么多人就——"他直着两根白净修长的食指,一上一下比划着,春草争先萌发的模样,"——就这样地生出来,长出来……"

第一次到台北,白先勇才十四岁。一住十一年,然而他说台北不是他的家。

他说,在美国七年,一身如寄,回了自己房间,也不觉得到家了,飘飘浮浮的。白先勇是广西桂林人。"可是,我也不觉得我的家在广西。那时候抗战嘛,我们最先住在桂林,后来到了重庆……"他父亲,已故的白崇禧将军,当时是叱咤一时的抗日英雄。白先勇幼年很少见到父亲。"胜利了，我们搬到南京，后来又到香港住了两年。"

——大陆的事还记得吗？

"怎么不记得？清楚得不得了，北平、上海、南京——好多地方！长江啊，黄河啊——那些山呀水啊，拉船的伕子……好清楚好清楚。特别是出国了，这些记忆变得愈来愈清晰。好奇怪的——对，也许我想得太厉害了，不能自已地用想象来夸张那些记忆吧。不过，台北我是最熟的——真正熟悉的，你知道，我在这里上学长大的——可是，我不认为台北是我的家，桂林也不是——都不是。也许你不明白，在美国我想家想得厉害。那不是一个具体的'家'、一个房子、一个地方，或任何地方——而是这些地方，所有关于中国的记忆的总和，很难解释的。可是我真想得厉害。"

他有点茫茫然地笑起来。白先勇的笑很奇特，呵呵呵，有点像小孩的笑，呵了三五笑，恍若要断了，忽然拖着长声又扬高了。为一点点小事，他就能断断续续笑上一分多钟。

尽管台北不是他的家，白先勇仍有一大筐属于台北的记忆。

在香港，白先勇上过两年教会学校。到了台湾就进建国中学。他说，中学时代的他并不快乐。"那时我孤僻得厉害。"他很少和同学往来，整天躲在自己的小天地，读他的诗赋词曲，还有——写东西。对这些早期的作品，白先勇是不提的——"小学生作文嘛。"

这种"闭关自守"的情形，一直等他一九五七年考入台大外文系，才有了改变。"我们那一班人才济济，真的是少有的群英会。"喜欢耍笔杆，又真把写作当回事的同学，数一数，竟有十多个。例如：欧阳子、王文兴、陈若曦、戴天、林耀福、陈次云。由于对文学的热爱，白先勇立刻和他们结成"死党"。除了好同学，还有好老师：已故的夏济安。在夏济安的指导下，白先勇这伙人开始在夏主编的《文学杂志》崭露头角。

大二下学期，夏济安去了美国，《文学杂志》编者易人。这群"死党"觉得《文学杂志》没以前好。喟叹之际，"为什么不自己办个刊物"的念头就冒上来了。年轻人，说干就干，筹钱，写稿，跑印刷厂，加上刚由美国回来的余光中，以及何欣这些人的协助，一九六〇年春天，《现代文学》创刊了，白先勇是发行人。

在发刊词里，他们强调，这个杂志将有系统地介绍西方近代文学的优良作品，并致力新文学的创作。第一期，他们推出当时在台湾鲜为人知的卡夫卡，以及九年后的今天依然站得住脚的几篇创作：丛苏的《盲猎》、王文兴的《玩具手枪》、白先勇的《月梦》和《玉卿嫂》。

"那阵子我们真疯啊！正课不念，光看自己喜欢的小说。读过了，大家一起讨论、批评、吵嘴。考试到了，就在印刷厂一边校对一边翻笔记。"

印刷厂临阵磨枪考出来的成绩还是在班上名列前茅。一九六三年初，白先勇得到全额奖学金到美国爱荷华大学创作班留学。一九六四年得硕士学位后，到加大教书迄今，这一次是他第二度回国。

一般认为，白先勇的作品是去国外之后，才真正成熟。"说起来好奇怪，我去了美国以后，才认真读中国的东西的。"而他的"台北人"与"纽约客"也就一篇比一篇地中国起来。这两个专题下的一系列作品全部发表在《现代文学》。白先勇不大愿谈自己的作品——"那到底有些 embarrassing。"提起《现代文学》却止不住地亢奋起来："那已经成为我生命的一部分！"

——要是九年前不曾办《现代文学》，现在会不会再办个文学刊物？

"不！"三十二岁的白先勇翻翻大眼睛，拂了拂覆额的浓发——"不不，这不算披头，披头还没出道以前，我就留了。我母亲常常催我上理发店，她去世后，我就乐得留长了。"——吸口烟说："现在老了！没那股劲儿了！"

如果白先勇台北之行真的纯粹回来玩，那他挑对了时候。白家兄弟姊妹共十人——先勇排行第八——从胜利那年在南京聚过一回后，各分东西，离散海内外，再也不曾聚齐。八月里，十弟结婚，几位兄姊都赶回来，一下子很难得地凑了八个人。一家热热闹闹地玩了几天。

大姊从香港回来那夜，白先勇兄弟为她接风，十一点多，又上国宾饭店十二楼陶然亭喝酒聊天。

陶然亭有一座浅红的钢琴。白家一群人便围着钢琴而坐。灯光黯黯的。琴音流出一束束教人心暖的魅丽。

白先勇足蹬凉鞋，穿了一件橘红细格子衬衫，一条米色短裤——"台北的男孩子怎么不兴穿短裤？"——啜口酒，从杯中捞出那枚红樱桃，趴过半个钢琴："大姊，这个cherry给你！"

每个人兴致都很高，却有些倦了，只有白先勇精神十足的——"十二点一过，我就复活了。"

钢琴弹出一支蓓蒂佩琪的歌，二十多年前的老歌。

白先勇眼睛一亮："大姊，你的歌！记不记得……那年我多大？""十二岁。"大姊说。

大家漫漫哼唱着。白先勇缠着要大姊弹琴，大姐不肯，他转移目标："那二哥唱个歌。"二哥指指酒杯："等我喝了这杯不要脸的药再唱！"大家笑了。白先勇笑得最响，呵呵呵——呵呵呵……

"唱一个嘛，"他说，"老沧桑，唱一个嘛。"白先勇管他二哥叫"老沧桑"。二哥也喊他"老沧桑"。

二哥唱了。唱了一半，推推白先勇："老沧桑，你也唱！"

白先勇举起杯子，一饮而尽，点了一根Salem，抬抬手："再来一杯Manhattan！"——记得《谪仙记》里的李彤吧？

"她抽出一张十元美金给那个侍者,摇摇晃晃地说道:'你们这儿的 Manhattan 全世界数第一!'"

"嗨,老沧桑,你唱啊!"二哥催道。

白先勇呵呵笑了笑,吐出一口烟,听着二哥高声唱出:"今夜且让我放纵,哪管明朝!……"

"人有很多面,像球一样,"那天,在"蓝天",白先勇说,"经过一些事,人会变的。"他觉得去国七年,自己长大了,也改变很多。许多年轻时认为很重要的事,现在都漠不关心了。

"活到三十岁,我发现人活着,实在不必 care 别人对你的看法,对你的闲言闲语……不必在乎!"——连写作也可以不在乎吗?"不,那是不同的。"——那么读者呢?——白先勇沉吟着,说写作是一种非常 personal 的事。一个作者不必、也无法讨好每一个读者。"我有几个朋友,他们了解我,也了解我的作品,我对他们的意见非常尊重。"这几个友人中,包括夏志清与欧阳子。

"……认真想想,自己实在不重要;世界上有那么多人,比自己可怜,值得我们去关心、同情——不觉得生命本身就是很可怜的吗?"——那你想过自杀没有?——白先勇愣一下,说这个问题太 personal,他不能回答。过了一会儿,他看看远处说:"经过一些事,人会变的。"

七年的时光,由年轻人水仙花的自我中心渐臻以悲天悯人的眼光看大千世界,这种心境上的转变,形诸作品,大概始于《上摩天楼去》。那以后,白先勇的作品,再也找不出早期的《月梦》、《寂寞的十七岁》、《青春》里的感伤色彩了。

在众多作品中,白先勇独独偏爱《游园惊梦》。不是因为外界对这个短篇有超乎寻常的好评,而是"也许那里头的人物我太熟悉了……我想我了解他们"。这个短篇,他写了半年,前后删修重写五遍之多。——你笔下的故事全是真的吗?那些人物你全认识吗——"我想我认识他们,他们是我写出来的。故事都是编出来的……"——《金大班的最后一夜》呢?——白先勇笑了,笑得有点得意地说,有人以为他是老舞棍,"其实我只去过一次舞厅,第一次回国时……我看到一个大班,他们说她以前是上海百乐门的红舞女,我忍不住就替她编了一个故事。——你会不会这样?看到一个有意思的人物,就会替他编故事。看人实在很有意思!"

从《永远的尹雪艳》到最近的《满天里亮晶晶的星星》,"台北人"已经写了九篇。白先勇说他不知道还要写多少。"写到没得写,写不出来为止。"——那么"纽约客"呢?为什么写了两篇就搁下来了?——"我想'台北人'对我比较重要一点。我觉得再不快写,那些人物,那些故事,那种已经慢慢消逝的中国人的生活方式,马上就要成为过去,一去不复返,"白先勇挥伸着手臂说,"一去不复返了。"

提到"一去不复返",白先勇说了一个"故事":"前些日子,我带几个小孩——其实不小，十几二十了——到外双溪博物院玩。有一个就不肯进去，他说那没什么好看的，一大堆破铜烂铁！"

"……从旧金山到东京，到夏威夷，到香港，回到台北，一路过来，我发觉这一代的年轻人在衣着举止或想法上几乎没有太大的不同，完全美国化——或者国际化了！"他觉得文化不是摆在博物院，用冷气、玻璃柜，小心保护起来，给人看的，传统的中国文化已经和真正的中国人生活逐渐脱节了。谈起这些，白先勇没有对现状的气愤，仅有对过去的惋惜。

回台北两个月，白先勇只字未写。"我是回来玩的，"他说；"而且，我住在哥哥家，没有自己的书桌，人太多，清静不下来。我写东西需要很静的环境。"在圣芭芭拉，他喜欢深夜写作。写得不顺手时，就一壶壶茶往肚里灌。心里有话，一时又无法表达得很妥切是很痛苦的。白先勇认为，文学作品形式与技巧高于一切。至于内容倒不那么重要："不管怎么写，我们还是在重复老祖宗说过的话。"因此，他敢于把刘禹锡的《乌衣巷》和陈子昂的《登幽州台歌》摆在《台北人》与《纽约客》卷首，直截了当地点题。

"一个作家，一辈子写了许多书，其实也只在重复自己的两三句话，如果能以各种角度，不同的技巧，把这两三句话说好，那就没白写了。"即使他最喜爱的作家，如乔伊斯、福克纳、陀思妥耶夫斯基、D. H. 劳伦斯——"你知道吧？

劳伦斯也是个画家,他不喜欢自己的画。——他的画,跟小说一样,full of vitality!"——他以为,也只是说了两三句话。

——那么,你觉得你说出自己的话没有?——他想了想,摇摇头,换个坐姿说:"没有。至少还没说清楚。"——有没有夜半梦回,为这件事发急的时候?——"怎么没有?急啊!急得更睡不着。"

在加大,他教美国学生念唐诗宋词,讲《红楼梦》——"好了不起的一本书!跟任何一本世界名著相较都不逊色!"——讲中国近代小说:从"五四"说起;也讲当代作家的英译作品:像欧阳子的《网》,於梨华的《柳家庄上》。

"用英文讲中国东西,有一种戴了面具的感觉。可是,讲到有些地方,他们就跟不上来了。许多东西跟他们讲不清。中国对他们到底太陌生了,他们没办法了解的。"白先勇说,比较起来,美国人比我们放得开,因为他们是很年轻的民族,中国人的生活环境,还有教育,都使人无形中有一份对五千年文化的 awareness。

"真的,在台湾不觉得,出去以后,往回望,就会知道我们的文化是多么渊博、深沉。每一回顾,就会感觉到自己肩上的 burden。这么说,也许有人会觉得可笑,可是我真的是这样,我自己或任何人都无法改变这一点——我也不想改变。"

午夜两点,弹钢琴的女孩子下班了,陶然亭打烊。笑够,唱够，也喝够了Manhattan，白先勇和家人走出国宾饭店，又上新亚吃过消夜，才叫计程车回家。

计程车在街头飞驰着。白先勇说，台北的夜晚比白天美。又说，台北变了很多。他当学生时，大学生骑脚踏车，现在摩托车满街跑了。

他说，将来有一天不再写东西，他要好好地活，要到处旅行。

他说，台北不是他的家，桂林也不是——都不是。不是任何地方，而是一份好深好深的记忆与怀念。

白先勇只往回看。

白先勇知道他回不了家。

——因为他想回去的"家"，正如计程车后，消逝在夜黑中的长路；那些属于中国的辉煌的好日子，那——

我们五千年的传统

我们五千年的五千年的五千年的

一九六七年《幼狮文艺》

同性恋，我想那是天生的！
PLAYBOY 杂志香港专访白先勇

蔡克健

一九八八年四月底，白先勇经香港到广州参加《游园惊梦》前后几天的排练工作。在香港逗留的三天里，他既要参加香港电台的节目，又要到中大演讲，在时间的安排上自然是左支右绌。四月二十四日，也即是他起程赴粤的前一天，他一个早上要接受十多家报刊的访问。负责安排访问事宜的香港电台腾出了半个小时给我们，算是特别优渥。只有那么一点时间，当然谈不出什么头绪来，幸而他答应在广州继续跟我们谈下去。四月三十日是《游园惊梦》首演的日子。白先勇又忙个不可开交。可是，他还是抽空在酒店房间里接受我们访问。这回我们断断续续地谈了一个多小时。不过，当时《安徽日报》

的一位记者何华亦在场。何先生从前读复旦大学时的毕业论文题目是白先勇,这次白先勇在广州期间,由他权充秘书。虽然访问内容没有什么"机密性",可是有第三者加进来,总是有点不方便,而且电话又不时地响起来。

翌日,我们一起坐直通车回香港。在车上,白先勇安排我们坐他旁边,继续未完成的访问。他谈到他的父母亲、他对同性恋的看法……当然还兴奋地跟我们谈论前一晚首演的情况。他把《游园惊梦》由小说到戏剧的整个演变过程,从头到尾向我们讲了一遍。可惜因为篇幅的关系,只能把这部分谈话省略了,留待下期另文介绍。由于时间仓促,访问其实并没有完成,只可以说是告一段落。在车站与他道别时,我肚子里还有一大串问题,例如《孽子》人物的出身和生活圈子与白先勇本人的阶层可谓有天渊之别,他怎么能够对他们的生活、语言等等那样了如指掌呢?也许,日后再向他提出吧!

P:你这次到广州参加《游园惊梦》四月三十日的首演,之前你又曾访上海。我有一个问题想问你,不知你方不方便回答?

白:你问什么我都会回答。

P：有许多台湾学生到了外国之后，思想变得颇为激进，可以说是"左倾"吧。你到了美国之后，思想上有没有出现同样的变化？

白：我有，但我想我的改变跟他们有相同，也有不同的地方。我是在六三年到美国的，六十年代的反越战运动等等，我都适逢其会，可是并没有受到太大的影响，可能是因为我历史感比较强，注意整个历史的发展过程，并不光着眼于目前。因此，可以说我的"定力"也较强，没有那么容易随着潮流被卷进去。到了外国之后，最重要的变化是我对中国传统文化的重新发现。我在台湾的时候，受西方现代主义的影响很大。那阵子，我们提倡现代文学，自己也搞现代派的创作。到了西方之后，却反过来追求传统文化！我的思想和感情可以说是西方现代主义跟中国传统文化的结合，我的作品也有意无意地显露这种融合。

P："文革"之后，人们可以比较冷静地去检讨中共历来的得失。关于你对中国目前情况的意见，已有许多人问过你，你也说了不少。我倒想知道，你在一九六三年到美国之后，那时"文革"还未发生，你对中共和共产主义的看法又怎样？

白：我记得中共在一九六四年试验原子弹的消息公布后，我跟其他许多人一样，很"中国"起来，忘记了政治、共产党什么的，只知道中国人也有原子弹了，是一个很值得骄傲的事情。那光景，我对中共仍然很不了解，当时一般美国人对于中国的情况也很糊涂。当 Felix Greene 那套题为《中国》的电影在美国上演时，我也去看了，好像是在纽约的 Little Carnegie Hall 看的。那部电影令我十分激动。现在当然知道片中的情况完全是安排出来。电影拍的是一九六二年的中国，当时大陆上的人吃也吃不饱，可是电影里人人都显得幸福快乐，十分乐观。

Ｐ：Felix Greene 在五十年代曾写过一本书，记述内战前后的中国政局和社会，据他自己说，目的是要打破美国特务和国民党宣传所制造的假幕。他自己后来却制造了另一个假象。

白：总之，传播媒介真的是一个制造幻象的工具！

Ｐ：你看是不是因为在美国可以享受更大的思想和言论自由，而且也更容易接触中国大陆，所以许多台湾作家到了美国之后都不愿意返台？

白：我想那是原因之一。台湾的政治是最近几年来才大幅度地开放的。在六十年代，一切都十分保守，诸多禁忌，我们当时对于政治中的种种限制十分反感。不过，那只是原因之一，个人的事业等等因素也很有关系。

Ｐ：在你早期的作品里，有许多篇是描写少年与成年、暮年男人之间的爱欲关系的，例如《青春》、《月梦》、《寂寞的十七岁》等等。可是，到了美国之后，你有好一段时间几乎没有再写这个题材，直到《孽子》为止，那是为什么缘故？

白：我真正开始写小说，第一篇发表的是《金大奶奶》，在《文学杂志》上刊登；第二篇是《月梦》；稍后的《青春》，与《月梦》的主题基本上是一样的。当时可以说正是我的浪漫主义时期，现在回头想，那时我虽然还很年轻，只有二十一二岁，可是对时间已特别敏感，感觉到时间的流逝。从那时开始，时间的流逝一直是我最关心、最敏感的一个题目。施叔青那天在《明报》上说：白先勇写的其实是时间。欧阳子的分析（《王谢堂前的燕子》，一九七六年，台北——编者注）里也经常提到这一点。时间有几种，一种是抽象的人生过程，是不断的变化，也就是佛教所讲的"人生无常"，我觉得整个佛教充满了一种悲感，悲悯人生的无常。可能我年轻时已经有了相同的感觉，《月梦》和《青春》所写的都是老年与青少年的对比以及同性之间的爱恋关系。可是，从更高的层次去看，两篇小说所描写的是对青春不再、对时间、对时间的变动而造成的毁灭的惧畏——一切都要随着时间的洪流而消逝。不过，我当时对于这种种问题恐怕并不是很自觉的。我后来回头看，也觉得很奇怪：那时自己还那么年轻，怎么会有那种感受。曾经有人说我是受了托马斯·曼的 *Death in Venice* 的影响，可是当时我还没有看过那本小说。

P：记得当时在台湾和香港，人们谈论的是托马斯·曼的其他作品，例如他的巨著《魔山》，《威尼斯之死》是拍成电影之后才受人注意的。

白：也不完全没有人知道，但没有《魔山》那样有名。当时我自己还没有读到《威尼斯之死》，而且对德国文学也没有什么研究。我也曾思索过你刚才提出的问题，我小说的题材是否改变了呢？我的看法是：《月梦》、《青春》等与我后来其他的小说表面上似乎不同，但在主题上却很一致，例如《游园惊梦》写的也是时间。

P：但说到底，写《威尼斯之死》时的托马斯·曼以及把那本小说改拍成电影的维斯康堤都已在迟暮之年，而你在《青春》和《月梦》里描写老年人对少年肉体所象征的青春和过去的追念与眷恋时，年纪才不过二十一二岁。你认为你这种对时间的敏感是天生的呢？还是与你的家庭环境有关？

白：我想，与《月梦》同时发表的《玉卿嫂》，表面上与前者是两个不同的故事，但实际上也有相同的地方。在《玉卿嫂》里，一个成熟的女人爱上了一个年纪较轻的小伙子，因此时间也是其中一个主要因素。事实上，爱情与时间有着不可分割的关系。

P：可是，你对时间的敏感是怎样来的？

白：是不自觉的……

P：尽管是不自觉的，但总有个理由来吧？

白：我老觉得美的东西不长存，一下子就会消失，人也如是，物与风景也如是。那当然并不是我个人独有的感觉，所有的艺术家、文学家都不例外。中国文学的历史感特别重，诗词歌赋里头充满对古往今来、朝露人生的咏叹。欧阳子说整部《台北人》讲的都是时间——过去与现在。其实,我从开始写作起以至现在,也许就只讲了那么一点。

P:你曾经在一篇文章里说,中国当代的文学作品缺乏历史感。

白:我的看法是那样。现在的作品缺乏时间的深度。你是念历史的,对中华民族的历史感应有所了解吧,你的看法怎么样?

P:我碰过许多从国内出来的艺术家、作家,他们老爱抱怨中国两千年封建什么的,可是,他们对中国历史却似乎颇欠认识。

白:欧阳子说我的小说讲的是过去现在的对比,我想我历来所写的东西的确都是这个主题的引申。你问我为什么到了美国之后没有继续写类似《月梦》、《青春》的题材,其实我不过是以另外一个方式、从另外一些角度去写同一个题材,例如《谪仙记》写的也是人对流逝的时间的怀念与追寻,不过其中还加上一点历史。《台北人》就更是同一个主题的延伸了。是吧?其中的《满天里亮晶晶的星星》可以说是《月梦》的重现。到了《孽子》,我更扩大来写这个题材,那是我一直想要写的一本书。由《月梦》到《孽子》,可以说是我的写作过程的自然发展。你刚才问我为什么对时间那样敏感,与家庭环境有没有关系?我猜是有的。我们家是一个大家庭，父亲是个军人，母亲也出身于官宦之家。我们家与国民党的关系很密切，家运随着党运而起伏。我是在抗战中出生的，可以说是生于忧患吧。十一二岁时从大陆到香港再到台湾，从一个世界跑到另一世界。我那时刚开始了解周遭的人和事物，但童年时代认识世界的依据一下子就改变了，我在自己心目中所建立的世界刚开始就毁灭了。目睹人事变幻得那般迅速，令我产生了一种人生幻灭无常的感觉。我刚到台湾时，看看新居，肚里不禁呐喊：哎哟，怎么住进一个小茅屋子里去！去年重访上海时，我请朋友吃饭的饭馆碰巧就是我家的故宅，除了觉得巧合外，还不免觉得有沧海桑田之叹，真个是"旧时王谢堂前燕，飞入寻常百姓家"！后来我为此写了篇《惊变》，在十二月号的《联合文学》上发表，后来又在香港的《百姓》和上海的《文汇》月刊上刊登。

P：你家信佛吗？

白：不，我家是回教徒……

P：呀，对，你是广西人。

白：对，广西人，我们是回族。可是，我个人的宗教感情相当复杂。家里信回教，我在香港念的却是一家天主教中学——喇沙书院，要跟着洋和尚念圣经、教义问题。那时，我差点信了天主教，其后虽然没有入教，但天主教给我很大的启发。到了后来，我发现自己基本的宗教感情是佛教的。

P：你笔下的人物也似乎大都是信佛的。

白：对，基本上是中国的佛道。佛道的精神和对人生的态度对我的影响愈来愈深。我之所以那么喜欢《红楼梦》，与书中的佛、道哲理很有关系。不光是《红楼梦》，汤显祖的戏曲，例如《游园惊梦》，也充满了佛道的感情和思想，在传统中国文化里头，佛道与儒家是一而二、二而一，一体的两面。

Ｐ：你说时间的流逝是你一切作品共有的主题。不过，从题材的选择来说，你的作品可以大致分为几个阶段：早期的《月梦》、《青春》、《寂寞的十七岁》等是一个，《纽约客》是一个,《台北人》又是一个。一九七七年开始发表的《孽子》再回到青少年的身上去。为什么？

白：为什么？因为我很同情青少年的成长过程，也许那和我青少年时代的遭遇有关。我自己经历过一个非常困难的成长过程。据我母亲说，我小时是个很霸道、很外向的小孩子，脾气很坏。七八岁时生了一场大病，令我觉得自己被打入冷宫，被整个世界抛弃了……

Ｐ：可是，小孩子生病一般都受到家人特别细心的照料……

白：对呀，家人对我的照料无微不至，但因为肺病是传染病，那时候人们对肺病十分恐惧，不敢接近患这种病的人。因此，当时我觉得被别人遗弃了。从那时起，我对人特别敏感，自己的性格也因此而变得内向。我的童年——其实可以说我并没有跟其他小孩子一样的童年——就在上海郊区一个偌大的院子里度过，整日与花草和小动物为伍，平日总是孤孤单单的一个人。我现在还清楚地记得那些日子。看见院子里的梧桐落叶，竟会兀自悲起秋来，那时我还是个小孩子呢！现在回想起来，真觉得有点滑稽！但无论如何，我那时候常感到一种莫名的悲哀。

P：也许那就是佛家所谓的"佛根"吧！

白：哈哈！我也曾跟朋友开玩笑地说：世间烦恼事那样多，我不如去当和尚好了！后来我的病好了，我再回学校上课。可是，我那时已变得非常敏感，也训练出对别人心事的了解能力。

P：观察力？

白：对。旁人不注意的事，我也能感觉出来。因此，我不能忍受别人的痛苦，别人不快乐，连我也会感到不舒服、不好受。这方面给我很大的心理负担，另方面也许亦构成了我今后从事文学创作的动力。法国《解放报》曾经向各国作家提出"你为何写作"这个问题，后来把回答结集出版。当时他们向我询问，我的回答是：我之所以创作，是希望把人类心灵中的痛楚变成文字。英文原文是：I wish to render into words the unspoken pain of the human heart。你问我为什么要写青少年，我的答案也是一样。我重回"人间"之后，就碰到一连串的动乱，随着家人不断迁徙，从上海到广州到香港再到台湾。你知道，青少年每到一个新环境，总会发生适应的问题。而且当时我在语言上也不适应，一下子是上海话，一下子是广东话，一下子是台湾话，令我更感觉无所适从，到处都自觉 out of place。

P：对于性格内向，惧于孤独的小孩子来说，适应新环境的困难就更大了。

白：对。不过，我原本是十分外骛的，大病之后才变得内向。中学的时候，我的确相当孤僻。在台湾读高中，三年下来，跟三分之一的同学从未打过招呼！那并不是因为我骄傲，不理睬人家。我想我是害怕走进他们的世界。他们的世界跟我的很不相同，我指的是内心世界，与社会阶级、家庭背景等无关。

P：你念的是男女校？

白：不，是男校。总之，那时我很怕跟别人打交道。因此，对于青少年——尤其是在成长过程中发生适应问题的青少年——的内心世界，我是很能了解的，因为我自己也曾挣扎过。在另一方面，那也令我变成一个不接受世俗价值观的 rebel。

P：新公园那班"孽子"的天地，"是一个极不合法的国度，我们没有政府，没有宪法，不被承认，不受尊重……"

白：是的，我的内心世界也许也是这样的一个国度。不过，为了要在现实世界里生存，我必须接受政府、法律等等的束缚。

P：你说你小时十分霸道，大病后变了另一个人。其实，除了变得内向之外，根本的性格也许并没有完全改变。例如你笔下某些人物关系往往十分狂烈。

白：对，对，对！那是 passion 的流露，那也是我性格的一部分。

P：在港、台作家的作品里，极少出现你笔下的那种狂烈冲动，一爆发起来就……

白：不得了！从《玉卿嫂》开始，就是这样。

P：对了，《玉卿嫂》中那些做爱场面，好比是你死我活的斗争。

白：的确如此。我觉得爱有时是很可怕的，尤其是到了某个程度。有些人也许宁愿轻描淡写，我却觉得当一个人爱上另一个人的时候，真的是……真的是天轰地裂！我有这种感受。我想写的时候出于感受多于真实的经验……即使是《玉卿嫂》里头的那种肌肤之爱，我看也是内心感情爆发的表现。

P：在几篇文章里头，你对母亲流露出深厚的感情，除了母亲之外，你一生中有没有对其他女人产生过强烈的感情？在现实里头，你有没有认识过玉卿嫂、钱夫人、金大班……

白：哈哈哈！我对饱历沧桑的女人很感兴趣。我觉得成熟的女人味道特别足。她们就算没有亲生的儿女，在人世间都代表着一种母亲的形象。风尘女子往往都很母性，而我们对母亲总不免怀抱或多或少的眷恋。

P：你其他的作品已经有许多人讨论过了，我想专门跟你谈谈《孽子》这本书，一来那是你唯一的长篇小说，而且也是你最近期的创作，其次，这部小说在国内的受欢迎程度实在令人觉得有点意外……

白：对，在中国出了两个版本，一个是北方文艺出版社的，另一个是人民文学出版社的，刚出版不久。这书在大陆竟然会有两个版本，你说奇怪不奇怪。

P：奇怪是奇怪，但很有意义。

白：《孽子》出了两个版本，而且读者的反应非常positive。我想他们是从较广的角度去看这本小说。虽然里面写的人物是同性恋的，可是……这样自己说自己的作品，我觉得有点不好意思！……《孽子》传达了作者对人的同情。这本书如果有一点成功的地方，我想就在这里。也有人从文化的观点去研究这小说，着眼于其中所描述的父子关系和父权社会的状况。这书除了讲述一群人的故事之外，也许还反映出中国社会的共相。《孽子》所写的是同性恋的人，而不是同性恋，书中并没有什么同性恋的描写，其中的人物是一群被压迫的人。中国读者也许是由于经历了过去的动乱，虽然实际情况和问题不同，但感受却一样：一种被压抑、被中心权威束缚、被流放的感觉。

P：毛泽东曾经是不少中国人——尤其是年轻的一辈——

心目中的"父亲形象",《孽子》所描写的那种父子之间的爱恨关系,对于许多中国读者来说,也许有着双重的意义?

白:对啦!我想也很有关系,打动了中国人基本的恋父情结。

P:《孽子》令人联想到法国的 Jean Genet(让·热内)和意大利的 Passolini(帕索里尼),尤其是后者。Passolini 也反叛社会,把他的爱放在浪荡街头的穷小子身上。你有没有读过他的小说,例如说 *Ragazzi di vita*?

白:没有。《孽子》并没有受到其他文学作品的影响。不过,在写这书之前,美国出版的一本报道性的书,*For Money or For Love*,却给予我很大的启发。我忘了作者的名字,好像是一位记者。他的两个年轻的儿子被坏人拍摄了一些 Gay Porno 的照片,被他发现了。打听之下,他才知道有许多年轻的男孩子做那样的事,就决定进一步调查这个问题。美国每年有近百万十三岁到十七岁的青少年离家出走,其中不少在大城市里沦为男妓。调查的结果,发现许多男孩子当男妓并不是为了金钱,因为在美国要生存并不困难,十来岁的小伙子年轻力壮,可以随时找到工作。他们出卖自己的身体,同时也为了爱。他们许多在家里得不到父爱,反而从光顾他们的一些成年男子身上找到爱情。书中谈到一个十一二岁小男孩的故事,十分动人。这个小男孩有一个四十来岁的客人,经常给他钱。后来男人被警察抓住了,控诉他与未成年的男童发生关系。男孩出庭作证时，苦苦哀求法官不要惩罚中年男子，因为那人是他世上唯一的朋友。书中的人物可以说是一群得不到父亲的爱与谅解的"孽子"。在法律之前，与未成年的孩童发生性关系——尤其是当这种关系牵涉金钱的时候——是一种犯罪行为。但法律之外还有人情。那些男孩子往往不是为了金钱，许多是为了找寻那么一点爱、一点温暖，即使是短暂的。书中所说的是美国，但其实台湾亦有同类的情况，而其中也有许多动人的故事。我自己就认识一个这样的孩子。他没有受过什么教育，却唱得一口英文歌。其实他根本不懂英文，并不明白歌词的意义，但唱起来倒是有腔有调的，很好玩。他的身世十分可怜，旁人听了都替他难过，他自己反而不觉得怎样。他的父亲是个老军人，为人十分粗鲁，母亲是个台湾女人，没有受过教育。父亲对他很严厉，后来还把他赶出家门。有时偷偷回家探望母亲，如果给父亲碰上了，就会连骂带踢地撵他走。他跑在前头，父亲在后面一边喊骂、一边追打，母亲夹在中间，好歹要把两人分开。这类故事多得不可胜数。天下间有无数孩子在找爸爸，《孽子》可以说是寻父记吧。书中的人物失去了家庭，失去了伊甸园，在乐园之外流浪，沦落为娼。但他们并不放弃，为了要重新建立自己的家园，他们找父亲，找自己……

　　P：男女之间的关系，有时也可以是男的要在女的身上重温母爱，或者女的要在男的身上找到她所需要的父亲形象。

过去，同性之间只可以有伦理的关系，现代文明却似乎要打破这种界限和规范。

白：我的看法可相反。我们知道在古代的西方，例如希腊，同性之间的爱情是十分崇高的，甚至得到诗人和艺术家的赞美。男的例如柏拉图、亚历山大大帝，女的如诗人Sappho，都是同性恋者。所以我觉得在这方面倒不见得昔不如今，古代不比现代"封建"。我们中国的古代，同性间的爱也很重要，往往诗词里流露出来，反正性别的界限并不那么清楚。

P：可是，你说的是古代的情况，西方进入了基督教时代之后，情况就不同了。中国在儒家的影响之下，同性爱也愈来愈受到约束。讽刺的是：养男嬖的风气反而在捍卫伦常制度的士大夫阶层中流行。

白：在清代，那是公开的。不过，我认为应该分开来说，你所说的是有钱人养伶人、蓄男妓的风气，但在其他阶级里，男与男之间也可以有很亲密、很强烈的关系。

P：也许那是因为在中国传统社会里，除了"伦常"之外，似乎并没有明文规定不许同性相恋。

白：对。在中国，同性恋并不是一种罪，顶多被社会认为是"伤风败俗"，没有基督教那样的宗教制裁。我想基本的不同就在这上面。

P：《孽子》是在美国写的，台湾公园里头真的有书中所描述的那些角落和情况吗？

白：我想有的，报刊上也有报道。不过，小说里的"新公园"的象征性大于真实性，人物的"王国"必须在别人眼中的黑暗里、在心灵的原野上才能存在，因为那是一群被文明都市放逐的人。

P：你去美国之前，或者从美国回台湾的时候，是否也亲眼见过？

白：也有，"新公园"一直都存在，具有"新公园"那种象征意味的地方一直都存在着。

P：那你为什么要等到《孽子》才把这个世界写出来？

白：其实我早就着手写这本书，在七十年代初便开了头，故事都有了，可是拖了很久。书中的意义很复杂，必须透过一个适当的形式去表达，可是我一直没有找到我认为适当的形式。原稿前前后后经过好几次改动，尤其是下半部，写得好辛苦。过去我写的，都有一个预定的framework，有其他作品做参考。《孽子》却不然，中国文学里没有可供参考的作品。然而，我坚持要从中国人的角度去看同性恋的问题，去写一个中国人的世界。你看过题材类似的欧美小说吧？你觉不觉得《孽子》所描写的感情和问题与它们有相同的地方，也有不同之处？那是因为书中人物的处境既有其普遍性，但同时又因为社会和传统的不同，也有特殊的一面，我希望在书中兼顾二者。中国不是没有讲同性恋的小说，例如清代的《品花宝鉴》里头就有同性恋的描写。可是，我要从另一个角度去写。《孽子》并不单是描写青少年的问题，全书的大架构是中国的父权中心社会以及父子——不只是伦理学上的，而且也是人类学、文化学和心理学上的父子——的关系。

P：我的感觉是：你早期的作品以女性的形象最为特出，从《台北人》起，父亲的形象开始比较显著，《孽子》则主要是一个男性的世界，跟你刚才说的一样，父子关系成为主题。

白：这是我第一次那样去写。我早期的作品里也曾触及相同的问题，例如《寂寞的十七岁》。不过，《孽子》是我第一次深入地处理中国的亲子关系，并且把这关系从家庭扩展到社会，把父辈的形象提升至父权象征的层次上。美国的葛浩文（Howard Goldblatt）正在把这书翻译为英文，班文干(Jacques Pimpaneau)教授也曾向我表示他有意把它翻成法文。

P：你的作品里多次描写"父亲形象"，但似乎很少提到自己的父亲白崇禧，你小时候与父亲的关系如何？

白：我的父亲对我有多重意义，因为他的身份很复杂。一方面，他高高在上，经历了北伐和抗日等大事件，是中国现代史上的英雄人物。但他在我心目中的英雄形象是抽象的。作为一个父亲，他有非常人性的一面。他在我眼中往往好像是一而二的两个人，或甚至是几个人。对于这几个"白崇禧"，我的反应也不同。

P：对你影响最大的是他的哪一面？

白：对我都有影响。我父亲既慈爱、厚道，但同时又是一个律己甚严、要求甚高的人。他对自己很苛刻，因此对我们的教育也很严格。

P：他对你很严厉吗？

白：对我呢……我在家中的地位算是挺高的……

P：你们几兄弟？

白：我们七个。我在家里的地位挺高，那是因为我功课好的缘故！我总是考第一，从小学、中学到大学，成绩一向都很好。

P：所以父亲特别疼你？

白：他也不是特别疼我。其实他最爱的儿子不是我，妈妈最爱的也不是我，可是他们两个都很爱我。你知道，有时候孩子们受到父亲的宠爱，却不一定也得到母爱，或者相反。我却得到两方面的爱，而且他们都很尊重我，那是尤其难得的。有些人看了《玉卿嫂》，以为我小时候跟父母相处得不太和洽，很怕父亲，或者父亲对我不好，其实完全不是那么回事，适好相反。从小到大，我几乎没有被父母重责过，更不要说体罚了，也许是因为我小时有病，他们对我多体恤一点吧，我也很努力做一个好孩子。

说起来，我父亲是我们大家族的patriarch，他对自己一丝不苟，而且他很聪明，成就很大，因此对人的要求也很高，达不到他的要求的人就惨了！

P：对他的手下呢？

白：他对下人倒很宽。他自己出身于乡下的穷苦人家，吃过许多苦，因此也很体恤下人，而且从小便教导我们，绝对不许对下人有任何不公平的待遇。尽管父亲当时的地位很高，但他总是严格地管束我们，不让我们有自高于人的感觉。抗战时，我们家在广西，当时国事艰难，整个广西一片穷困，虽然我们并不至于穿不起皮鞋，但父亲规定我们要跟别人一样穿布鞋，也不准我们乘坐军队给他用的汽车，因为当时真个是一滴汽油一滴血。移居台湾之后还是老样子，我们都是坐脚踏车上学的，除非是下滂沱大雨。我们习以为常，以致下大雨坐汽车的时候，也不好意思停在校门口，宁愿在老远下车，走路到学校！

P：你跟母亲的关系呢？

白：她跟我父亲不大一样。她很漂亮，很美丽，而且是一个很热情、拥抱人生的女人。她有了我们十个儿女，还老觉得不够！她既是一个很母亲型的女人，同时却又胸怀广阔，刚毅勇敢。几次在重要的关头上，她都能当机立断，不输于男人。父亲是个求全的人，不能容忍别人的缺点，母亲却宽容豁达。不过，她是小事宽容，对大事可也不马虎。虽然他们早已去世，但每当我在情感上或事业上碰到大挫折的时候，我总觉得父母在给我很大、无形的支持。我觉得在构成我的个性的成分中，父母所各占的比重都很大。可以这样说吧，我父亲极理智、极冷静，我母亲却是一个非常富感情的人，虽然也有她理性的一面。这两种成分在我的性格里造成很大的冲突……

P：你时常感觉到理智和感情的冲突吗？

白：可以说既是冲突，也是优点吧。

P：你可以举个实例？

白：我跟母亲一样，是个很容易用感情的人，但同时也可以很理智、很冷静地去控制自己。有些人完全感性，那也很好，另外有些人则是完全理性的，那也满容易，我呢，却是两者参半，经常斗争。

P：你在什么时候发现自己有同性恋的倾向？

白：我想那是天生的。

P：在外国，尤其是在英国，中学、大学的学生之间的同性恋现象相当普遍。在台湾和香港，由于社会和道德的压力，这种事至少在表面上不常发生……

白：那也不见得。台湾的中学，因为男女分校的缘故，同学之间有亲密感情的也不见得会太少，尽管这种感情是过渡性的。你可以问问台湾的男孩子，他们在中学时期，大都有形影不离、分不开的好朋友，他们之间的感情也很暧昧，也许是不自觉的。香港的情况不一样。说到香港，我倒要问，香港到现在（同性恋）还是违法的吗？

P：还是不合法的。

白：就是嘛，有了法律的规定，就不一样了。台湾没有那样的明文规定。

P：不过，香港的青少年未必都知道有那么一条法律，他们只是有一种犯罪感……

白：但犯罪感还是因为法律而生的，法律上规定不许那样做……

P：在大陆，许多男孩子牵着手在街上走……

白：对，满街都是。

P：外国人见了一定会以为他们是同性恋的，但在中国，那却是很自然的事。

白：我觉得那是一种珍贵的感情。人与人之间，发诸自然的感情都是可爱的，自觉地去扼杀这些感情倒是污辱人性。

P：你刚才说，中学生之间近乎相爱的感情往往是过渡性的。事实上，无论过渡是自然而然，抑或是自觉的压抑，绝大部分人到了一个阶段就会改变。

白：绝大部分都是如此的。对同性的爱慕是青少年时期的感情，大部分人到了一定的年纪，就会把感情改放在异性的身上，当然也有人继续下去。改变的原因复杂不一：对异性的渴求、对家庭的向往，又或者由于社会的约束和压力。美国的情况很有意思，一方面很开放，许多州都取消了反同性恋的法条，但在另一方面，美国社会对这问题的态度虽然比较香港宽容得多，但也要看哪个圈子。文艺界、文化界基本上是相当宽容的，所谓straight society的"端正"人士，却仍旧相当忌讳这个事情。我觉得人很奇怪，为什么不能容忍别人的不同？为什么每个人都要一样呢？人生下来，本来就各有不同嘛，即使是异性恋，每对恋人的爱情都不一样。我觉得凡人都需要爱，无论是怎样的人，而且除了在感情的领域之外，同性恋者跟其他人并没有什么不同。

P：同性恋跟对异性的畏惧有没有关系呢？《寂寞的十七岁》里的杨云峰害怕女孩子，你自己年轻时是否也有过这种心理？

白：我想一般年轻的男孩子对异性都有或多或少的惧畏。成熟之后，这种心理就会消失。不光如此，我觉得同性恋不但不怕异性，而且往往能够与异性结成好朋友，建立很积极的友情，也许那可以说是另一种形式的爱吧？当然，肉体的结合是一种很宝贵的经验，但有时候，不论是同性还是异性之间，超肉体的、精神上的结合是可能的，而且也是很可贵的。美国诗人Allen Ginsberg（艾伦·金斯堡，"垮掉的一代"代表人物之一）与他的男朋友……

P：Peter Orlovsky。

白：对，Peter Orlovsky。他们第一次见面时，一谈就是好几个小时。Ginsberg后来在回忆里称那次交谈是soul exchanging，灵魂交换，好像在这世上找到另一个自己。我对同性恋是这样看：异性恋所找的是一个异己、一个异体、一个 other，同性恋呢，找寻的往往是自体、自己、self，在别人的身上找到自己。这是同、异性恋一个基本的不同。

P：男女相爱而结婚或同居，生孩子，好歹是一辈子的事，一对同性恋人却似乎很难保持一生一世的关系。

白：那是一定的，因为异性的结合有家庭的鼓励、社会的保障、法律的约束、对儿女的牵挂等等因素把两人锁在一起。感情因素当然很重要，但夫妇关系的维系并不单只凭感情。相反地，一对同性恋人在一起生活，可以依赖的却只有互相的感情，而人的感情是多变的、脆弱的，往往禁不起考验，再加上外界的压力，就更难长期地维持下去。因此，同性恋人要长久在一起，必须克服加倍、加倍的困难。不过，在同性恋人中也有白头到老、终身厮守的动人故事。我写过一篇谈《红楼梦》的文章，文中所论很能代表我个人对同性恋的看法，题目是《贾宝玉的俗缘》，希望你有机会找来看一看。我觉得人性是一个非常复杂、非常神秘的东西，古往今来，没有一个人敢说他真的百分之百了解人性。人性中有许多可能性，男女之间的关系也一样，一百对男女有一百段不同的爱情故事。尽管在法律上可以规定一夫一妻、结婚年龄等等，人的感情却不可能因此而理性化、制度化。同性恋，同性之间所产生的爱情也许也是人性的一部分。同性恋不是一个"突变"，而是一种超文化、超种族、超宗教、超阶级、超任何人为界限、自古至今都一直存在的现象。其实我也不懂得其所以然，只知道它的存在。世俗的法律规定只是为了方便于管理一群人，这些规定往往能够适合大部分人，但不一定适合其余的那一小部分。法律如是，社会的习俗也一样。社会上大多数人是异性恋——金赛报告说，人类百分之九十以上是异性恋——因此也难怪全世界都以异性恋为正常，世界各国的法律都以异性恋为标准。然而，从来没有一套法律、没有一个社会能够消灭人性中同性恋这个部分。对于同性恋，像对人性中其他的因素一样，我们应该深入地去了解，了解也许可以助长人与人之间的互相容忍。同性恋者也有权去表达他们人性上的需求，因为他们也跟任何人一样，都需要爱情、友谊和沟通。我的看法是这样。我并不同意美国同性恋解放运动中某些人的言论，他们走到另一个极端，认为同性恋者高人一等。我并不认为有特别抬高同性恋的必要。其实，大家都是人，平等的人，最要紧的是互相了解，了解之后就会产生容忍。

P：虽说人人平等，但在实际的社会里，人却并不平等。在世人——社会上的大多数——的眼里，同性恋始终是一种异端邪行。你小说中的人物，就往往处于"边缘人"的位置。

白：我就是觉得 marginal man 最有意思。我最不会写中产阶级、"典型"夫妇的生活，可能我不擅于描写"大多数"。

P：在西方著名的文学家、艺术家之中，同性恋多得不可胜数，有人甚至认为同性恋是艺术家和作家的"理想人生"！

白：其实那也有点道理。同性恋一向是社会上的少数派，社会的道德习俗都不是为他们而设的，有时甚至是反对他们的。因此，他们不从俗，对事物有独特的看法。那的确是思想家和艺术家的材料。艺术家不能自囿于成例、俗见，必须有独往独来的感性。处于"边缘"的个人以及民族，如犹太人、爱尔兰人等，有大成就的着实不少。这同时也因为他们受到中心社会的排斥，经常要提高警惕，注意四周，因而对人和事物往往都比较敏感。

P：但被排斥、受压力，长期处于社会"边缘"的处境是不好受的吧？你从来没有想过改变自己的生活方式，随俗而安？

白：我当然体会到、感受到外界的压力。不过我想我自小便是一个满能保持自我的人，即是说，我不会因外界而改变自己，也不会有任何外来的压力足以改变我。

PLAYBOY 中文版，一九八八年七月号

文学创作：个人·家庭·历史·传统
访白先勇

刘俊

刘俊（以下简称刘）：您的不少作品都牵涉"死亡"，在我目前看到的三十三篇短篇小说中，与"死亡"有关的有二十三篇，您对这个问题是怎么看的？

白先勇（以下简称白）：我很小的时候，对世界就有一种"无常"的感觉，感到世界上一切东西，有一天都会凋零。人世之间，事与物，都有毁灭的一天。很早就有。所以对佛教那些特别感到惊心动魄。也许有人会说这人对人生很悲观，我说不是，而且我对人生很眷念，我想不是那种对人生消极的看法……

刘：是不是可以这么说，就是您对生命的终极认识得很清楚，但是您自己还是对生命……

哀惋人生

白：我对它很惋惜，我对美的东西很惋惜……

刘：但是您怎么一再地要表现它最后的枯萎？

白：因为它一定是这个结果，这我很能理解到的，所以可能我的作品中常有很惋惜的一种……

刘：对，在语调上可以感觉出来，一种感叹。

白：大部分人物在年轻的时候，很美的，很理想崇高的，但我总觉得他们总有美人迟暮的一天，总有英雄老去的一天，这就会有一种对人生的哀惋。

刘：这是不是跟您小时候的生病有关？

白：我相信我的人生观肯定跟那个有关系的，但也不完全。

刘：是一种本能的感觉，与生俱来？

白：我想有，我想有。

刘：也就是对生活、对历史、对命运的感觉比一般人敏锐？

白：对，对。我想这也是中国人的传统。

刘：中国作家里面有这种想法的人很多，但是像您这样强烈的不多。

白：诗人很多。从古到今诗人很多。

刘：但他们都往往是自己在仕途上受了挫折，或者在成年以后遇到打击，才会有这种想法。

白：我回头想想你刚才讲的，跟我生病很有关系。

刘：您在《蓦然回首》里写到一段哥姊、堂表兄弟们在花园里……

白：对了。看到人家那样。我讲一件事情，我记得我很小的时候，住在上海的虹桥。那房子很漂亮，德国式的，现在当然很残破了，有很多树，很多法国梧桐，二楼有一个凉台。有一年秋天，大概是我住过去的第二年吧，我看到黄的梧桐叶都落了，我那时那么小，就有一种悲秋的感觉，没有任何原因的感到哀伤。所以我在想，我那时才十岁，可能会有意无意地感觉到被世界遗弃，然后自己伤感。如果我那时是个很健康的孩子，跟小孩子混在一起打乒乓球，玩啊，可能就不会。所以我想我那一场病对我后来的文学感性和人生道路，很有影响，使我变得特别敏锐。但对人生的哀惋跟留恋，在这个底层。

刘：所以您的表现形态是死亡，但是真正的态度是惋惜。

白：是，是，因为知道马上就要过了，很像要抓住不放似的。你看那些人物，他们对爱情特别执着，抓住了就不肯放。

表现创伤

刘：夏志清教授就曾提到您作品中的"抓"字用得非常多。您的小说中除了"死亡"之外，还有"疯痴"和"残疾"，这两种情况在您的小说中也出现了好多次，对这个问题您是怎么看的？我感觉对"疯痴"、"疯傻"的人，您倒觉得他们超脱了时间和社会，达到了一种境界似的。

白：有，有些是这样，有些是。

刘：像《思旧赋》里面的少爷，还有《孤恋花》里的娟娟……

白：到最后她疯傻以后倒反而返归童真。你觉得这两个人其实是一个人。

刘：对，我觉得表示的意思是一个意思。

白：对外面的世界，她正好超出了时间与空间的束缚，超出了历史，超脱了她的苦难。我想有。

刘：还有很多跛子。像余教授、小金宝，您是不是通过生理上的残疾表现出他们。

白：心理上的创伤。而且他们这种创伤，像小金宝，是一种外面加给他的，社会给他的一种歧视。

刘：您写的时候就有意识地设计了这种以生理上的缺陷表现心理上的问题？

白：对我个人来说，我对于生理上、心理上有创伤有残疾的人，特别地有一种同情，有一种不忍的心。你看过我的那篇《第六只手指》？其实我姊姊对我影响很大。

刘：上次淡莹女士来也谈到过这个问题。三姊。

白：对，三姊，对我影响很大。我由于看到我姐姐那样子不幸，使我有所警觉，我自己对于这个世界上有残疾的人，感到特别的同情。我姊姊使得我恢复了人性中的产生同情心的那一面。

刘：人之初吧，就是。

白：对，对，性本善的那一面。跟我姊姊在一起的时候，她感染了我，使得我性善，使我有同情的可能。因为我们平常都被一些名利、私欲蒙蔽了，人世间总有着虚假、虚伪。跟我姊姊在一起，我就完全被净化了，恢复到一种善的境地。所以我觉得残疾和疯癫的这种人，反而有一种童真。

刘：总也长不大似的。

白：对。余嵚磊是例外，那个跟历史政治（有关），我想我有意思在里面。

刘：什么意思呢？

白：他的理想残缺了，他的"五四"的那种豪情，最后跛了，最后 cripple，已经成为残疾了。

刘：在您的作品中有很多是写人的"毁人"或"自毁"，像《玉卿嫂》、《孤恋花》、《谪仙记》。对于这种倾向，我不知道您是因为人类本身有这种特性，还是您对有这种倾向的人物特别感到兴趣？您在写这类题材的时候，是自觉还是不自觉？

白：我在想，人的本性里有一种激情，passion，很可怕的激情。有时候爱情爱得专的时候，是有一种毁灭性，有一种非常大的撞击性。欧阳子在她的论文中说我写的那些人物，是倾向于"宁为玉碎，不为瓦全"的。

刘：除了对爱情的执着和爱情具有毁灭性以外，您对人性中的这一面是不是比对人性中正常的那一面关注得更多一些？

白：很可能。我讲过要我现在写一对中产阶级的夫妇，整天上班下班……

刘：您写过《安乐乡的一日》，但是写得好像没有什么特色。

白：对，对，是真的。唉，欧阳子厉害了，她往往写一对普通的夫妇，可是心里面冲突很大。我不擅长写那些，我想。我没写过，我不晓得我能不能写。我写的好多都是轰轰烈烈的。那些感情，那些人物，大起大落，轰轰烈烈。

刘：刚才讲的这个"毁灭"的问题，是不是跟您的创作动机，如您要揭示出人类心灵的痛苦，有关系？

白：有，有。

刘：有一次袁则难访问您时，问您为什么写作，您说自己有话要说。您说的创作动机的"痛苦"里面，我想也包含您自己的痛苦。比如说您对历史喟叹，对人生悲悯，这些都可算作您的痛苦，但这些我觉得都是高层次的，比较抽象意义上的。影响您创作的，是不是还有一些比较具体的痛苦？并不是世界观上、宇宙观上的……

白：您是说现实生活里面的？

刘：也不完全是这个意思，并不是刚才说的对名利、虚伪的清醒认识之类。而是说您在生活中还有什么烦恼啊,导致您在创作中寻求一种……

白:我之所以变成写小说的,有一点,我很小的时候,就有一种能够感受到别人内心各种各样痛苦的能力,别人内心许多的失望、许多的哀痛,我一下就碰到了。从我的家人开始,父亲母亲,哥哥姊姊,甚至我们家里的那些用人啊、老保姆啊、老兵啊,这些周围的人,再扩大到我的朋友们,他们的那些心境,我跟他们在一起,很容易就接触到了。

刘:对人性认识比较深刻,比较敏感。

白:敏感。我相信有很多人对人性的看法比我会深刻得多,可是我比较能感到,很快就碰到,觉得每个人的心中都有那么多的喜怒哀乐。有一个法国杂志问我为什么要写作,我讲我写作就是要把人类心灵中无言的痛楚变成文字。我想对我个人来说,如果客观地讲,当然我还是比较幸福的,家庭啊,事业啊,学业啊,表面上都是很顺遂的,表面上。但是我感觉到,就包括我自己,人总是有一种无法跟别人倾诉的内心的寂寞跟孤独。这是我深深感受到的。

重建道德

刘:您自己也说过,一个作家是否成熟,条件之一就是他在自己的作品中是不是能建成自己的一个道德体系。在您的整个创作中,从早期到后来的《孽子》,特别是在《孽子》中,我感觉到您试图建立一个属于您自己的道德体系，跟社会上的道德观不尽相同。您能不能谈谈您的道德观和价值标准的具体内涵？

白：弗洛伊德有一本书，叫做 *Civilization and Its Discontent*，《文明及其不满》，他在那本书中认为文明是人的本能受到压抑以后升华产生的。并不是说他的学说影响于我，而是印证于他的东西。我觉得人，不错，社会就是群体的生活，那么群体的生活一定要有所规范，这才不会天下大乱，这是大的道理。但是我觉得所谓伦理，所谓道德，都是给大部分的人遵守的，大部分的人可以遵守，应该遵守，也比较容易遵守。可是我觉得总是有一些人，可能他们的本能，他们的感情，特别强烈，特别独立，总是要逾矩，如果受了约束，一定很痛苦。我的感觉，很多人往往就会打破这些东西。打破了以后当然会造成悲剧，但是他们的本能之强以至于不能不打破。而且我觉得人的所谓道德观，是很理性的东西，是理性的产物，而人的感情，跟理智，这之间，这冲突，相生相克的这种关系，很复杂，理性不一定能够解释人的这种现象。人很奇怪，人很难理解，就是因为人太奇怪，因为他有许许多多的可能性，有许许多多不可预测的东西。所以你说的可能有时候符合，我在写作的时候，说我是一个完完全全的叛徒，不尽然；但说我很遵守传统，也不是，在某些方面叛逆也满大，而且我同情那些人。我想我夹于这个中间。

实际上我也没有什么特别系统的道德观，我想人与人之间，如果那个人对于人生存了一丝悲悯，我想他就是非常moral，非常有道德的一个人。可以这样子说吧，可能我比较同情在感情上失败的人。对社会上一般世俗谴责的那些人物，我倒还满同情他们。

刘：您的作品充分地体现了这一点。您刚才也提到了，您既对世俗的道德不完全背叛，又对那种少数派，感情上有另一种倾向的人有一种悲悯，那么您有没有感觉到一种矛盾？

白：有这种矛盾。

刘：我一直以为您的内心在这两个问题上，可能会有冲突，到底取舍哪一个？

白：我觉得这两者并不一定意味着非得有着尖锐的冲突，我想。回过来讲刚刚讲到的道德，很可能在我写的时候，我是求一种率真。可能我痛恨虚伪，道德上的虚伪，有时候不自觉地嗤之以鼻。所以我的小说没有什么道德判断，不去教训人家，我想跟这个很有关系。我在写人物的时候，很少高高在上，指手画脚去讲，去批评，很少。我大概跟我的人物都非常能够接近，哪怕是最卑微的人物。

刘：就是说您很少在作品中做您自己很明确的道德判断？

白：我想很少。暗地里已经有了。

刘：您在谈到《玉卿嫂》改编成电影的时候，您说主要是反映一个小孩子在成长过程中遇到的死亡和爱情问题。小孩子在成长过程中，认同危机是个比较大的问题，您本人有没有这个问题？

白：有，绝对有。

刘：有，那么具体内涵是……

白：很多方面。一方面是社会历史的背景，这个跟我的历史观的变化很有关系。一九四九年以前，我在大陆的童年世界，虽然已经有很多波动，因为我童年经过抗日，但那还是一个比较稳定的世界，在我个人来说，家境那时候也好，可以说是我爸爸得势的时候，在中国那时已经是满高层的家庭，我们其实是不自觉地过着那种贵族的生活。后来一下子，四九年以后到台湾去，我父亲的政治地位跟整个社会、整个国民党，突然间的一种转换。那时候我当然不是那么懂，可是我想对我产生了相当大的冲击。这对我认同感方面的问题影响很大。

第二，在文化方面，现在回头想想，我父亲他们那个时候，以他的那个年纪，我们家里，并不是《家》、《春》、《秋》那种东西。其实我妈妈也很反封建，也是一个革命分子。她奶奶要裹她的脚，她大反抗，她那时才七八岁，脚痛得"哇哇"大哭，跑去踢她奶奶的门，后来放掉了。她跟我爸爸结了婚以后回广西去念师范，还参加过学生游行。我爸爸那时候参加辛亥革命，在他那个时代他们是第一代往前走的人。

我出生在那么一个家庭，慢慢也很受儒家的思想熏陶，但我们生为第二代，往前跑得更快了。刚刚说同传统冲突，其实我们中国这几十年来文化危机一个一个接连不断，除了历史、政治以外，我们回头看看，二十世纪是中国文化大崩溃的时期，而我们就卷入其中。后来我们从桂林到重庆，然后到上海，住在上海。在中国来讲，上海是西方文化的窗口，洋派。在这种环境下，我对西洋文化，已经有些沐染。然后在香港，又是一个洋化的地方。到台湾后又念西洋文学，所以西方文化对我的冲击必然造成认同上的各种各样的适应问题。那时也不懂，现在回头想想那时一定很复杂的。所以我想文化上的认同也有各种的冲突。第三，我个人的成长。我意识到自己是个同性恋者——我在很小就开始朦朦胧胧地感觉到，在这种情形下，就觉得与人不同。

刘：大概什么时候？

白：我大概很早，童年时候就觉得与人不同。我在很早就意识到这种，背负了一种认同上的……

刘：那时候您父母不知道？

白：他们不知道，我自己朦朦胧胧的，觉得这种个人感情好像与人不同。这样子以后，尤其在我青少年那个阶段，我就变得很孤立。这个 identity，这种认同，对我也很重要，对我整个的文学创作，很重要。因为同性恋者的认同必然地觉得自己是受了社会的排斥，他们是少数人，他们的道德观也不接受世俗的道德，他们有很独立的看法，很多很多文学家、艺术家，都跟这个有关。这个跟我的独立思考很有关系，我青少年时代的认同危机，也同这个有相当大的关系。

刘：您是在什么时候在心理上很坦然地对待这个问题的？

白：很坦然告诉别人的时候？

刘：不一定是告诉别人，就是您自己心理上没有负担了，您自己已经释放自己了，认为自己在道德上……

白：我一向不认为这个事情是种羞耻。

刘：很小的时候？

白：一向不认为。而且在我来讲，可能我比较奇怪一点，我感觉到自己与众不同，还觉得是一种骄傲，有不随俗、跟别人的命运不一样的感觉。我想我跟很多人不同，有些人有同性恋的问题，因为社会压力，觉得有些难以启口，抬不起头来。但同性恋对我来说，造成我很大的叛逆性，这个是满重要的一点。

刘：您在感觉到自己特别的时候，是在生病前还是生病后？

白：其实我很小很小的时候……

刘：我有这样的想法，是因看您小时候的照片，您很胖，那种胖是不是吃药吃激素……

白：不是。

刘：就是天然的胖？

白：吃东西吃得太多。

刘：是吗？我猜想小孩子得肺结核，吃的药里可能含有激素，吃得小孩胖胖的。

白：不是，没有。那时整天喝牛奶，整天灌牛奶，营养，多吃，吃得圆乎乎的。我想我的同性恋问题得病以前就有，老早就有。

刘：跟生病没有关系？

白：没有关系。

刘：我以为生病以后吃药……

白：没有没有，我想完全跟生病无关。

刘：遗弃和放逐的形象在您的作品中可以说贯穿始终，这是否同您的不适应感有关？

白：我个人，大概你也看得出来，对社会，我个人的适应没有问题。我也许中学的时候有一阵子，因为很久没有念书，又突然回去念书，有点孤僻，到了大学以后基本上就没有了。我在得病以前，就是满热闹的一个人，这也是我个性的一部分，是我母亲遗传下来的一部分，跟社会满能适应，而且领袖欲满强的，办杂志也是头。

创新传统

刘：您在评欧阳子和陈若曦作品的时候，都提到了幻灭。

您自己有没有过幻灭的阶段？

白：有，有。我想我们一生中都在追求各种理想，尤其是情感方面的理想。对我个人来说，我不是一个肯随便妥协的人，可以说是一个完美主义者吧。对于艺术，对于感情，追求至善至美，那么就容易产生幻灭，遭受到幻灭的痛苦，而且我也发觉到很多人如此。

刘：您在后来的文章中提到了对"五四"精神继承，对"五四"文风反对。您这个想法是办《现代文学》或是您刚刚开始创作的时候就有的，还是后来在写《〈现代文学〉的回顾与前瞻》、《〈现代文学〉创立的时代背景及其精神风貌》这些文章时的反思总结？

白：很早意识到的。我们那时对"五四"的文艺，那种已经形成了陈腔滥调的文艺腔，很讨厌。他们开拓的精神我们很欣赏，创新的精神，反传统的、不受拘束的精神，很欣赏。但我们也在反"五四"传统，竭力避免那种陈腔滥调的窠臼。陈腔滥调有两种，一种软性的，一种硬性的。软性的就是表面的风花雪月，望月兴叹，古诗里的那一套；硬性的就是普罗文学那套东西，三十年代那一套的八股。两个我们都反对。我们那时候是相当自觉地想来创立一个新传统。

刘：目的基本上已经达到了？

白：基本上我想我们那时候是达到了。我觉得六十年代对台湾文坛相当重要。

刘：您觉得您的精神气质与现代文学史上哪位作家比较相近？

白：年轻形成期时，我喜欢郁达夫。第一，他那个忧郁的气质，感伤，我很欣赏；第二，他的小说文字好，文字熟练、诗意、诗化。但有几篇他们很推崇的我倒觉得不好，《沉沦》我不喜欢。《过去》最好，在他的短篇小说中，那篇东西写得非常成熟。

刘：在他的小说中，那一篇结构也好，不是散漫的，而比较凝聚。

白：结构也好，凝聚，主题又好，就是那种灵与肉的一下子的超脱。我比较喜欢那些写人性、人心、内心的作品，写社会表层那些现象的东西我不是很感兴趣。

刘：您作品中的"社会"都是作为大背景出现的。

白：因为我觉得社会问题的东西，那个问题过了就一点兴趣也没有了。你讲上海三十年代劳资对立，我现在一点兴趣也没有。

刘：那您后来没有改变过，只喜欢郁达夫吗？

白：噢，那也不止。郁达夫、沈从文、鲁迅的小说是好的，短篇小说。

刘：我觉得您许多作品在精神气质上和鲁迅的一半相似，鲁迅对人是"哀其不幸，怒其不争"，您呢，只"哀其不幸"。鲁迅其实对人生也充满悲悯的。

白：这一点我很喜欢，而且他写小说那么制约，完全控制，那个我相信确实是"五四"文学最好的传统。他那几篇小说到现在还是能站得住的。沈从文的东西站得住，他的《边城》不错，我很喜欢。郁达夫的东西我好多年没看了，后来再拿过来看一次，还是好。我想这几个人我比较喜欢，从我喜欢的东西你也看得出来，我对"五四"的继承是这一方面的东西。

刘：《游园惊梦》中钱鹏志临死前对蓝田玉"老五，你要珍重吓！"的叮嘱和《香港——一九六〇》里李师长对余丽卿的嘱托"丽卿，你要规矩呵！"有相似的地方，您在写《游园惊梦》的时候，有没有想到《香港——一九六〇》？

白：没想，不太想。因为它们两个情况不一样。可能我又用上那个声音，又用上 voice，声音出来了。对《香港——一九六〇》，那声音用得满重要，余丽卿一直在听到那个声音……

刘：在心灵里撞击，如同奥尼尔《琼斯皇帝》里的鼓声。

白：对，对，一直在撞击。

刘：您的作品是不是可以从两个层面来理解，一方面当作一个写实的实体来理解，另外一方面也可以当作一个具有象征哲理性的东西来理解。比如《游园惊梦》，既可以当作一个宴会，也可以上升到一个高度，从一个人生的哲理……

白：曲终人散，天下没有不散的筵席。

刘：对。当然一般的小说都会有自己的主题思想，但您是不是在有意识地建造两个层面？

白：确实是有。我想我写作时是满考虑到写实背后的意义。每篇小说，背后意义在哪里，我总在考虑。

刘：《游园惊梦》最后钱夫人出来看到月亮升起来了，这个跟李后主的词《浪淘沙·往事只堪哀》后面几句："晚凉天净月华开……"

白："想得玉楼瑶殿影，空照秦淮。"

重视音韵

刘：我觉得您的很多作品都有词的意境在里面。

白：可能有意境在里头。宋词对我的影响很大，中国文学我是由词入门的。

刘：对，您小说里的节奏，跟词的音乐性也很有关系。

白：我会背好多词。中学的时候我喜欢词，诗也看，但诗硬了一点，那时还不太懂。宋词对我的情感教化、语言教化，作用很大，尤其你刚才讲的节奏、音乐，我觉得这个听觉很要紧很要紧。

刘：您的小说、散文能念，有的作家写的东西不能念的。您的作品节奏感非常明显。

白：要紧，对我来说（节奏感）很要紧。我觉得词的音乐性特别美，节奏抑扬顿挫，中国文字的音乐美达到了高峰，比诗还要厉害，因为它是长短句，能唱，音乐性更强。而且词的意境对我来讲也要紧。

刘：豪放派里面就有历史感，婉约派表现缠绵的情感。像苏东坡的"大江东去"，辛弃疾的"青山遮不住，毕竟东流去"，那种强烈的历史感……

白：后来我年纪大点的时候，南宋的张炎、周密、王沂孙，那些亡国之音……

刘：这也是您历史感的一个重要内容。

白：对，尤其后主、南渡以后的李清照。其实我后来对南宋词比北宋词还更喜欢，更感受深。北宋的时候还是富贵的、富丽堂皇的，到了南宋词，很沉痛的那些……

刘：历史的失落，个人命运的失落，交织在一起了。

白：对。可是总的来讲，宋词的意境，跟音乐性，对我的整个文学创作产生了很大的影响，可能有时候我写小说有意无意地就表露了出来，像你讲的《游园惊梦》吧，钱夫人抬头看那片秋月的时候，她一个寒战，那就完全是词的，到了凉台上，"独自莫凭栏，无限江山"，就是那个味道，"往事只堪哀，对景难排"，就是这个东西。

刘：您反映历史感、沧桑感，除了军人，市民阶层您很少用男性来反映这种历史的沧桑，大多数都是女性，我就觉得您在这里面是不是有一种不自觉的……

白：女人哪，女人沧桑感最强。女人经过几个男人，经过几个折腾以后，她对人世沧桑的感受就大了。男人的沧桑，像《冬夜》，男人感觉到的沧桑，是另外一种，它是比较抽象的。女人沧桑比较 personal，比较个人，像蓝田玉、金大班，她们的沧桑是非常个人化的，较具隐私性。中国也有这样的传统，像那个《琵琶行》，"以儿女之情，寄兴亡之感"，我想就是这个东西。

刘：用这几个词来概括您的美学风格，不知道您觉得合适不合适："沉郁"、"典雅"、"含蓄"、"淡泊中有狂烈"、"简朴中有秾丽"。您作品中的描写有时很简朴，有时也很秾丽。这是您跟张爱玲在美学风格上的区别。张爱玲是一味地浓，她的文字工描细刻，已经到了毫发毕现的程度。

白：她的那个文字，简直是不得了的细，用的你想不到。

刘：大概是从这几个方面来概括您的美学风格，您是不是觉得还有什么需要补充的？

白："沉郁"很要紧。我自己的感受，我喜欢，比较欣赏的文学风格，最高的，应该是像杜甫的《秋兴八首》，像屈原的《离骚》那样的作品。杜甫的《秋兴八首》，可能还有一些李商隐的东西，他们的那个意境，我觉得是中国文学境界的顶点，我的最高分数给的是这些（作品）。我想我的风格可能在有意无意地追求那种境界。

刘：您在《孽子》中进行同性恋题材创作的时候，是不是有一种走向国际的雄心？

白：倒也不是，那倒不在我考虑之列。《孽子》那本书一直是我要写的，我想我在蔡克健的那个访问里面也提到了，我确实是以人为主，倒没考虑过那些作品之外的问题。开头我觉得有一群孩子，我要替他们讲话，可能最后写出来的成果牵涉很多比较抽象的问题。我《孽子》中写的，在一般普通人的社会是最低贱最下层的一些人，还不光是出于他们的同性恋，而且还沦落为男妓，这是社会上最被人瞧不起的一些人。我想在任何时候，妓女已经遭人歧视，如果沦落成为男妓，更是低之又低。但我觉得他们也是人，要恢复他们人的身份。那本东西在我写作里面确实是我放最大同情心的一本东西。当然我的《台北人》也有一些同情的东西，可是《孽子》最多。

刘：《孽子》中的"我们的王国"有没有一种理想国的色彩在里面？我是这样感觉，就是虽然您写的人物比较卑微，但他们的情感特别纯，特别是那四个小孩之间，全是推心置腹的，没有任何勾心斗角，世俗上的虚伪一点没有。

白：为什么呢？因为这些人相濡以沫，他们到这时候反而会有这种情形。据我看到的一些同性恋的孩子，因为受到孤立，更加团结，感情更加亲密。当然不是所有的，他们也有钩心斗角，跟普通人一样。

刘：但您作品中就没有写出来，那么您这个取舍之间是不是把他们……

白：理想化。也有，确实有这么一点，但也有它实在的成分，有些确实是一种异姓手足一样的东西。其实我这个大主题，就是说这些人被家庭、社会赶走了，逐出了伊甸园以后，他们自己又重建家庭，重建一个王国，这是他们的王国。

刘：您写《孽子》时有没有考虑过用其他叙事观点？我觉得您写的时候用李青做观点，在节奏上，好像老是通过他和吴敏谈，吴敏谈家世，然后小玉又谈，然后老鼠又谈，重要人物都必须和阿青发生联系，王夔龙必须和他在瑶台相识，然后又到他家里。所以我觉得您是不是把握上就有点不自由？有点拘束？您没想过用多种叙事角度？

白：我考虑过的，考虑过这种问题的。第一，这个故事一出来，整个小说的调子一定要很亲切，很内行，这是个内行人、圈内人说话的调子，一定要这个，因为他处在一个很特殊的环境，他熟悉，不是从一个外面人来看，告诉你们这一群是什么样子；第二，第一人称是一种受限的观点，restricted，我没有看到我就不知道，我就不写。如果我从一个全知观点来写，那这本小说就差不多要写成百万言，每个人每个人多少故事统统要写出来。我现在通过阿青，由他的眼光作为一个媒介，来反映这整个大环境。我照给你看，这个地方照明看到这里，那个地方照明看到那里，这是我自己选择的。如果用全知的观点，那我就要从哪里写起？要从王夔龙跟阿凤那一段写起，那就是另外一本小说了，而且全知观点也有它许许多多局限的地方，整个语调不亲切，"我们的王国"就体现不出来，更重要的，这是个青少年的故事，我要写这一群孩子的故事……

刘：您这样写的时候有没有感到过困难？叙事的时候，对话的时候。

白：有，有，有，也有困难的，也有困难的。龙应台后来跟我谈过，批评这本小说（刘：她说语言不好。）她觉得好像阿青的语调跟他的身份不符。美国有一本小说，叫《麦田里的守望者》，讲青少年的，它就完全从一个青少年的角度，完全以他的口吻，自己写他自己的故事。我想我要是那么写也可以写，那就要写成像《寂寞的十七岁》那样，完全是个十七岁的男孩子的口吻。那样写的阿青，就真的是阿青的故事，写他的一生，写他的传记式的故事了。其实我这本小说不是阿青的故事，《孽子》它没有一个 hero，没有一个真正的主角，它是个群体的故事，是一群人的故事，不是一个人的故事。我要完全以他的语调写，那也不是做不到，我也考虑到，我想这不是我的原意。至于阿青跟他的语调，我想阿青我选他时，他不是十八岁一个男孩子吗，念到高三了，有这种表达能力，而且这个男孩子是相当敏感的一个孩子，懂事，所以我选他。如果我以小玉的观点来写，我想那是另外一本小说，那就写他的嘴尖牙利，叽哩呱啦叽哩呱啦，我也会写的。

刘：有没有考虑过一个是李青的观点，还有一个是傅老爷子的观点？"安乐乡"以傅老爷子的角度来写？

白：那又是另外一种了。

刘：您没有想到过？

白：没有想到过。

刘：就是从两代人的观点……

白：没有，没有想到，那是另外一个，主题不一样了。我选阿青，是经过满大考虑的，因为所有的人里面可能阿青最合适。这篇小说我希望语调比较"沉郁"，比较成熟，有时候会感伤，是这么一本小说，我的意图在这个地方。拿小玉作观点的话、可能也有辛酸，可是那种伶牙俐齿（刘：会冲淡了这种沉郁的效果。）哎，那就不是这么一本小说了。

刘：《孽子》有没有原型？您自己在文章中说您写小说都是先有人物，再有故事，然后有主题……

白：没有。很有意思。其实《孽子》里面的人物，也许我都看过一些，认识一些，但没有说哪一个像哪一个。玉卿可以说是哪一个，尹雪艳我也有原型的，金大班我还看过那个人。

刘：那虚构的多？

白：都是虚构的。但像阿青那几个人，譬如说我看过一个孩子，我在蔡克健的访问中也讲了，有一个男孩子，会唱英文歌，他的个性像小玉，身世像阿青。小说中的人物，我大概是拼起来的。

刘：你是不是在傅老爷子这个人物身上寄托了一种从道德理性向人性本真的回归？

白：确实有。傅老爷子很大一部分是我自己的心情。

刘：您在一篇文章中也提到过一个美国律师……

白：对，那是一个触发点，引起了我的共鸣。我最感动的就是那个律师，他帮助了一群孩子，那些孩子有些互相不认得的，后来律师死的时候，一群，几十个跑回去奔丧、送丧，他们才发觉他帮助了那么多孩子，都等于是他自己的孩子一样。那个故事触发了我的灵感。我想《孽子》最后送葬那一场，是满主要的一个场景。

刘：对，而且那个很有象征意义的，"白纷纷地跪拜了下去"。

白：跪拜下去，我觉得那个很重要。你发现那个小说，第一部分结束的时候阿青送他妈妈的骨灰回去，第二部分结束等于是所有"孽子"为他们的父亲送葬。经过了这两个送葬的仪式，他们恢复了我们中国人说的为人子的身份。他们被赶出了家庭以后，再回到社会，经过这两次的仪式，他们也恢复了他们自己为人的身份。

刘：您的作品中一再提到"孽"，对于"孽"您有没有自己具体的内涵？

白：孽缘、孽根，我想人性里面生来不可理喻的一些东西，姑且称之为"孽"——一种人性无法避免、无法根除的，好像前世命定的东西。

刘：您作品中的血缘关系，像阿青和他母亲，郭老讲是"从血里带来的"，像阿凤，像娟娟，也都有这种……

白：对，对。你记不记得有一场，那一场恐怕也是那个书里面写得比较好的，阿青去看他妈妈，妈妈快病死了，很可怕的那一场。阿青跟她妈妈突然间好像很相近，他第一次去抓他妈妈的手，他们两个人的一种认同，他突然发现妈妈的命运原来他也背负着。我想那一场很要紧的。《孽子》你看了，它不是一本普通讲同性恋的书，不止于讲同性恋，也不止于讲普通亲子，而是讲人的命运。

刘：《孽子》是个很复杂的多面体，分析起来有很多东西可以谈。

白：好像中国小说里面这类小说还不大见。

刘：《品花宝鉴》。《品花宝鉴》我这次在上海刚刚买到。

白：可以看看。我不光是说同性恋的书，好像写这些人的命运，这种作品，中国现代文学中的那些写家庭的，跟《孽子》也不一样。《孽子》也不是《家》、《春》、《秋》那一类的东西。

刘：写《孽子》的时候您有没有意识到某种人物、某种情节、或者某种故事在《台北人》甚至在更早的早期作品里面都曾经出现过？

白：有的，像《台北人》里面那个《满天里亮晶晶的星星》基本上很多（刘：就像《孽子》的提纲一样。）在《孽子》中都出现了，但是那个是从老人的观点（来写），老人、教主，是主，跟他们一系列的主题有关：《孽子》是反过来，从儿子这一代，从年轻的观点来写，有这个不同，但基本上还是相同，那个调子也很同。《孽子》其实是《满天里亮晶晶的星星》整个的那个气氛的扩大。

刘：您对您小说中写到的"冤孽"式的感情，是恐惧大于欣赏，还是欣赏大于恐惧？

白：不是欣赏。

刘：恐惧呢？

白：……有一点，但那是一种无法避免的命运，一种无奈的感觉，可能无奈的感觉多于恐惧，认识到这个无法避免，认识到有这个存在。

刘：认识到它的存在，却无法避免，人又不能控制它……

白：实在没办法，你怎么能解释一个人爱另一个人爱得那么疯狂呢？你说爱情是变化的，我看太阳底下无新事，从古至今，到现在几千年了，怎么还会发生同样的故事，演了又演，演了又演，而且不分民族，不分种族，不分文化，到处都在发生。

着意命名

刘：您小说中的人物命名一般都比较有深意，虽然您可能不是每个人物的名字都考虑到，但是很多重要人物的名字您好像都是有意思在里面……

白：的确是。我觉得写小说命名是非常难的一件事。

刘：像那个"桂枝香"，"桂枝香"其实是王安石很有名的一首词的词牌，那首词里"六朝旧事随流水"，细想一下的话，这个名字本身就深隐着一种表示"过去"的意味。"蓝田玉"很多人意识到了，"桂枝香"很少有人想到。

白：没想到，你倒想到了。我没有自觉地去回想一下，你这么一讲，我可能是念王安石的那首词以后留下了印象。这个倒没有故意，你一提起来，不是不可能。

刘：主角的姓您重复率颇高。您重复的姓主要有这么几个，一个是"金"，还有"李"，还有"吴"，师长将军，许多是"李"，医生姓"吴"（白大笑），还有"赖"，还有"余"。这些姓后面有没有特别的故事或含义？

白：那倒是没有什么太多，那个"金"呢，我是觉得，金大班（刘：金大奶奶。）金大奶奶倒是真的，那个人姓金，在上海那个金家，故事半真半假。金大班是我故意的，原型是姓丁，丁大班。

刘：这个"金"，欧阳子女士分析跟"钱"有关。

白：我想这个是无意的。但我觉得，你看，金大班，派头大得很（刘：叫起来很响。）你说我喜欢姓李，李大班的最后一夜，不对了。李大班，就完全不对了。王大班，完全不对。是不是？是吧。

刘："爱新觉罗"氏的汉姓是"金"，唐朝姓"李"，都是皇族。

白：有点关系。"李"呢，不晓得为了什么，我对李广特别同情，念《史记》里的《李将军列传》，"桃李不言，下自成蹊"，"今将军尚不得夜行，何乃故也！"我非常同情他，那种世态炎凉。

刘：李将军，白将军，"李白"合在一起，又是……

白：啊——李宗仁，跟他无关，那倒还跟李宗仁无关。那是从李广来的，因为我觉得在所有的将军传里头，霸陵夜猎那一段，我觉得很能够表现出一种沧桑。后来李广那么死，他是汉武帝赐他死的，我想这么厉害（刘：剽悍的一员猛将。）啊，而且汉武帝还是个明君呢，所以我想我小说里面历史的感叹也不少。

刘：我在您的小说里面引申出很多意思出来，有的可能算是附会了（白[笑]：你念得太细了。）我觉得您的作品中有很多白崇禧将军的影子，比如说像《梁父吟》，"梁父吟"跟诸葛亮有关，而白将军以前号称"小诸葛"。

白：对，那个确实。那篇小说，我父亲死了没多久写的，所以特别感触深。

刘：白将军生前爱骑白马，您作品里面提到的好像都是白马。《游园惊梦》里面就是白马。

白：我父亲爱骑马。

刘：统一广西打柳州的时候,"白马将军一箭摧"……

白：对嘛,对嘛,听说的?

刘：白将军回忆录里面提到的。

白：噢,是,是,你看了他的回忆录了?

刘：看了,大陆出的。

白：那《李宗仁回忆录》你大致也看了吗?

刘：《李宗仁回忆录》我看了两遍,读大学的时候就……

白：所以那你对整个来龙去脉,对历史有了大概的了解了。

刘：而且您在作品中写到空军,白将军也管过空军,建立航校。

白：对呀,空军航校是爸爸建立的。

书写"家""国"

刘：最后几个问题。您创作起点很高,这样子一来您突破和超越自己也相对就比较困难,您有没有过这种……

白：有,有,有,等于好像爬坡,越爬高越难爬,所以说我对自己要求也很高,我觉得写东西写得不好重复自己就不要写了,要写就要写突破的东西,再下一部一定要写得比这些东西好,一定要超过,超不过就不要写,超不过就毁掉算了。

刘：我上次听淡莹女士说，说您弟弟帮您搬家，发现了很多稿子，您都不要了。她说您写东西比较精。

白：有些稿子写得不好就丢了，不肯要。对创作的东西，我自律颇严，自我要求很高，文章千古事，如果我写得不好，我觉得好像是一个败笔，就不要。我希望一层一层往上爬，爬不爬得上去自己不知道的，这有时也会有几分运气。

刘：作为现代人，您认为您在精神意旨上哪些地方超过了曹雪芹？

白：（笑）曹雪芹很难超过，曹雪芹很难超过。

刘：您作品中的一些宗教观、哲学观，很多我觉得好像曹雪芹在《红楼梦》里面也都曾经提到过……

白：我这么讲吧，《台北人》我觉得格局还小，比起《红楼梦》，比起他们大的来，还小。我的下一本小说，如果写成功的话，可能是《红楼》跟《三国》合起来的一本东西。

刘：是吗？

白：如果写成的话，应该是《三国演义》跟《红楼梦》的合而统一。《红楼》是家庭的故事，《三国》是历史的故事，如果两个合在一起，又是宏观大的，又是微观小的，应该是这么一个东西。《红楼梦》当然它佛家的那种声音很高(刘：对，涵盖面太深太广。)涵盖面广，很厉害，很深，但是我觉得《红楼梦》主要是在大观园里面，没有放到整个大的那个历史外面去。

刘:就是"国家"它只占了"家"的一面,"国"的一面……

白:对,对,我希望我的那本东西是能够把"家"和"国"合在一起的一本小说。

刘:祝白先生成功!希望能早日看到白先生的新作。

白:(笑)那你要慢慢等,慢慢等一下,我需要几年的时间。

一九九〇年九月于上海静安宾馆